西南联大古典文学课

青少版

朱自清 等著

天地出版社 | TIANDI PRESS

图书在版编目（CIP）数据

西南联大古典文学课：青少版 / 朱自清等著. —
成都：天地出版社，2024.7
ISBN 978-7-5455-8028-0

Ⅰ.①西… Ⅱ.①朱… Ⅲ.①中国文学—古典文学研究—青少年读物 Ⅳ.①I206.2-49

中国国家版本馆CIP数据核字（2023）第205292号

XINANLIANDA GUDIAN WENXUEKE QINGSHAOBAN

西南联大古典文学课（青少版）

出 品 人	杨　政
作　　者	朱自清　等
责任编辑	杨永龙　曹志杰
封面设计	TT Studio 谈天
内文排版	谢　彬
责任印制	王学锋

出版发行	天地出版社 （成都市锦江区三色路238号 邮政编码：610023） （北京市方庄芳群园3区3号 邮政编码：100078）
网　　址	http://www.tiandiph.com
电子邮箱	tianditg@163.com
经　　销	新华文轩出版传媒股份有限公司

印　　刷	玖龙（天津）印刷有限公司
版　　次	2024年7月第1版
印　　次	2024年7月第1次印刷
开　　本	710mm×1000mm　1/16
印　　张	16
字　　数	258千字
定　　价	42.00元
书　　号	ISBN 978-7-5455-8028-0

版权所有◆违者必究

咨询电话：（028）86361282（总编室）
购书热线：（010）67693207（营销中心）

如有印装错误，请与本社联系调换。

编者的话

西南联大只存在了八年时间，却培育了两位诺贝尔奖得主、五位中国国家最高科技奖得主、八位"两弹一星"功勋奖章得主、一百七十多位中国科学院院士和中国工程院院士。这是中国教育史上的传奇。传奇的缔造并非偶然，而是源于强大的师资力量和自由的教学风气。

西南联大成立之时，虽然物资短缺，没有教室、宿舍、办公楼，但是有大师云集。闻一多、朱自清、张荫麟、罗庸等大师用他们富足的精神、自由的灵魂、独特的人格魅力以及深厚的学识修养，为富有求知欲、好奇心的莘莘学子奉上了凝聚着自己心血的课程。

闻一多的唐诗课、张荫麟的历史课、朱自清的文学课……无一不在民族危难的关头闪耀着智慧的光芒，照亮了求知学子前行的道路，为文化的继承保存下了一颗颗小小的种子，也为民族的复兴带来了希望。

时代远去，我们无能为力；大师远去，我们却可以把他们留下的精神和文化财富以文字的形式永久留存。这既是大师们留下的宝贵财富，也是我们应该一直继承下去的文化宝藏。

为此，2020年编者特别策划了"西南联大通识课"丛书，从文学、国史、哲学、诗词、文化、古文、国学等七个方面展现西南联大的教育精神和大师风貌，以及中华民族的文化与思想特点。出版之后，"西南联大通识课"丛书受到社会各界读者的好评。还有很多读者认为这套丛书的内容十分适合用来培养青少年的国学修养，可以帮助青少年深入接触、了解和传承中华优秀传统文化。为此，编者特意在"西南联大通识课"丛书的基础上，策划了这套"西南联大通识课（青少版）"丛书，致力于让青少年读者无壁垒接触西南联大通识课程，感受大师们的智慧，感悟传统文化的魅力。

"西南联大通识课（青少版）"丛书精选"西南联大通识课"丛书中更贴合青少年学习的古典文学、诗词、国史等方面的内容，通过旁批的形式进行注释，所注内容包括但不限于生僻字注音、解释，古汉语解释，文言文翻译，文学常识，文史知识，编者勘误等内容，又增加了"延展阅读"版块，拓展相关阅读，帮助青少年读者将知识融会贯通。

本书讲"古典文学课"。所选的各篇文章，在内容的侧重和表述方式上有很大的不同，这是各位先生在教学和写作风格上各有千秋的结果。这一点，不仅体现了先生们各自的写作特点，更体现了西南联大学术上的"自由"，以及教学上的"百花齐放"。

在整理文章时，编者依旧秉持既忠实于西南联大课堂，又不拘泥于课堂的原则：有课堂讲义留存的，悉心收录；未留存有在西南联大任教时的讲义，而先生们在某一方面的研究卓有成就的亦予以收录；还有一部分文章是先生们在西南联大教授过的课程，只是内容不一定为在西南联大期间所写。如本书所选浦江清先生的文章，虽主要为先生在北京大学任教时的讲义，但整理过程中也吸纳了他在西南联大时所任"诗选""文选""古代戏曲史""中国小说史"等课的内容，故予以收录。在此基础上，本书选取文章时还充分考虑青少年读者的知识储备、阅读的广度和难度，以及学校课程的安排等多方面因素，力求通过这些作品让青少年了解传统文化，提升国学素养。

按照上述选篇原则，编者选择了朱自清、罗庸、浦江清等三位先生的二十一篇作品，以他们现存作品中较为完整的全集类作品或较为权威的单本作品作为底本。这些底本不但能保证本书的权威性，也能将先生们的作品风貌原汁原味地呈现出来。同时按照先生们所授课程涉及的年代从古至今进行排序，以便青少年读者了解中国古典文学的发展与变化。

编者的话

因时代不同,有些提法或者观点虽然现今多已不再使用,编者还是予以保留;同时,每个人的写作习惯以及每篇文章的体例、格式等亦有不同,为保证内容的可读性、连续性以及文字使用的规范性,编者在尊重并保持原著风格与面貌的基础上,进行了仔细编校,纠正讹误,统一体例,仅保留少数异体字。具体如下:

1. 原文中作者自注均统一为随文注,以小字号进行区分;旁批均为编者所加注释。

2. 因篇幅限制,部分文章只能节选,对这些节选的内容,编者皆在标题后加"(节选)"以说明。

3. 编者对部分原文标题重新进行了处理,如第十课内容选取自罗庸先生的《隋唐统一与文学之变古》,第十一课选取自罗庸先生的《中唐文学之创新与复古》,因本书只节选了原文中的一小节,故选用了原文小节标题作为本篇标题。

4. 文中数字,皆在遵守数字用法规范的前提下,兼顾了局部体例的统一。

5. 为保证旁批内容的准确性,编者参考了许多权威工具书,如《辞海》《辞源》《中国古今地名大词典》等,书中不再一一列出。

6. 文中表示时间的数字皆改为阿拉伯数字。为保持全书体例一致,编者对书中表示公元纪年的方法也进行了统一处理。正文中,仅将朱自清先生原文正文中表示公元纪年的名称"西元"统一改为"公元",其余正文则保持原貌。随文注中,表示时间段的,统一以"前×××—前×××"或"×××—×××"表示;表示时间点的,则统一以"公元前×××年"或"公元×××年"表示。旁批和"延展阅读"版块中,表示时间段的,统一以"前×××—前×××"或"×××—×××"表示;表示时间点且用于对照中国历史纪年的,统一以"前×××"或"×××"表示;单独表示时间点的,则统一以"前×××年"或"×××年"表示。

7. 因时代语言习惯不同造成的差异,编者对正文中除姓名、引文外的文字做了统一，如浦江清先生著作中多用"惟"字，编者均改为现今通用的"唯"字，"叫做""人材""轶闻""倡和"等词皆改为现今通用的"叫作""人才""逸闻""唱和"等词。另外，编者按现今语法规范，修订了"的""地""得"的用法。

8. 为提高青少年读者的阅读体验，编者根据2012年开始实施的《标点符号用法》，对部分原文标点符号略作改动，以统一体例，如"《左传》、《国语》"，改为"《左传》《国语》"。

9. 为方便青少年读者了解相关古典文学作品，编者在"延展阅读"版块中收录了不同类型的作品，并对以文言为主的作品统一加上了译文，以便于青少年读者阅读，而以白话为主的作品，如第十五课至第十九课、第二十一课"延展阅读"版块中收录的作品，相对易于阅读和理解，故其后不再加译文。

希望本书有助于青少年读者了解中国文学和领略几位先生在古典文学领域的学术风采；同时，更希望本书能够唤起青少年读者对西南联大的兴趣，更多地去了解这所在民族危亡之际仍坚守教育、传播中华优秀传统文化的大学，让中华优秀传统文化代代相传、生生不息。

由于编者能力有限，书中难免有疏漏和错讹，欢迎并感谢读者们批评指正。

目录

第一课 中国古代诗歌的开端——《诗经》
　　　　主讲人　朱自清…………………………………………001

第二课 《周易》
　　　　主讲人　朱自清…………………………………………009

第三课 《尚书》
　　　　主讲人　朱自清…………………………………………017

第四课 先秦诸子
　　　　主讲人　朱自清…………………………………………027

第五课 《春秋》三传
　　　　主讲人　朱自清…………………………………………043

第六课 《战国策》
　　　　主讲人　朱自清…………………………………………052

第七课 司马迁与《史记》（节选）
　　　　主讲人　朱自清…………………………………………059

第八课 班固与《汉书》（节选）
　　　　主讲人　朱自清…………………………………………068

第九课 山水文学之肇始
　　　　主讲人　罗　庸…………………………………………077

第十课 初唐四杰
　　　　主讲人　罗　庸…………………………………………081

第十一课　韩柳古文之理论与成就
　　　　　　主讲人　罗　庸 ··· 089

第十二课　欧阳修及其作品
　　　　　　主讲人　浦江清 ··· 096

第十三课　苏轼的散文
　　　　　　主讲人　浦江清 ··· 112

第十四课　王安石及其作品
　　　　　　主讲人　浦江清 ··· 119

第十五课　关汉卿与《窦娥冤》（节选）
　　　　　　主讲人　浦江清 ··· 129

第十六课　《三国演义》（节选）
　　　　　　主讲人　浦江清 ··· 147

第十七课　《水浒传》（节选）
　　　　　　主讲人　浦江清 ··· 164

第十八课　《西游记》（节选）
　　　　　　主讲人　浦江清 ··· 188

第十九课　曹雪芹与《红楼梦》（节选）
　　　　　　主讲人　浦江清 ··· 202

第二十课　蒲松龄与《聊斋志异》（节选）
　　　　　　主讲人　浦江清 ··· 221

第二十一课　吴敬梓与《儒林外史》（节选）
　　　　　　主讲人　浦江清 ··· 229

第一课
中国古代诗歌的开端——
《诗经》

主讲人 朱自清

  诗的源头是歌谣。上古时候，没有文字，只有唱的歌谣，没有写的诗。一个人高兴的时候或悲哀的时候，常愿意将自己的心情诉说出来，给别人或自己听。日常的言语不够劲儿，便用歌唱，一唱三叹得叫别人回肠荡气。唱叹再不够的话，便手也舞起来了，脚也蹈起来了，反正要将劲儿使到了家。碰到节日，大家聚在一起酬神作乐，唱歌的机会更多。或一唱众和，或彼此竞胜。传说葛天氏的乐八章，三个人唱，拿着牛尾，踏着脚（《吕氏春秋·古乐》篇），似乎就是描写这种光景的。歌谣越唱越多，虽没有书，却存在人的记忆里。有了现成的歌儿，就可借他人酒杯，浇自己块垒；随时拣一支合式的唱唱，也足可消愁解闷。若没有完全合式的，尽可删一些、改一些，到称意为止。流行的歌谣中往往不同的词句并行不悖，就是为此。可也有经过众人修饰，成为定本的。歌谣真可说是"一人的机锋，多人的智慧"了（英美吉特生《英国民歌论说》。译文据周作人《自己的园地·歌谣》章）。

  歌谣可分为徒歌和乐歌。徒歌是随口唱，乐歌是随着乐器唱。徒歌也有节奏，手舞脚蹈便是帮

◆葛天氏：传说中远古部落名。《葛天氏之乐》传为远古颂劳动，祈丰收，赞天、地、祖先等的歌舞。

◆合式：同"合适"。

◆英美吉特生《英国民歌论说》：应为英国吉特生（Frank Kidson）《英国民歌论》（*English Polk-Song*）。

◆洋洋大观：形容事物众多、丰富多彩。

助节奏的；可是乐歌的节奏更规律化些。乐器在中国似乎早就有了，《礼记》里说的土鼓、土槌儿、芦管儿（"土鼓""蒉桴"见《礼运》和《明堂位》，"苇籥"见《明堂位》），也许是我们乐器的老祖宗。到了《诗经》时代，有了琴瑟钟鼓，已是洋洋大观了。歌谣的节奏，最主要的靠重叠或叫复沓；本来歌谣以表情为主，只要翻来覆去将情表到了家就成，用不着费话。重叠可以说原是歌谣的生命，节奏也便建立在这上头。字数的均齐，韵脚的调协，似乎是后来发展出来的。有了这些，重叠才在诗歌里失去主要的地位。

有了文字以后，才有人将那些歌谣记录下来，便是最初的写的诗了。但记录的人似乎并不是因为欣赏的缘故，更不是因为研究的缘故。他们大概是些乐工，乐工的职务是奏乐和唱歌；唱歌得有词儿，一面是口头传授，一面也就有了唱本儿。歌谣便是这么写下来的。我们知道春秋时的乐工就和后世阔人家的戏班子一样，老板叫作太师。那时各国都养着一班乐工，各国使臣来往，宴会时都得奏乐唱歌。太师们不但得搜集本国乐歌，还得搜集别国乐歌；不但搜集乐词，还得搜集乐谱。那时的社会有贵族与平民两级。太师们是伺候贵族的，所搜集的歌儿自然得合贵族们的口味，平民的作品是不会入选的。他们搜得的歌谣，有些是乐歌，有些是徒歌。徒歌得合乐才好用。合乐的时候，往往得增加重叠的字句或章节，便不能保存歌词的原来样子。除了这种搜集的歌谣以外，太师们所保存的还有贵

第一课 中国古代诗歌的开端——《诗经》

族们为了特种事情,如祭祖、宴客、房屋落成、出兵、打猎等等作的诗。这些可以说是典礼的诗。又有讽谏、颂美等等的献诗,献诗是臣下作了献给君上,准备让乐工唱给君上听的,可以说是政治的诗。太师们保存下这些唱本儿,带着乐谱;唱词儿共有三百多篇,当时通称作"诗三百"。到了战国时代,贵族渐渐衰落,平民渐渐抬头,新乐代替了古乐,职业的乐工纷纷散走。乐谱就此亡失,但是还有三百来篇唱词儿流传下来,便是后来的《诗经》了(今《诗经》共三百十一篇,其中六篇有目无诗,实存三百零五篇)。

◆《诗经》:我国最早的一部诗歌总集。

"诗言志"是一句古话,"诗"(詩)这个字就是"言""志"两个字合成的。但古代所谓"言志"和现在所谓"抒情"并不一样,那"志"总是关联着政治或教化的。春秋时通行赋诗。在外交的宴会里,各国使臣往往得点一篇诗或几篇诗叫乐工唱。这很像现在的请客点戏,不同处是所点的诗句必加上政治的意味。这可以表示这国对那国或这人对那人的愿望、感谢、责难等等,都从诗篇里断章取义。断章取义是不管上下文的意义,只将一章中一两句拉出来,就当前的环境,作政治的暗示。如《左传》襄公二十七年,郑伯宴晋使赵孟于垂陇,赵孟请大家赋诗,他想看看大家的"志"。子太叔赋的是《野有蔓草》。原诗首章云:"野有蔓草,零露漙兮。有美一人,清扬婉兮。邂逅相遇,适我愿兮。"子太叔只取末两句,借以表示郑国欢迎赵孟的意思;上文他就不管。全诗原是男女私情之作，他更不管了。可是这样办正是"诗言志"，在那回宴会里，赵孟就和子太叔说了"诗以言志"这句话。

到了孔子时代，赋诗的事已经不行了，孔子却采取了断章取义的办法，用诗来讨论做学问、做人的道理。"如切如磋，如琢如磨"（《卫风·淇澳》的句子），本来说的是治玉，他却将玉比人，用来教训学生做学问的工夫（《论语·学而》）。"巧笑倩兮，美目盼兮，素以为绚兮"（"巧笑倩兮，美目盼兮。"《卫风·硕人》的句子；"素以为绚兮"一句今已佚），本来说的是美人，所谓天生丽质。他却拉出末句来比方作画，说先有白底子，才会有画，是一步步进展的；作画还是比方，他说的是文化，人先是朴野的，后来才进展了文化——文化必须修养而得，并不是与生俱来的（《论语·八佾》）。他如此解诗，所以说"思无邪"一句话可以包括"诗三百"的道理（"思无邪"，《鲁颂·駉》的句子；"思"是语词，无义）；又说诗可以鼓舞人，联合人，增加阅历，发泄牢骚，事父事君的道理都在里面（《论语·阳货》）。孔子以后，"诗三百"成为儒家的"六经"之一，《庄子》和《荀子》里都说到"诗言志"，那个"志"便指教化而言。

但春秋时列国的赋诗只是用诗，并非解诗；那时诗的主要作用还在乐歌，因乐歌而加以借用，不过是一种方便罢了。至于诗篇本来的意义，那时原很明白，用不着讨论。到了孔子时代，诗已经不常歌唱了，诗篇本来的意义，经过了多年的借用，

◆朴野：质朴，不文饰，不矫饰。

◆事：侍奉。

第一课 中国古代诗歌的开端——《诗经》

也渐渐含糊了。他就按着借用的办法，根据他教授学生的需要，断章取义地来解释那些诗篇。后来解释《诗经》的儒生都跟着他的脚步走。最有权威的毛氏《诗传》和郑玄《诗笺》，差不多全是断章取义，甚至断句取义——断句取义是在一句两句里拉出一个两个字来发挥，比起断章取义，真是变本加厉了。

毛氏有两个人：一个毛亨，汉时鲁国人，人称为大毛公；一个毛苌，赵国人，人称为小毛公。是大毛公创始《诗经》的注解，传给小毛公，在小毛公手里完成的。郑玄是东汉人，他是专给《毛传》作《笺》的，有时也采取别家的解说；不过别家的解说在原则上也还和毛氏一鼻孔出气，他们都是以史证诗。他们接受了孔子"无邪"的见解，又摘取了孟子的"知人论世"（见《孟子·万章》）的见解，以为用孔子的诗的哲学，别裁古代的史说，拿来证明那些诗篇是什么时代作的，为什么事作的，便是孟子所谓"以意逆志"（见《孟子·万章》）。其实孟子所谓"以意逆志"倒是说要看全篇大意，不可拘泥在字句上，与他们不同。他们这样猜出来的作诗人的志，自然不会与作诗人相合，但那种志倒是关联着政治教化而与"诗言志"一语相合的。这样的以史证诗的思想，最先具体地表现在《诗序》里。

《诗序》有《大序》《小序》。《大序》好像总论，托名子夏，说不定是谁作的。《小序》每篇一条，大约是大、小毛公作的。以史证诗，似乎是《小序》的专门任务；传里虽也偶然提及，却总以

◆孟子（约前372—前289）：名轲，字子舆，战国时思想家、政治家、教育家。被认为是孔子学说的继承者，有"亚圣"之称。

◆托名：假借别人的名义。

◆ 训诂：对古书字句做解释。

训诂为主，不过所选取的字义，意在助成序说，无形中有个一定方向罢了。可是《小序》也还是泛说的多，确指的少。到了郑玄，才更详密地发展了这个条理。他按着《诗经》中的国别和篇次，系统地附和史料，编成了《诗谱》，差不多给每篇诗确定了时代；《笺》中也更多地发挥了作为各篇诗的背景的历史。以史证诗，在他手里算是集大成了。

《大序》说明诗的教化作用，这种作用似乎建立在风、雅、颂、赋、比、兴所谓"六义"上。《大序》只解释了风、雅、颂。说风是风化（感化）、讽刺的意思，雅是正的意思，颂是形容盛德的意思。这都是按着教化作用解释的。照近人的研究，这三个字大概都从音乐得名。风是各地方的乐调，《国风》便是各国土乐的意思。雅就是"乌"字，似乎描写这种乐的呜呜之音。雅也就是"夏"字，古代乐章叫作"夏"的很多，也许原是地名或族名。雅又分《大雅》《小雅》，大约也是乐调不同的缘故。颂就是"容"字，容就是"样子"；这种乐连歌带舞，舞就有种种样子了。风、雅、颂之外，其实还该有个"南"。南是南音或南调，《诗经》中《周南》《召南》的诗，原是相当于现在河南、湖北一带地方的歌谣。《国风》旧有十五，分出二南，还剩十三；而其中邶、鄘两国的诗，现经考定，都是卫诗，那么只有十一《国风》（卫、王、郑、齐、魏、唐、秦❶、陈、桧、曹、豳）了。颂有《周

---

❶ 见课后延展阅读：《无衣》。

颂》《鲁颂》《商颂》,《商颂》经考定实是《宋颂》。至于搜集的歌谣,大概是在二南、《国风》和《小雅》里。

　　赋、比、兴的意义,说法最多。大约这三个名字原都含有政治和教化的意味。赋本是唱诗给人听,但在《大序》里,也许是"直铺陈今之政教善恶"(《周礼·大师》郑玄注)的意思。比、兴都是《大序》所谓"主文而谲谏",不直陈而用譬喻叫"主文",委婉讽刺叫"谲谏"。说的人无罪,听的人却可警诫自己。《诗经》里许多譬喻就在比、兴的看法下,断章断句地硬派作政教的意义了。比、兴都是政教的譬喻,但在诗篇发端的叫作兴。《毛传》只在有兴的地方标出,不标赋、比;想来赋义是易见的,比、兴虽都是曲折成义,但兴在发端,往往关系全诗,比较更重要些,所以便特别标出了。《毛传》标出的兴诗,共一百十六篇,《国风》中最多,《小雅》第二;按现在说,这两部分搜集的歌谣多,所以譬喻的句子也便多了。

◆譬喻:比喻。

(选自《朱自清全集》第六卷)

延展阅读

无 衣
选自《诗经·秦风》

【原文】

岂曰无衣？与子同袍。
王于兴师，修我戈矛，与子同仇。
岂曰无衣？与子同泽。
王于兴师，修我矛戟，与子偕作。
岂曰无衣？与子同裳。
王于兴师，修我甲兵，与子偕行。

【译文】

谁说没有衣服穿？与你同穿战袍。
王要发兵交战，修整我的戈和矛，与你一起对敌。
谁说没有衣服穿？与你同穿内衣。
王要发兵交战，修整我的矛和戟，与你一起出发行动。
谁说没有衣服穿？与你同穿战裙。
王要发兵交战，修整铠甲和兵器，与你共前进。

第二课
《周易》

主讲人 朱自清

在人家门头上，在小孩的帽饰上，我们常见到八卦那种东西。八卦是圣物，放在门头上，放在帽饰里，是可以辟邪的。辟邪还只是它的小神通，它的大神通在能够因往知来，预言吉凶。算命的、看相的、卜课的，都用得着它。他们普通只用五行生克的道理就够了，但要详细推算，就得用阴阳和八卦的道理。八卦及阴阳五行和我们非常熟习，这些道理直到现在还是我们大部分人的信仰，我们大部分人的日常生活不知不觉之中教这些道理支配着。行人不至、谋事未成、财运欠通、婚姻待决、子息不旺，乃至种种疾病疑难，许多人都会去求签问卜、算命看相，可见影响之大。讲五行的经典，现在有《尚书·洪范》，讲八卦的便是《周易》。

八卦相传是伏羲氏画的。另一个传说却说不是他自出心裁画的。那时候有匹龙马从黄河里出来，背着一幅图，上面便是八卦，伏羲只照着描下来罢了。但这因为伏羲是圣人，那时代是圣世，天才派了龙马赐给他这件圣物。所谓"河图"，便是这个。那讲五行的《洪范》，据说也是大禹治水时在洛水中从一只神龟背上得着的，也出于天赐。所

◆ 五行：金、木、水、火、土五种物质。五行生克：指五行相生相克理论。五行相生指互相促进，如"金生水、水生木、木生火、火生土、土生金"。五行相克指互相排斥，如"金克木、木克土、土克水、水克火、火克金"。

◆ 《周易》：也称《易经》。

◆ 自出心裁：出于自心的创造、裁断。

谓"洛书",便是那个。但这些神怪的故事,显然是八卦和五行的宣传家造出来抬高这两种学说的地位的。伏羲氏,恐怕压根儿就没有这个人,他只是秦汉间儒家假托的圣王。至于八卦,大概是有了筮法以后才有的。商民族是用龟的腹甲或牛的胛骨卜吉凶,他们先在甲骨上钻一下,再用火灼;甲骨经火,有裂痕,便是兆象,卜官细看兆象,断定吉凶;然后便将卜的人、卜的日子、卜的问句等用刀笔刻在甲骨上,这便是卜辞。卜辞里并没有阴阳的观念,也没有八卦的痕迹。

卜法用牛骨最多,用龟甲是很少的。商代农业刚起头,游猎和畜牧还是主要的生活方式,那时牛骨头不缺少。到了周代,渐渐脱离游牧时代,进到农业社会了,牛骨头便没有那么容易得了。这时候却有了筮法,作为卜法的辅助。筮法只用些蓍草,那是不难得的。蓍草是一种长寿草,古人觉得这草和老年人一样,阅历多了,知道的也就多了,所以用它来占吉凶。筮的时候用它的杆子,方法已不能详知,大概是数的。取一把蓍草,数一下看是什么数目,看是奇数还是偶数,也许这便可以断定吉凶。古代人看见数目整齐而又有变化,认为是神秘的东西。数目的连续、循环以及奇偶,都引起人们的惊奇。那时候相信数目是有魔力的,所以巫术里用得着它。我们一般人直到现在,还嫌恶奇数,喜欢偶数,该是那些巫术的遗迹。那时候又相信数目是有道理的,所以哲学里用得着它。我们现在还说,凡事都有定数,这就是前定的意思;这是很古

◆筮,shì。筮法:古代用蓍(shī)草占卜,也称"卜筮"。

第二课 《周易》

的信仰了。人生有数，世界也有数，数是算好了的一笔账；用现在的话说，便是机械的。数又是宇宙的架子，如说太极生两仪，两仪生四象（二语见《易·系辞》。太极是混沌的元气，两仪是天地，四象是日月星辰），就是一生二、二生四的意思。筮法可以说是一种巫术，是靠了数目来判断吉凶的。

八卦的基础便是一、二、三的数目。整画"━"是一；断画"--"是二；三画叠而成卦是"☰"。这样配出八个卦，便是☰、☱、☲、☳、☴、☵、☶、☷，乾、兑、离、震、艮、坎、巽、坤[1]是这些卦的名字。那整画、断画的排列，也许是在排列着蓍草时触悟出来的。八卦到底太简单了，后来便将这些卦重起来，两卦重作一个，按照算学里错列与组合的必然，成了六十四卦，就是《周易》里的卦数。蓍草的应用，也许起于民间；但八卦的创制、六十四卦的推演，巫与卜官大约是重要的角色。古代巫与卜官同时也就是史官，一切的记载、一切的档案，都掌管在他们手里。他们是当时知识的权威，参加创卦或重卦的工作是可能的。筮法比卜法简便得多，但起初人们并不十分信任它。直到春秋时候，还有"筮短龟长"的话（《左传》僖公四年）。那些时代，大概小事才用筮，大事还得用卜的。

筮法袭用卜法的地方不少。卜法里的兆象，据说有一百二十体，每一体都有十条断定吉凶的

◆错列与组合：即数学中的排列组合。

[1] 见课后延展阅读：《乾》《坤》。

011

"颂"辞（《周礼·春官·大卜》）。这些是现成的辞。但兆象是自然地灼出来的，有时不能凑合到那一百二十体里去，便得另造新辞。筮法里的六十四卦，就相当于一百二十体的兆象。那断定吉凶的辞，原叫作繇辞，"繇"是抽出来的意思。《周易》里一卦有六画，每画叫作一爻——六爻的次序，是由下向上数的。繇辞有属于卦的总体的，有属于各爻的；所以后来分称为卦辞和爻辞。这种卦、爻辞也是卜筮官的占筮记录，但和甲骨卜辞的性质不一样。

◆繇，zhòu。

从卦、爻辞里的历史故事和风俗制度看，我们知道这些是西周初叶的记录，记录里好些是不连贯的，大概是几次筮辞并列在一起的缘故。那时卜筮官将这些卦、爻辞按着卦、爻的顺序编辑起来的，便成了《周易》这部书。"易"是"简易"的意思，是说筮法比卜法简易的意思。本来呢，卦数既然是一定的，每卦、每爻的辞又是一定的，检查起来，引申推论起来，自然就"简易"了。不过这只在当时的卜筮官如此。他们熟习当时的背景，卦、爻辞虽"简"，他们却觉得"易"。到了后世就不然了，筮法久已失传，有些卦、爻辞简直就看不懂了。《周易》原只是当时一部切用的筮书。

《周易》现在已经变成了儒家经典的第一部，但早期的儒家还没注意这部书。孔子是不讲怪、力、乱、神的。《论语》里虽有"五十以学《易》，可以无大过矣"的话，但另一个本子作"五十以学，亦可以无大过矣"（《古论语》作

◆怪、力、乱、神：怪异、勇力、叛乱、鬼神。

"易",《鲁论语》作"亦");所以这句话是很可疑的。孔子只教学生读《诗》《书》和《春秋》,确没有教读《周易》。《孟子》称引《诗》《书》,也没说到《周易》。《周易》变成儒家的经典,是在战国末期。那时候阴阳家的学说盛行,儒家大约受了他们的影响,才研究起这部书来。那时候道家的学说也盛行,也从另一面影响了儒家。儒家就在这两家学说的影响之下,给《周易》的卦、爻辞作了种种新解释。这些新解释并非在忠实地、确切地解释卦、爻辞,其实倒是借着卦、爻辞发挥他们的哲学。这种新解释存下来的,便是所谓《易传》。

《易传》中间较有系统的是彖辞和象辞。彖辞断定一卦的含义——"彖"就是"断"的意思。象辞推演卦和爻的象,这个"象"字相当于现在所谓"观念"。这个字后来成为解释《周易》的专门名词。但彖辞断定的含义,象辞推演的观念,其实不是真正从卦、爻里探究出来的;那些只是作传的人附会在卦、爻上面的。这里面包含着多量的儒家伦理思想和政治哲学;象辞的话更有许多和《论语》相近的。但说到"天"的时候,不当作有人格的上帝,而只当作自然的道,却是道家的色彩了。这两种传似乎是编纂起来的,并非一人所作。此外有《文言》和《系辞》。《文言》解释乾坤两卦;《系辞》发挥宇宙观、人生观,偶然也有分别解释卦、爻的话。这些似乎都是**抱残守缺**、汇集众说而成。到了汉代,又新发现了《说卦》《序卦》《杂卦》三种传。《说卦》推演卦象,说明某卦的观念

◆抱残守缺:形容保守不知改进。

象征着自然界和人世间的某些事物,譬如乾卦象征着天,又象征着父之类。《序卦》说明六十四卦排列先后的道理。《杂卦》比较各卦意义的同异之处。这三种传据说是河内一个女子在什么地方找着的,后来称为《逸易》;其实也许就是汉代人作的。

八卦原只是数目的巫术,这时候却变成数目的哲学了。那整画"—"是奇数,代表天;那断画"--"是偶数,代表地。奇数是阳数,偶数是阴数,阴阳的观念是从男女来的。有天地,不能没有万物,正和有男女就有子息一样,所以三画才能成一卦。卦是表示阴阳变化的,《周易》的"易",也便是变化的意思。为什么要八个卦呢?这原是算学里错列与组合的必然,但这时候却想着是万象的分类。乾是天,是父等;坤是地,是母等;震是雷,是长子等;巽是风,是长女等;坎是水,是心病等;离是火,是中女等;艮是山,是太监等;兑是泽,是少女等。这样,八卦便象征着也支配着整个的大自然,整个的人间世了。八卦重为六十四卦,卦是复合的,卦象也是复合的,作用便更复杂、更具体了。据说伏羲、神农、黄帝、尧、舜一班圣人看了六十四卦的象,悟出了种种道理,这才制造了器物,建立了制度、耒耜以及文字等等东西;"日中为市"等等制度,都是他们从六十四卦推演出来的。

这个观象制器的故事,见于《系辞》。《系辞》是最重要的一部《易传》。这传里借着八卦和

◆子息:子嗣。

◆耒,lěi。耜,sì。耒耜:古代一种像犁的农具,也用作农具的统称。

◆日中为市:中午时建立集市进行交易、做生意。

卦、爻辞发挥着的融合儒、道的哲学，和观象制器的故事，都大大地增加了《周易》的价值，抬高了它的地位。《周易》的地位抬高了，关于它的传说也就多了。《系辞》里只说伏羲作八卦；后来的传说却将重卦的，作卦、爻辞的，作《易传》的人，都补出来了。但这些传说都比较晚，所以有些参差，不尽能像"伏羲画卦说"那样成为定论。重卦的人，有说是伏羲的，有说是神农的，有说是文王的。卦、爻辞有说全是文王作的，有说爻辞是周公作的；有说全是孔子作的。《易传》却都说是孔子作的。这些都是圣人。《周易》的经传都出于圣人之手，所以和儒家所谓道统，关系特别深切；这成了他们一部传道的书。所以到了汉代，便已跳到六经之首了。（《庄子·天运》篇和《天下》篇所说六经的次序是：《诗》《书》《礼》《乐》《易》《春秋》，到了《汉书·艺文志》变成了《易》《诗》《书》《礼》《乐》《春秋》了。）但另一面阴阳八卦与五行结合起来，三位一体地演变出后来医卜、星相种种迷信，种种花样，支配着一般民众，势力也非常雄厚。这里面儒家的影响却很少了，大部分还是《周易》原来的卜筮传统的力量。儒家的《周易》是哲学化了的；民众的《周易》倒是巫术的本来面目。

（选自《朱自清全集》第六卷）

◆ 文王：周文王姬昌。

◆ 周公：生卒年不详，姬姓，名旦，周文王姬昌之子，周武王姬发之弟。致力于制礼作乐，建立典章制度，是西周初重要政治人物。相关典故：周公吐哺。

延展阅读

乾
节选自《周易·乾卦第一》

【原文】

天行健,君子以自强不息。

【译文】

宇宙、自然不停运转,君子处事应像宇宙、自然一样,不断前进、永不停止。

坤
节选自《周易·坤卦第二》

【原文】

地势坤,君子以厚德载物。

【译文】

大地气势宽厚,君子应像大地一样有宽厚的德行,能承载万物。

第三课
《尚书》

主讲人 朱自清

　　《尚书》是中国最古的记言的历史。所谓记言，其实也是记事，不过是一种特别的方式罢了。记事比较的是间接的，记言比较的是直接的。记言大部分照说的话写下来，虽然也须略加剪裁，但是尽可以不必多费心思。记事需要化自称为他称，剪裁也难，费的心思自然要多得多。

　　中国的记言文是在记事文之先发展的。商代甲骨卜辞大部分是些问句，记事的话不多见。两周金文也还多以记言为主。直到战国时代，记事文才有了长足的进展。古代言文大概是合一的，说出的、写下的都可以叫作"辞"。卜辞我们称为"辞"，《尚书》的大部分其实也是"辞"。我们相信这些辞都是当时的"雅言"（"雅言"见《论语·述而》），就是当时的官话或普通话。但传到后世，这种官话或普通话却变成诘屈聱牙的古语了。

　　《尚书》包括虞、夏、商、周四代，大部分是号令，就是向大众宣布的话，小部分是君臣相告的话。也有记事的，可是照近人的说法，那记事的几篇，大都是战国末年人的制作，应该分别地看。那些号令多称为"誓"或"诰"，后人便用

◆记言：记录言论。

◆诘，jí。屈，qū。聱，áo。诘屈聱牙：同"佶屈聱牙"，指文章读起来不顺口。

◆文告：机关或团体发布的文件。

◆尊信：尊重信奉；尊重相信。

◆五经：《诗》《书》《礼》《易》《春秋》五部儒家经典。

"誓""诰"的名字来代表这一类。平时的号令叫"诰"，有关军事的叫"誓"。君告臣的话多称为"命"；臣告君的话却似乎并无定名，偶然有称为"谟"（《说文》言部，"谟，议谋也。"）的。这些辞有的是当代史官所记，有的是后代史官追记；当代史官也许根据亲闻，后代史官便只能根据传闻了。这些辞原来似乎只是说的话，并非写出的文告；史官记录，意在存作档案，备后来查考之用。这种古代的档案，想来很多，留下来的却很少。汉代传有《书序》，来历不详，也许是周、秦间人所作。有人说，孔子删《书》为百篇，每篇有序，说明作意。这却缺乏可信的证据。孔子教学生的典籍里有《书》，倒是真的。那时代的《书》是个什么样子，已经无从知道。"书"原是记录的意思（《说文》书部，"书，著也。"）；大约那所谓"书"只是指当时留存着的一些古代的档案而言；那些档案恐怕还是一件件的，并未结集成书。成书也许是在汉人手里。那时候这些档案留存着的更少了，也更古了，更稀罕了；汉人便将它们编辑起来，改称《尚书》。"尚"，"上"也；《尚书》据说就是"上古帝王的书"（《论衡·正说》篇）。"书"上加一"尚"字，无疑地是表示着尊信的意味。至于《书》称为"经"，始于《荀子》（《劝学》篇）；不过也是到汉代才普遍罢了。

儒家所传的"五经"中，《尚书》残缺最多，因而问题也最多。秦始皇烧天下诗书及诸侯史记，并禁止民间私藏一切书。到汉惠帝时，才开了书

第三课 《尚书》

禁；文帝接着更鼓励人民献书。书才渐渐见得着了。那时传《尚书》的只有一个济南伏生。（裴骃《史记集解》引张晏曰："伏生名胜，《伏氏碑》云。"）伏生本是秦博士。始皇下诏烧诗书的时候，他将《书》藏在墙壁里。后来兵乱，他流亡在外。汉定天下，才回家；检查所藏的《书》，已失去数十篇，剩下的只二十九篇了。他就守着这一些，私自教授于齐、鲁之间。文帝知道了他的名字，想召他入朝。那时他已九十多岁，不能远行到京师去。文帝便派掌故官晁错来从他学。伏生私人的教授，加上朝廷的提倡，使《尚书》流传开去。伏生所藏的本子是用"古文"写的，还是用秦篆写的，不得而知；他的学生却只用当时的隶书抄录流布。这就是东汉以来所谓《今尚书》或《今文尚书》。汉武帝提倡儒学，立"五经"博士；宣帝时每经又都分家数立官，共立了十四博士。每一博士各有弟子员若干人。每家有所谓"师法"或"家法"，从学者必须严守。这时候经学已成利禄的途径，治经学的自然就多起来了。《尚书》也立下欧阳（和伯）、大小夏侯（夏侯胜、夏侯建）三博士，却都是伏生一派分出来的。当时去伏生已久，传经的儒者为使人尊信的缘故，竟有硬说《尚书》完整无缺的。他们说，二十九篇是取法天象的，一座北斗星加上二十八宿，不正是二十九吗（《论衡·正说》篇）！这二十九篇，东汉经学大师马融、郑玄都给作过注；可是那些注现在差不多亡失干净了。

汉景帝时，鲁恭王为了扩展自己的宫殿，去

◆博士：古代学官名，起源于战国。博士掌古通今，汉初以前为顾问性质，汉武帝之后专掌经学教授。

◆弟子员：汉代对太学生的称谓。

◆马融（79—166）：字季长，东汉经学家、文学家。通注群经，使古文经学达到成熟境地。生徒千人，郑玄便出自其门。

◆鲁恭王：汉景帝刘启之子刘馀。

拆毁孔子的旧宅。在墙壁里得着"古文"经传数十篇，其中有《书》。这些经传都是用"古文"写的；所谓"古文"，其实只是晚周民间别体字。那时恭王肃然起敬，不敢再拆房子，并且将这些书都交还孔家的主人、孔子的后人叫孔安国的。安国加以整理，发现其中的《书》比通行本多出十六篇；这称为《古文尚书》。武帝时，安国将这部书献上去。因为语言和字体的两重困难，一时竟无人能通读那些"逸书"，所以便一直压在皇家图书馆里。成帝时，刘向、刘歆父子先后领校皇家藏书。刘向开始用《古文尚书》校勘今文本子，校出今文脱简及异文各若干。哀帝时，刘歆想将《左氏春秋》《毛诗》《逸礼》及《古文尚书》立博士；这些都是所谓"古文"经典。当时的"五经"博士不以为然，刘歆写了长信和他们争辩（《汉书》本传）。这便是后来所谓今古文之争。

今古文之争是西汉经学一大史迹。所争的虽然只在几种经书，他们却以为关系孔子之道即古代圣帝明王之道甚大。"道"其实也是幌子，骨子里所争的还在禄位与声势；当时今古文派在这一点上是一致的。不过两派的学风确也有不同处。大致今文派继承先秦诸子的风气，"思以其道易天下"（语见章学诚《文史通义·官公》上），所以主张通经致用。他们解经，只重微言大义；而所谓微言大义，其实只是他们自己的历史哲学和政治哲学。古文派不重哲学而重历史，他们要负起保存和传布文献的责任；所留心的是在章句、训诂、典礼、名物之

◆逸书：特指《尚书》。

◆脱简：原指简片散失。后泛指书本有缺页或文字有脱漏。

◆微言大义：精微的语言和深奥的道理。

◆传布：传播。

间。他们各得了孔子的一端，各有偏畸的地方。到了东汉，书籍流传渐多，民间私学日盛。私学压倒了官学，古文经学压倒了今文经学；学者也以兼通为贵，不再专主一家。但是这时候"古文"经典中《逸礼》即《礼》古经已经亡佚，《尚书》之学，也不昌盛。

　　东汉初，杜林曾在西州（今新疆境）得漆书《古文尚书》一卷，非常宝爱，流离兵乱中，老是随身带着。他是怕"《古文尚书》学"会绝传，所以这般珍惜。当时经师贾逵、马融、郑玄都给那一卷《古文尚书》作注，从此《古文尚书》才显于世（《后汉书·杨伦传》）。原来"《古文尚书》学"直到贾逵才真正开始，从前是没有什么师说的。而杜林所得只一卷，绝不如孔壁所出的多，学者竟爱重到那般地步，大约孔安国献的那部《古文尚书》，一直埋没在皇家图书馆里，民间也始终没有盛行，经过西汉末年的兵乱，便无声无息地亡失了吧。杜林的那一卷，虽经诸大师作注，却也没传到后世；这许又是三国兵乱的缘故。《古文尚书》的运气真够坏的，不但没有能够露头角，还一而再地遭到了些冒名顶替的事儿。这在西汉就有。汉成帝时，因孔安国所献的《古文尚书》无人通晓，下诏征求能够通晓的人。东莱有个张霸，不知孔壁的书还在，便根据《书序》，将伏生二十九篇分为数十，作为中段，又采《左氏传》及《书序》所说，补作首尾，共成《古文尚书百二篇》。每篇都很简短，文意又浅陋。他将这伪书献上去，成帝教用皇家图书

◆官学：中国古代历代官府所办的各级各类学校。如太学、国子监、乡学、县学等。

◆漆书：用漆书写的竹木简。

馆藏着的孔壁《尚书》对看，满不是的。成帝便将张霸下在狱里，但却还存着他的书，并且听它流传世间。后来张霸的再传弟子樊并谋反，朝廷才将那书毁废。这第一部伪《古文尚书》就从此失传了。

到了三国末年，魏国出了个王肃，是个博学而有野心的人。他伪作了《孔子家语》《孔丛子》（《孔子家语》托名孔安国，《孔丛子》托名孔鲋），又伪作了一部孔安国的《古文尚书》，还带着孔安国的传。他是个聪明人，伪造这部《古文尚书》孔传，是很费了心思的。他采辑群籍中所引"逸书"，以及历代嘉言，改头换面，巧为连缀，成功了这部书。他是参照汉儒的成法，先将伏生二十九篇分割为三十三篇，另增多二十五篇，共五十八篇（桓谭《新论》作五十八，《汉书·艺文志》自注作五十七），以合于东汉儒者如桓谭、班固所记的《古文尚书》篇数。所增各篇，用力阐明儒家的"德治主义"，满纸都是仁义道德的格言。这是汉武帝罢黜百家，专崇儒学以来的正统思想，所谓大经、大法，足以取信于人。只看宋以来儒者所口诵心维的"十六字心传"（见真德秀《大学衍义》。所谓十六字是："人心惟危，道心惟微，惟精惟一，允执厥中。"在伪《大禹谟》里，是舜对禹的话），正在他伪作的《大禹谟》❶里，便见出这部伪书影响之大。其实《尚书》里的主要思想，该是"鬼治主义"，像《盘庚》等篇所表现的。"原来西周以前，君主即教主，可以为所欲

◆ 嘉言：善言；美言。
◆ 连缀：联结。

◆ 口诵心维：口里念诵，心里思考。

---

❶ 见课后延展阅读：《大禹谟》。

为，不受什么政治道德的拘束。逢到臣民不听话的时候，只要抬出上帝和先祖来，自然一切解决。"这叫作"鬼治主义"。"西周以后，因疆域的开拓，交通的便利，富力的增加，文化大开。自孔子以至荀卿、韩非，他们的政治学说都建筑在人性上面。尤其是儒家，把人性扩张得极大。他们觉得政治的良好只在诚信的感应；只要君主的道德好，臣民自然风从，用不到威力和鬼神的压迫。"这叫作"德治主义"。〔以上引顾颉刚《盘庚中篇今译》（《古史辨》第二册）。〕看古代的档案，包含着"鬼治主义"思想的，自然比包含着"德治主义"思想的可信得多。但是王肃的时代早已是"德治主义"的时代，他的伪书所以专从这里下手，他果然成功了。只是词旨坦明，毫无诘屈聱牙之处，却不免露出了马脚。

晋武帝时候，孔安国的《古文尚书》曾立过博士（《晋书·荀崧传》）；这《古文尚书》大概就是王肃伪造的。王肃是武帝的外祖父，当时即使有怀疑的人，也不敢说话。可是后来经过怀帝永嘉之乱，这部伪书也散失了，知道的人很少。东晋元帝时，豫章内史梅赜发现了它，便拿来献到朝廷上去。这时候伪《古文尚书》孔传便和马、郑注的尚书并行起来了。大约北方的学者还是信马、郑的多，南方的学者才是信伪孔的多。等到隋统一了天下，南学压倒了北学，马、郑《尚书》，习者渐少。唐太宗时，因章句繁杂，诏令孔颖达等编撰《五经正义》；高宗永徽四年（公元653年），颁行天下，考

◆赜，zé。

试必用此本。《正义》成了标准的官书，经学从此大统一。那《尚书正义》便用的伪《古文尚书》孔传。伪孔定于一尊，马、郑便更没人理睬了；日子一久，自然就残缺了，宋以来差不多就算亡了。伪《古文尚书》孔传，如此这般冒名顶替了一千年，直到清初的时候。

这一千年中间，却也有怀疑伪《古文尚书》孔传的人。南宋的吴棫首先发难。他有《书稗传》十三卷（陈振孙《直斋书录解题》四），可惜不传了。朱子因孔安国的"古文"字句皆完整，又平顺易读，也觉得可疑（见《朱子语类》七十八）。但是他们似乎都还没有去找出确切的证据。至少朱子还不免疑信参半；他还采取伪《大禹谟》里"人心""道心"的话解释"四书"，建立道统呢。元代的吴澄才断然地将伏生今文从伪古文分出；他的《尚书纂言》只注解今文，将伪古文除外。明代梅鷟著《尚书考异》，更力排伪孔，并找出了相当的证据。但是严密钩稽决疑定谳的人，还得等待清代的学者。这里该提出三个可尊敬的名字。第一是清初的阎若璩，著《古文尚书疏证》；第二是惠栋，著《古文尚书考》。两书辨析详明，证据确凿，教伪孔体无完肤，真相毕露；但将作伪的罪名加在梅赜头上，还不免未达一间。第三是清中叶的丁晏，著《尚书余论》，才将真正的罪人王肃指出。千年公案，从此可以定论。这以后等着动手的，便是搜辑汉人的伏生《尚书》说和马、郑注。这方面努力的不少，成绩也斐然可观；不过所能做到的，也只是抱残守

◆棫，yù。

◆朱子：即朱熹。

◆钩稽：也作"勾稽"，指考核文书簿籍。

◆谳，yàn。定谳：定案、定论。

◆未达一间：未能通达，只差一点儿。

缺的工作罢了。伏生《尚书》从千年迷雾中重露出真面目，清代诸大师的劳绩是不朽的。但二十九篇固是真本，其中也还该分别地看。照近人的意见，《周书》大都是当时史官所记，只有一二篇像是战国时人托古之作。《商书》究竟是当时史官所记，还是周史官追记，尚在然疑之间。《虞》《夏书》大约多是战国末年人托古之作，只《甘誓》那一篇许是后代史官追记的。这么着，《今文尚书》里便也有了真伪之分了。

◆ 然疑：狐疑。
◆ 《虞》：即《虞书》。

（选自《朱自清全集》第六卷）

延展阅读

大禹谟
节选自《尚书·虞书》

【原文】

帝曰："来，禹！降水儆予，成允成功，惟汝贤。克勤于邦，克俭于家，不自满假，惟汝贤。汝惟不矜，天下莫与汝争能；汝惟不伐，天下莫与汝争功。予懋乃德，嘉乃丕绩，天之历数在汝躬，汝终陟元后。

"人心惟危，道心惟微，惟精惟一，允执厥中。

"无稽之言勿听，弗询之谋勿庸。可爱非君？可畏非民？众非元后，何戴？后非众，罔与守邦？钦哉！慎乃有位，敬修其可愿。四海困穷，天禄永终。惟口出好兴戎，朕言不再。"

【译文】

舜说："来，禹！天降洪水警戒我，能在治水中成就功业，又在民众中建立威信的，只有你贤；能勤劳为国，节俭持家，不自满自大，只有你贤。你不骄傲，天下没有一个人敢与你争能。你不居功，天下没有一个人敢与你争功。我赞美你的德行，嘉许你的大功，天命已经降落在你的身上，你终将升任大君。

"人心危险，道心微妙难明，唯有精心体察，言行符合不偏不倚的中正之道。

"没有考核事实的言语不要听，没有征询群众意见的主意不要用。可爱的不是君而是民，可畏的不是民而是君失其道。民众没有君他们又爱戴谁呢？君没有民众谁为他守邦呢？要谨慎恭敬啊！认真对待你所居的位置，切实做好你想要做的每件事，如果四海百姓都生活得穷困不堪，那做君的天禄也就永远终结了。嘴爱惹是生非，我要讲的都已讲完，没有什么再要讲的了。"

第四课
先秦诸子

主讲人 朱自清

春秋末年，封建制度开始崩坏，贵族的统治权，渐渐维持不住。社会上的阶级，有了紊乱的现象。到了战国，更看见农奴解放，商人抬头。这时候一切政治的、社会的、经济的制度，都起了根本的变化。大家平等自由，形成了一个大解放的时代。在这个大变动当中，一些才智之士，对于当前的情势，有种种的看法，有种种的主张；他们都想收拾那动乱的局面，让它稳定下来。有些倾向于守旧的，便起来拥护旧文化、旧制度，向当世的君主和一般人申述他们拥护的理由，给旧文化、旧制度找出理论上的根据。也有些人起来批评或反对旧文化、旧制度；又有些人要修正那些。还有人要建立新文化、新制度来代替旧的；还有人压根儿反对一切文化和制度。这些人也都根据他们自己的见解各说各的，都"持之有故，言之成理"。这便是诸子之学，大部分可以称为哲学。这是一个思想解放的时代，也是一个思想发达的时代，在中国学术史里是稀有的。

诸子都出于职业的"士"。"士"本是**封建制度**里贵族的末一级，但到了春秋、战国之际，

◆封建制度：西周时实行分封制和宗法制，"封建亲戚，以蕃屏周"，形成了"天子—诸侯—卿大夫—士"的金字塔式等级结构。

"士"成了有才能的人的通称。在贵族政治未崩坏的时候，所有的知识、礼、乐等等，都在贵族手里，平民是没份的。那时有知识技能的专家，都由贵族专养专用，都是在官的。到了贵族政治崩坏以后，贵族有的失了势，穷了，养不起自用的专家。这些专家失了业，流落到民间，便卖他们的知识技能为生。凡有权有钱的都可以临时雇用他们，他们起初还是伺候贵族的时候多，不过不限于一家贵族罢了。这样发展了一些自由职业，靠这些自由职业为生的，渐渐形成了一个特殊阶级，便是"士农工商"的"士"。这些"士"，这些专家，后来居然开门授徒起来。徒弟多了，声势就大了，地位也高了。他们除掉执行自己的职业之外，不免根据他们专门的知识技能，研究起当时的文化和制度来了。这就有了种种看法和主张，各"思以其道易天下"（语见章学诚《文史通义·言公》上）。诸子百家便是这样兴起的。

第一个开门授徒发扬光大那非农、非工、非商、非官的"士"的阶级的，是孔子。孔子名丘，他家原是宋国的贵族，贫寒失势，才流落到鲁国去。他自己做了一个儒士，儒士是以教书和相礼为职业的，他却只是一个"老教书匠"。他的教书有一个特别的地方，就是"有教无类"（《论语·卫灵公》）。他大招学生，不问身家，只要缴相当的学费就收，收来的学生，一律教他们读《诗》《书》等名贵的古籍，并教他们《礼》《乐》等功课。这些从前是只有贵族才能够享受的，孔子是第一个将

◆士农工商：古代所谓四民。《汉书·食货志上》："学以居位曰士，辟土殖谷曰农，作巧成器曰工，通财鬻（yù）货曰商。"

◆思以其道易天下：思考着用他们的思想、方法来改变这个世界。

◆有教无类：对各类人都平等看待，都施以教育。

第四课　先秦诸子

学术民众化的人。他又带着学生，周游列国，说当世的君主，这也是从前没有的。他一个人开了讲学和游说的风气，是"士"阶级的老祖宗。他是旧文化、旧制度的辩护人，以这种姿态创始了所谓儒家。所谓旧文化、旧制度，主要的是西周的文化和制度，孔子相信是文王、周公创造的。继续文王、周公的事业，便是他给他自己的使命。他自己说，"述而不作，信而好古"（《论语·述而》）；所述的，所信所好的，都是周代的文化和制度。《诗》《书》《礼》《乐》等是周文化的代表，所以他拿来作学生的必修科目。这些原是共同的遗产，但后来各家都讲自己的新学说，不讲这些，讲这些的始终只有"述而不作"的儒家。因此《诗》《书》《礼》《乐》等便成为儒家的专有品了。

　　孔子是个博学多能的人，他的讲学是多方面的。他讲学的目的在于养成"人"，养成为国家服务的人，并不在于养成某一家的学者。他教学生读各种书，学各种功课之外，更注重人格的修养。他说为人要有真性情，要有同情心，能够推己及人，这所谓"直""仁""忠""恕"；一面还得合乎礼，就是遵守社会的规范。凡事只问该做不该做，不必问有用无用；只重义，不计利。这样人才配去干政治，为国家服务。孔子的政治学说，是"正名主义"。他想着当时制度的崩坏，阶级的紊乱，都是名不正的缘故。君没有君道，臣没有臣道，父没有父道，子没有子道，实和名不能符合起来，天下自然乱了。救时之道，便是"君君，臣臣，父父，

◆游说：原指古代叫作"说客"的政客，奔走各国，凭口才劝说君主采纳其主张的行为或活动。后泛指劝说别人接受某种意见或主张。

◆"述而……好古"意为：转述先哲思想而不创立自己的思想，相信且爱好古代的东西。

◆"君君……子子"意为：做君主的要像君的样子，做臣子的要像臣的样子，做父亲的要像父亲的样子，做儿子的要像儿子的样子。

子子"（《论语·颜渊》）；正名定分，社会的秩序，封建的阶级便会恢复的，他是给封建制度找了一个理论的根据。这个正名主义，又是从《春秋》和古史官的种种书法归纳得来的。他所谓"述而不作"，其实是以述为作，就是理论化旧文化、旧制度，要将那些维持下去。他对于中国文化的贡献，便在这里。

孔子以后，儒家还出了两位大师，孟子和荀子。孟子名轲，邹人；荀子名况，赵人。这两位大师代表儒家的两派。他们也都拥护周代的文化和制度，但更进一步地加以理论化和理想化。孟子说人性是善的。人都有恻隐心、羞恶心、辞让心、是非心，这便是仁、义、礼、智等善端，只要能够加以扩充，便成善人。这些善端，又总称为"不忍人之心"❶。圣王本于"不忍人之心"，发为"不忍人之政"（《孟子·公孙丑》），便是"仁政""王政"。一切政治的、经济的制度都是为民设的，君也是为民设的——这却已经不是封建制度的精神了。和王政相对的是霸政。霸主的种种制作设施，有时也似乎为民，其实不过是达到好名、好利、好尊荣的手段罢了。荀子说人性是恶的。性是生之本然，里面不但没有善端，还有争夺放纵等恶端。但是人有相当聪明才力，可以渐渐改善学好；积久了，习惯自然，再加上专一的工夫，可以到圣人的地步。所以善是人为的。孟子反对功利，他却注重

◆荀子（约前313—前238）：战国末思想家、教育家。

◆仁、义、礼、智：即四端，四种道德观念的端绪、萌芽。

❶ 见课后延展阅读：《人皆有不忍人之心》。

第四课　先秦诸子

它。他论王霸的分别，也从功利着眼。孟子注重圣王的道德，他却注重圣王的威权。他说生民之初，纵欲相争，乱得一团糟，圣王建立社会国家，是为明分、息争的。礼是社会的秩序和规范，作用便在明分；乐是调和情感的，作用便在息争。他这样从功利主义出发，给一切文化和制度找到了理论的根据。

儒士多半是上层社会的失业流民，儒家所拥护的制度，所讲、所行的道德，也是上层社会所讲、所行的。还有原业农工的下层失业流民，却多半成为武士。武士是以帮人打仗为职业的专家。墨翟便出于武士。墨家的创始者墨翟，鲁国人，后来做到宋国的大夫，但出身大概是很微贱的。"墨"原是做苦工的犯人的意思，大概是个浑名；"翟"是名字。墨家本是贱者，也就不辞用那个浑名自称他们的学派。墨家是有团体组织的，他们的首领叫作"巨子"，墨子大约就是第一任"巨子"。他们不但是打仗的专家，并且是制造战争器械的专家。

但墨家和别的武士不同，他们是有主义的。他们虽以帮人打仗为生，却反对侵略的打仗，他们只帮被侵略的弱小国家做防卫的工作。《墨子》里只讲守的器械和方法，攻的方面，特意不讲。这是他们的"非攻"主义。他们说天下大害，在于人的互争；天下人都该视人如己，互相帮助，不但利他，而且利己。这是"兼爱"主义。墨家注重功利，凡与国家人民有利的事物，才认为有价值。国家人民，利在富庶，凡能使人民富庶的事物是有用

◆墨翟（约前468—前376）：即墨子，名翟，春秋战国之际思想家、政治家。

◆巨子：战国时墨家学派对其首领的尊称。后也泛指在某方面卓有成就，有声望的人物。

◆非攻：墨家核心主张之一，即反对侵略战争。

◆兼爱：墨家核心主张之一，针对儒家"爱有等差"的说法，主张爱无差别等级，不分厚薄亲疏。

的，别的都是无益或有害。他们是平民的代言人，所以反对贵族的周代的文化和制度。他们主张"节葬""短丧""节用""非乐"，都和儒家相反。他们说他们是以节俭勤苦的夏禹为法的。他们又相信有上帝和鬼神，能够赏善罚恶，这也是下层社会的旧信仰。儒家和墨家其实都是守旧的，不过一个守原来上层社会的旧，一个守原来下层社会的旧罢了。

　　压根儿反对一切文化和制度的是道家。道家出于隐士。孔子一生曾遇到好些"避世"之士，他们着实讥评孔子。这些人都是有知识学问的。他们看见时世太乱，难以挽救，便消极起来，对于世事，取一种不闻不问的态度。他们讥评孔子"知其不可而为之"（《论语·宪问》），费力不讨好；他们自己便是知其不可而不为的、独善其身的聪明人。后来有个杨朱，也是这一流人，他却将这种态度理论化了，建立"为我"的学说。他主张"全生保真，不以物累形"（《淮南子·氾论训》）；将天下给他，换他小腿上一根汗毛，他是不干的。天下虽大，是外物；一根毛虽小，却是自己的一部分。所谓"真"，便是自然。杨朱所说的只是教人因生命的自然，不加伤害；"避世"便是"全生保真"的路。不过世事变化无穷，避世未必就能避害，杨朱的教义到这里却穷了。老子、庄子的学说似乎便是从这里出发，加以扩充的。杨朱实在是道家的先锋。

　　老子，相传姓李名耳，楚国隐士。楚人是南

◆杨朱：生卒年不详，战国初哲学家。

◆"全生……累形"意为：保持自己的本性和自我，不受外界物质的影响。

◆老子：生卒年不详，春秋时思想家，道家创始人。一说即老聃，姓李，名耳，字聃，做过周朝管理藏书的史官。一说即太史儋（dān），或老莱子。

方新兴的民族，受周文化的影响很少，他们往往有极新的思想。孔子遇到那些隐士，也都在楚国，这似乎不是偶然的。庄子名周，宋国人，他的思想却接近楚人。老学以为宇宙间事物的变化，都遵循一定的公律，在天然界如此，在人事界也如此。这叫作"常"。顺应这些公律，便不须避害，自然能避害。所以说，"知常曰明"（《老子》十六章）。事物变化的最大公律是物极则反。处世接物，最好先从反面下手。"将欲翕之，必固张之；将欲弱之，必固强之；将欲废之，必固兴之；将欲夺之，必固与之。"（《老子》三十六章）"大直若屈，大巧若拙，大辩若讷。"（《老子》四十五章）这样以退为进，便不至于有什么冲突了。因为物极则反，所以社会上政治上种种制度，推行起来，结果往往和原来目的相反。"法令滋彰，盗贼多有。"（《老子》五十七章）治天下本求有所作为，但这是费力不讨好的，不如排除一切制度，顺应自然，无为而为，不治而治。那就无不为，无不治了。自然就是"道"，就是天地万物所以生的总原理。物得道而生，是道的具体表现。一物所以生的原理叫作"德"，"德"是"得"的意思。所以宇宙万物都是自然的。这是老学的根本思想，也是庄学的根本思想。但庄学比老学更进一步。他们主张绝对的自由，绝对的平等。天地万物，无时不在变化之中，不齐是自然的。一切但须顺其自然，所有的分别，所有的标准，都是不必要的。社会上、政治上的制度，硬教不齐的齐起来，只徒然伤害人性罢了。所以圣人是

◆庄子（约前369—前286）：名周，战国时哲学家，继承发展老子思想，著有《庄子》，道家经典之一。与老子合称"老庄"。

◆知常曰明：知晓自然之理才能明白道的意义。

◆《老子》：也称《道德经》，道家主要经典。

◆"将欲……与之"意为：想要收敛它，必须要先扩张它；想要削弱它，必须要先加强它；想要废去它，必须要先抬举它；想要夺取它，必须要先给予它。

◆"法令……多有"意为：法令越严酷，盗贼越多。

◆"顺应……不治而治"指"无为而治"，是道家的政治主张。

要不得的，儒、墨是"不知耻"的（《庄子·在宥》《天运》）。按庄学说，凡天下之物都无不好，凡天下的意见，都无不对；无所谓物我，无所谓是非。甚至死和生也都是自然的变化，都是可喜的。明白这些个，便能与自然打成一片，成为"无入而不自得"的至人了。老、庄两派，汉代总称为道家。

庄学排除是非，是当时"辩者"的影响。"辩者"汉代称为名家，出于讼师。辩者的一个首领郑国邓析，便是春秋末年著名的讼师。另一个首领梁相惠施[1]，也是法律行家。邓析的本事在对于法令能够咬文嚼字地取巧，"以是为非，以非为是"（《吕氏春秋·审应览·离谓》篇）。语言文字往往是多义的；他能够分析语言文字的意义，利用来作种种不同甚至相反的解释。这样发展了辩者的学说。当时的辩者有惠施和公孙龙两派。惠施派说，世间各个体的物，各有许多性质，但这些性质，都因比较而显，所以不是绝对的。各物都有相同之处，也都有相异之处。从同的一方面看，可以说万物无不相同；从异的一方面看，可以说万物无不相异。同异都是相对的，这叫作"合同异"（语见《庄子·秋水》）。

公孙龙，赵人。他这一派不重个体而重根本，他说概念有独立分离的存在。譬如一块坚而白的石头，看的时候只见白，没有坚；摸的时候只觉坚，不见白。所以白性与坚性两者是分离的。况且天下

◆辩者：即名家，先秦时期以辩论"名"（概念）、"实"（事实）关系问题为中心的一个思想派别。对我国古代逻辑学发展有一定贡献。

◆讼师：旧时以给打官司的人出主意写状子为职业的人。

◆惠施（约前370—约前310）：即惠子，战国时哲学家，名家的代表人物，与庄子为友。

[1] 见课后延展阅读：《庄子与惠子游于濠梁之上》。

白的东西很多，坚的东西也很多，有白而不坚的，也有坚而不白的。也可见白性与坚性是分离的，白性使物白，坚性使物坚；这些虽然必须因具体的物而见，但实在有着独立的存在，不过是潜存罢了。这叫作"离坚白"（《荀子·非十二子》篇）。这种讨论与一般人感觉和常识相反，所以当时以为"怪说""琦辞"，"辩而无用"（语见《韩非子·孤愤》）。但这种纯理论的兴趣，在哲学上是有它的价值的。至于辩者对于社会政治的主张，却近于墨家。

◆琦辞：奇异的言辞。

儒、墨、道各家有一个共通的态度，就是托古立言，他们都假托古圣贤之言以自重。孔子托于文王、周公，墨子托于禹，孟子托于尧、舜，老、庄托于传说中尧、舜以前的人物；一个比一个古，一个压一个。不托古而变古的只有法家。法家出于"法术之士"（《韩非子·定法》），法术之士是以政治为职业的专家。贵族政治崩坏的结果，一方面是平民的解放，一方面是君主的集权。这时候国家的范围，一天一天扩大，社会的组织也一天一天复杂。人治、礼治，都不适用了。法术之士便创一种新的政治方法帮助当时的君主整理国政，做他们的参谋。这就是法治。当时现实政治和各方面的趋势是变古——尊君权、禁私学、重富豪。法术之士便拥护这种趋势，加以理论化。

◆法家：战国时期一个重要的学派，主张以法治国，反对儒家以礼治国。其代表人物有申不害、商鞅、韩非等。

他们中间有重势、重术、重法三派，而韩非子集其大成。他本是韩国的贵族，学于荀子。他采取荀学、老学和辩者的理论，创立他的一家言；他

◆韩非子（约前280—前233）：即韩非，战国末哲学家，法家主要代表人物。

035

说势、术、法三者都是"帝王之具"(《韩非子·定法》)，缺一不可。势的表现是赏罚，赏罚严，才可以推行法和术。因为人性究竟是恶的。术是君主驾御臣下的技巧。综核名实是一个例。譬如教人做某官，按那官的名位，该能做出某些成绩来；君主就可以照着去考核，看他名实能相副否。又如臣下有所建议，君主便叫他去做，看他能照所说的做到否。名实相副的赏，否则罚。法是规矩准绳，明主制下了法，庸主只要守着，也就可以治了。君主能够兼用法、术、势，就可以一驭万，以静制动，无为而治。诸子都讲政治，但都是非职业的，多偏于理想。只有法家的学说，从实际政治出来，切于实用。中国后来的政治，大部分是受法家的学说支配的。

古代贵族养着礼、乐专家，也养着巫祝、术数专家。礼、乐原来的最大的用处在丧、祭。丧、祭用礼、乐专家，也用巫祝，这两种人是常在一处的同事。巫祝固然是迷信的，礼、乐里原先也是有迷信成分的。礼、乐专家后来沦为儒士；巫祝、术数专家便沦为方士。他们关系极密切，所注意的事有些是相同的。汉代所称的阴阳家便出于方士。古代术数注意于所谓"天人之际"，以为天道人事互相影响。战国末年有些人更将这种思想推行起来，并加以理论化，使它成为一贯的学说。这就是阴阳家。

当时阴阳家的首领是齐人驺衍。他研究"阴阳消息"(《史记·孟子荀卿列传》)，创为"五德终始"说(《吕氏春秋·有始览·名类》篇及《文选》左思

◆帝王之具：称王天下必须具备的东西。

◆巫祝：古代掌占卜、祭祀的人。

◆术数："术"指方法，"数"指气数。即以种种方术观察自然界现象，推测人和国家的气数和命运。

◆阴阳家：战国时提倡阴阳五行说的学派。

◆驺衍（约前305—前240）：也作"邹衍"，战国末哲学家。

第四课　先秦诸子

《魏都赋》李善注引《七略》）。"五德"就是五行之德。五行是古代的信仰。驺衍以为五行是五种天然势力，所谓"德"。每一德，各有盛衰的循环。在它当运的时候，天道人事，都受它支配。等到它运尽而衰，为别一德所胜、所克，别一德就继起当运。木胜土，金胜木，火胜金，水胜火，土胜水，这样"终始"不息。历史上的事变都是这些天然势力的表现。每一朝代，代表一德；朝代是常变的，不是一家一姓可以永保的。阴阳家也讲仁义名分，却是受儒家的影响。那时候儒家也在开始受他们的影响，讲《周易》，作《易传》。到了秦、汉间，儒家更几乎与他们混合为一，西汉今文家的经学大部便建立在阴阳家的基础上。后来"古文经学"虽然扫除了一些"非常""可怪"之论（何休《春秋公羊经传解诂序》说《春秋》中"多非常异议可怪之论"），但阴阳家的思想已深入人心，牢不可拔了。

战国末期，一般人渐渐感着统一思想的需要，秦相吕不韦便是做这种尝试的第一个人。他教许多门客合撰了一部《吕氏春秋》。现在所传的诸子书，大概都是汉人整理编定的，他们大概是将同一学派的各篇编辑起来，题为某子。所以都不是有系统的著作。《吕氏春秋》却不然，它是第一部完整的书。吕不韦所以编这部书，就是想化零为整，集合众长，统一思想。他的基调却是道家。秦始皇统一天下，李斯为相，实行统一思想。他烧书，禁天下藏"《诗》《书》百家语"（《史记·秦始皇本纪》）。但时机到底还未成熟，而秦不久也就亡

◆ 吕不韦（？—前235）：战国末年商人，后扶植子楚（原名异人，嬴姓）为秦国国君，是为秦庄襄王。秦庄襄王逝世后，吕不韦迎立太子嬴政即位。吕不韦被称为"杂家"，是博采各派思想的综合学派。相关典故：奇货可居、一字千金。

◆《吕氏春秋》：也称《吕览》，杂家学派巨著。

◆刘安（前179—前122）：西汉思想家、文学家，汉高祖之孙，袭父封为淮南王。

◆《淮南子》：也称《淮南鸿烈》。以道家思想为主，糅合儒、法、阴阳五行等家思想，一般认为是杂家著作。

◆董仲舒（前179—前104）：西汉哲学家，今文经学大师。

了，李斯是失败了。所以汉初诸子学依然很盛。

到了汉武帝的时候，淮南王刘安仿效吕不韦的故智，教门客编了一部《淮南子》，也以道家为基调，也想来统一思想。但成功的不是他，是董仲舒。董仲舒向武帝建议："'六经'和孔子的学说以外，各家一概禁止。邪说息了，秩序才可统一，标准才可分明，人民才知道他们应走的路。"（原文见《汉书·董仲舒传》）武帝采纳了他的话。从此，帝王用功名利禄提倡他们所定的儒学，儒学统于一尊，春秋、战国时代言论思想极端自由的空气便消灭了。这时候政治上既开了从来未有的大局面，社会和经济各方面的变动也渐渐凝成了新秩序，思想渐归于统一，也是自然的趋势。在这新秩序里，农民还占着大多数，宗法社会还保留着，旧时的礼教与制度一部分还可适用，不过民众化了罢了。另一方面，要创立政治上、社会上各种新制度，也得参考旧的。这里便非用儒者不可了。儒者通晓以前的典籍，熟悉以前的制度，而又能够加以理想化、理论化，使那些东西秩然有序，粲然可观。别家虽也有政治社会学说，却无具体的办法，就是有，也不完备，赶不上儒家；在这建设时代，自然不能和儒学争胜。儒学的独尊，也是当然的。

（选自《朱自清全集》第六卷）

延展阅读

人皆有不忍人之心
节选自《孟子·公孙丑上》

【原文】

孟子曰:"人皆有不忍人之心。先王有不忍人之心,斯有不忍人之政矣;以不忍人之心行不忍人之政,治天下可运之掌上。所以谓人皆有不忍人之心者:今人乍见孺子将入于井,皆有怵惕恻隐之心;非所以内交于孺子之父母也,非所以要誉于乡党朋友也,非恶其声而然也。由是观之,无恻隐之心,非人也;无羞恶之心,非人也;无辞让之心,非人也;无是非之心,非人也。恻隐之心,仁之端也;羞恶之心,义之端也;辞让之心,礼之端也;是非之心,智之端也。人之有是四端也,犹其有四体也。有是四端而自谓不能者,自贼者也;谓其君不能者,贼其君者也。凡有四端于我者,知皆扩而充之矣,若火之始然,泉之始达。苟能充之,足以保四海;苟不充之,不足以事父母。"

【译文】

孟子说:"人都有怜悯心、同情心。古代圣王因为有怜悯心、同情心,才有怜悯、同情百姓的政治。用怜悯、同情他人的心,实施怜悯、同情他人的政治,治理天下就可像掌心中运转东西一样容易。之所以说人都有怜悯心、同情心:若是今天有人突然看到一个孩子将要掉入井中,都会有惊惧、同情之心;这不是因为想和这孩子的父母结交,不是因为要想在同乡、朋友中博取名誉,也不是因为厌恶孩子的哭叫声才这样。由此看来,没有同情之心,不是人;没有羞耻之心,不是人;

没有谦让之心，不是人；没有是非之心，不是人。同情之心是仁的开端；羞耻之心是义的开端；谦让之心是礼的开端；是非之心是智的开端。人有这四种开端，就像有四肢一样。有这四种开端却自认为不行的，是自暴自弃的人；认为他的君主不行的，是放弃君主的人。只要身怀这四种开端的人，都需要扩大、充实它们，就像火开始燃烧，泉水才开涌出。如果能够扩大、充实它们，则足以安定天下；如果不能够扩大、充实它们，就连侍奉、赡养父母都会成为一个问题。"

庄子与惠子游于濠梁之上
节选自《庄子·秋水》

【原文】

庄子与惠子游于濠梁之上。庄子曰："鲦鱼出游从容，是鱼之乐也。"惠子曰："子非鱼，安知鱼之乐？"庄子曰："子非我，安知我不知鱼之乐？"惠子曰："我非子，固不知子矣；子固非鱼也，子之不知鱼之乐，全矣！"庄子曰："请循其本。子曰'汝安知鱼乐'云者，既已知吾知之而问我，我知之濠上也。"

【译文】

庄子和惠子在濠水的桥上闲游。庄子说："鲦鱼在河里游得悠闲，这就是鱼的快乐。"惠子说："你不是鱼，怎么知道这就是鱼的快乐呢？"庄子说："你不是我，怎么知道我不知道鱼的快乐呢？"惠子说："我不是你，当然不知道你；你也不是鱼，你不知道鱼的快乐,是肯定的!"庄子说:"请追溯话题的源头。你说'你怎么知道鱼的快乐'这样的话,说明你已经知道我知道鱼快乐而在问我,我就是在濠水的桥上知道的呀。"

庄子与惠子游于濠梁之上

第五课
《春秋》三传

主讲人 朱自清

"春秋"是古代记事史书的通称。古代朝廷大事，多在春、秋二季举行，所以记事的书用这个名字。各国有各国的春秋，但是后世都不传了。传下的只有一部《鲁春秋》，《春秋》成了它的专名，便是《春秋经》了。传说这部《春秋》是孔子作的，至少是他编的。鲁哀公十四年，鲁西有猎户打着一只从没有见过的独角怪兽，想着定是个不祥的东西，将它扔了。这个新闻传到了孔子那里，他便去看。他一看，就说："这是麟啊。为谁来的呢！干什么来的呢！唉唉！我的道不行了！"说着流下泪来，赶忙将袖子去擦，泪点儿却已滴到衣襟上。原来麟是个仁兽，是个祥瑞的东西；**圣帝、明王**在位，天下太平，它才会来，不然是不会来的。可是那时代哪有圣帝、明王？天下正乱纷纷的，麟来得真不是时候，所以让猎户打死；它算是倒了运了。

孔子这时已经年老，也常常觉着生得不是时候，不能行道；他为周朝伤心，也为自己伤心。看了这只死麟，一面同情它，一面也引起自己的无限感慨。他觉着生平说了许多教；当世的人君总

◆《春秋》三传：解释《春秋》的《左传》《公羊传》《穀（gǔ）梁传》的合称。

◆圣帝、明王：本指上古道德智能卓越的君主，后泛指历代英明的帝王。

◆著明：显明。

◆信史：确实可信的历史。

◆日食：在朔日，月球运行到地球与太阳中间，月球掩蔽太阳的现象。日食有生食、偏食、环食三种，只能在一定狭窄地带内看到，每年至少发生两次，最多五次。《尚书》中记载的日食是世界上最早的日食记录，距今大约四千年。

◆尊王：拥护周天子为天下共主。攘夷：抵御周边各族对中原的干扰。尊王攘夷：春秋时，齐桓公、晋文公以"尊王攘夷"为口号，先后取得了霸权。

不信他，可见空话不能打动人。他发愿修一部《春秋》，要让人从具体的事例里，得到善恶的教训。他相信这样得来的教训，比抽象的议论深切著明得多。他觉得修成了这部《春秋》，虽然不能行道，也算不白活一辈子。这便动起手来，九个月书就成功了。书起于鲁隐公，终于获麟；因获麟有感而作，所以叙到获麟绝笔，是纪念的意思。但是《左传》里所载的《春秋经》，获麟后还有，而且在记了"孔子卒"的哀公十六年后还有；据说那却是他的弟子们续修的了。

这个故事虽然够感伤的，但我们从种种方面知道，它却不是真的。《春秋》只是鲁国史官的旧文，孔子不曾掺进手去。《春秋》可是一部信史，里面所记的鲁国日食，有三十次和西方科学家所推算的相合，这绝不是偶然的。不过书中残缺、零乱和后人增改的地方，都很不少。书起于隐公元年，到哀公十四年止，共二百四十二年（前722—前481）；后世称这二百四十二年为春秋时代。书中纪事按年月日，这叫作编年。编年在史学上是个大发明；这教历史系统化，并增加了它的确实性。《春秋》是我国现存的第一部编年史。书中虽用鲁国纪元，所记的却是各国的事，所以也是我们第一部通史。所记的齐桓公、晋文公的霸迹最多；后来说"尊王攘夷"是《春秋》大义，便是从这里着眼。

古代史官记事，有两种目的：一是证实，二是劝惩。像晋国董狐不怕权势，记"赵盾弑其君"（《左传》宣公二年）；齐国太史记"崔杼弑其君"

(《左传》襄公二十五年），虽杀身不悔，都为的是证实和惩恶，作后世的鉴戒。但是史文简略，劝惩的意思有时不容易看出来，因此便需要解说的人。《国语》记楚国申叔时论教太子的科目，有"春秋"一项，说"春秋"有奖善、惩恶的作用，可以戒劝太子的心。孔子是第一个开门授徒，拿经典教给平民的人，《鲁春秋》也该是他的一种科目。关于劝惩的所在，他大约有许多口义传给弟子们。他死后，弟子们散在四方，就所能记忆的又教授开去。《左传》《公羊传》《穀梁传》，所谓《春秋》三传里，所引孔子解释和评论的话，大概就是捡的这一些。

◆《国语》：中国第一部国别体史书，以记录西周末年和春秋时期周鲁等国君臣的言论为主。

三传特别注重《春秋》的劝惩作用；证实与否，倒在其次。按三传的看法，《春秋》大义可以从两方面说：明辨是非，分别善恶，提倡德义，从成败里见教训，这是一；夸扬霸业，推尊周室，亲爱中国，排斥夷狄，实现民族大一统的理想，这是二。前者是人君的明鉴，后者是拨乱反正的程序。这都是王道。而敬天事鬼，也包括在王道里。《春秋》里记灾，表示天罚；记鬼，表示恩仇，也还是劝惩的意思。古代记事的书常夹杂着好多的迷信和理想，《春秋》也不免如此；三传的看法，大体上是对的。但在解释经文的时候，却往往一个字一个字地咬嚼；这一咬嚼，便不顾上下文穿凿附会起来了。《公羊》《穀梁》，尤其如此。

◆穿凿附会：非常牵强的解释，把没有某种意义的事物说成有某种意义。

这样咬嚼出来的意义就是所谓"书法"，所谓"褒贬"，也就是所谓"微言"。后世最看重这个。他们说孔子修《春秋》,"笔则笔,削则削"(《史记·孔子世家》),"笔"是书,"削"是不书,都有大道理在内。又说一字之褒,比教你作王公还荣耀;一字之贬,比将你作罪人杀了还耻辱。本来孟子说过,"孔子成《春秋》而乱臣贼子惧"(《孟子·滕文公》下),那似乎只指概括的劝惩作用而言。等到褒贬说发展,孟子这句话倒像更坐实了。而孔子和《春秋》的权威也就更大了。后世史家推尊孔子,也推尊《春秋》,承认这种书法是天经地义;但实际上他们却并不照三传所咬嚼出来的那么穿凿附会地办。这正和后世诗人尽管推尊《毛诗传笺》里比兴的解释,实际上却不那样穿凿附会地作诗一样。三传,特别是《公羊传》和《穀梁传》,和《毛诗传笺》在穿凿解经这件事上是一致的。

三传之中,公羊、穀梁两家全以解经为主,左氏却以叙事为主。公、穀以解经为主,所以咬嚼得更厉害些。战国末期,专门解释《春秋》的有许多家,公、穀较晚出而仅存。这两家固然有许多彼此相异之处,但渊源似乎是相同的;他们所引别家的解说也有些是一样的。这两种《春秋经传》经过秦火,多有残缺的地方;到汉景帝、武帝时候,才有经师重加整理,传授给人。公羊、穀梁只是家派的名称,仅存姓氏,名字已不可知。至于他们解经的宗旨,已见上文;《春秋》本是儒家传授的经典,解说的人,自然也离不了儒家,在这一点上,三传是大同小异的。

◆秦火:指秦始皇下令焚书之事。

◆经师:汉代地方学官名。后泛指传授经学的学者。

第五课 《春秋》三传

《左传》这部书，汉代传为鲁国左丘明所作。这个左丘明，有的说是"鲁君子"，有的说是孔子的朋友；后世又有说是鲁国的史官的。（《史记·十二诸侯年表序》说是"鲁君子"；《汉书·刘歆传》说"亲见夫子""好恶与圣人同"；杜预《春秋序》说是"身为国史"。）这部书历来讨论得最多。汉时有"五经"博士。凡解说"五经"自成一家之学的，都可立为博士。立了博士，便是官学；那派经师便可做官受禄。当时《春秋》立了公、穀二传的博士。《左传》流传得晚些，古文派经师也给它争立博士。今文派却说这部书不得孔子《春秋》的真传，不如公、穀两家。后来虽一度立了博士，可是不久还是废了。倒是民间传习的渐多，终于大行！原来公、穀不免空谈，《左传》却是一部仅存的古代编年通史（残缺又少），用处自然大得多。《左传》以外，还有一部分国记载的《国语》，汉代也认为左丘明所作，称为《春秋外传》。后世学者怀疑这一说的很多。据近人的研究，《国语》重在"语"，记事颇简略，大约出于另一著者的手，而为《左传》著者的重要史料之一。这书的说教，也不外尚德、尊天、敬神、爱民，和《左传》是很相近的。只不知著者是谁。其实《左传》著者我们也不知道。说是左丘明，但矛盾太多，不能教人相信。《左传》成书的时代大概在战国，比公、穀二传早些。

《左传》这部书大体依《春秋》而作；参考群籍，详述史事，征引孔子和别的"君子"解经

◆左丘明：生卒年不详，春秋时史学家，一说复姓左丘，名明；一说单姓左，名丘明。

> ◆吟味：品味、玩味。

> ◆杜预（222—284）：字元凯，西晋将领、学者。

> ◆辞令：酬应、答对的言辞。

> ◆优游不迫：形容从容闲适，不紧不急。

评史的言论，吟味书法，自成一家言。但迷信卜筮，所记祸福的预言，几乎无不应验；这却大大违背了证实的精神，而和儒家的宗旨也不合了。晋范宁作《穀梁传序》说："左氏艳而富，其失也巫。""艳"是文章美，"富"是材料多；"巫"是多叙鬼神，预言祸福。这是句公平话。注《左传》的，汉代就不少，但那些许多已散失；现存的只有晋杜预注，算是最古了。

杜预作《春秋序》，论到《左传》，说"其文缓，其旨远"，"缓"是委婉，"远"是含蓄。这不但是好史笔，也是好文笔。所以《左传》不但是史学的权威，也是文学的权威。《左传》的文学本领，表现在记述辞令和描写战争上。❶春秋列国，盟会颇繁，使臣会说话不会说话，不但关系荣辱，并且关系利害，出入很大，所以极重辞令。《左传》所记当时君臣的话，从容委曲，意味深长，只是平心静气地说，紧要关头却不放松一步，真所谓恰到好处。这固然是当时风气如此，但不经《左传》著者的润饰功夫，也绝不会那样在纸上活跃的。战争是个复杂的程序，叙得头头是道，已经不易，叙得有声有色，更难；这差不多全靠忙中有闲，透着优游不迫神儿才成。这却正是《左传》著者所擅长的。

（选自《朱自清全集》第六卷）

❶ 见课后延展阅读：《曹刿论战》。

延展阅读

曹刿论战

节选自《左传·庄公十年》

【原文】

十年春,齐师伐我。公将战,曹刿请见。其乡人曰:"肉食者谋之,又何间焉?"刿曰:"肉食者鄙,未能远谋。"乃入见。问:"何以战?"公曰:"衣食所安,弗敢专也,必以分人。"对曰:"小惠未遍,民弗从也。"公曰:"牺牲玉帛,弗敢加也,必以信。"对曰:"小信未孚,神弗福也。"公曰:"小大之狱,虽不能察,必以情。"对曰:"忠之属也。可以一战。战则请从。"

公与之乘,战于长勺。公将鼓之。刿曰:"未可。"齐人三鼓。刿曰:"可矣。"齐师败绩。公将驰之。刿曰:"未可。"下视其辙,登轼而望之,曰:"可矣。"遂逐齐师。

既克,公问其故。对曰:"夫战,勇气也。一鼓作气,再而衰,三而竭。彼竭我盈,故克之。夫大国,难测也,惧有伏焉。吾视其辙乱,望其旗靡,故逐之。"

【译文】

鲁庄公十年(前684)的春天,齐国的军队攻打鲁国。鲁庄公即将迎战。曹刿请求鲁庄公接见自己。同乡的人说:"作战之事有权位的人会谋划的,你有什么好参与的呢?"曹刿说:"有权位的人目光短浅,不能深谋远虑。"于是入朝见鲁庄公。曹刿问道:"您凭借什么打仗?"鲁庄公说:"穿衣和吃食这类使人生活安定的东西,不敢独自享有,一定把它分给其他人。"曹刿回道:"这些小的恩惠不能普及百姓的话,百姓是不会听从您的。"鲁庄公说："祭祀神灵用的牲畜、玉器和丝帛这类的用品，不敢虚报数目，一定按照承诺的去做。"曹刿回道："这些小的信用不能让神灵信服的话，神灵是不会保佑您的。"鲁庄公说："大大小小的诉讼、案件，虽然不能件件明晰、明察，但一定合情合理。"曹刿回道："这才是尽本职的事，可以凭借这一点打一仗。作战时请让我随行。"

鲁庄公和曹刿同坐一辆战车，在长勺作战。鲁庄公要下令击鼓进军。曹刿说："现在不可以。"齐国的军队击鼓三次。曹刿说："现在可以击鼓进军了。"齐军溃逃。鲁庄公要下令驱车追赶齐军。曹刿说："不可以。"下车查看齐军车轮碾出的痕迹，又登上战车手扶横木远望，说："可以追击了。"于是追击齐军。

战胜齐军后，鲁庄公问他原因。曹刿回道："作战靠的是勇气。第一次击鼓能振奋士气，第二次击鼓士气开始低落，第三次击鼓士气已经穷尽。他们的士气消失，我们的士气饱满，所以能战胜他们。齐国是大国，难以被揣测，我担心他们设下埋伏。但我看他们车轮碾过的痕迹散乱，望见他们的旗子倒下，所以决定追击他们。"

一鼓作气

主讲人 朱自清

第六课
《战国策》

春秋末年，列国大臣的势力渐渐膨胀起来。这些大臣都是世袭的，他们一代一代聚财养众，明争暗夺了君主的权力，建立起自己的特殊地位。等到机会成熟，便跳起来打倒君主自己干。那时候各国差不多都起了内乱。晋国让韩、魏、赵三家分了，姓姜的齐国也让姓田的大夫占了。这些，周天子只得承认了。这是封建制度崩坏的开始。那时候周室也经过了内乱，土地大半让邻国抢去，剩下的又分为东、西周；东、西周各有君王，彼此还争争吵吵的。这两位君王早已失去春秋时代"共主"的地位，而和列国诸侯相等了。后来列国纷纷称王，周室更不算回事；他们至多能和宋、鲁等小国君主等量齐观罢了。

秦、楚两国也经过内乱，可是站住了。它们本是边远的国家，却渐渐伸张势力到中原来。内乱平后，大加整顿，努力图强，声威便更广了。还有极北的燕国，向来和中原国家少来往，这时候也有力量向南参加国际政治了。秦、楚、燕和新兴的韩、魏、赵、齐，是那时代的大国，称为"七雄"。那些小国呢，从前可以仰仗霸主的保护，做大国的附

◆等量齐观：对不同的人或不同性质的事物同等看待。

◆国际：指东周末的诸侯国之间。

第六课 《战国策》

庸；现在可不成了，只好让人家吞的吞、并的并，算只留下宋、鲁等两三国，给七雄当缓冲地带。封建制度既然在崩坏中，七雄便各成一单位，各自争存，各自争强；国际政局比春秋时代紧张多了，战争也比从前严重多了。列国都在自己边界上修起长城来。这时候军器进步了，从前的兵器都用铜打成，现在有用铁打成的了。战术也进步了。攻守的方法都比从前精明，从前只用兵车和步卒，现在却发展了骑兵了。这时候还有以帮人家作战为职业的人。这时候的战争，杀伤是很多的。孟子说："争地以战，杀人盈野；争城以战，杀人盈城。"（《离娄》）可见那凶惨的情形。后人因此称这时代为战国时代。

在长期混乱之后，贵族有的做了国君，有的渐渐衰灭。这个阶级算是随着封建制度崩坏了。那时候的国君，没有了世袭的大臣，便集权专制起来。辅助他们的是一些出身贵贱不同的士人。那时候君主和大臣都竭力招揽有技能的人，甚至学鸡鸣、学狗盗的也都收留着。这是所谓"好客""好士"的风气。其中最高的是说客，是游说之士。当时国际关系紧张，战争随时可起。战争到底是劳民伤财的，况且难得有把握；重要的还是做外交的功夫。外交办得好，只凭口舌排难解纷，可以免去战祸；就是不得不战，也可以多找一些与国、一些帮手。担负这种外交的人，便是那些策士、那些游说之士。游说之士既然这般重要，所以立谈可以取卿相；只要有计谋，会辩说就成，出身的贵贱倒是不

◆"争地……盈城"意为：在争夺土地的战争中，被杀死的人布满原野；在争夺城池的战争中，被杀死的人遍布城中。

◆学鸡鸣、学狗盗：齐国孟尝君被秦国扣留，其门客钻狗洞，盗得狐裘后，献给秦王姬妾，使孟尝君得以释放。孟尝君连夜至函谷关想要回国，但城门紧闭，每日鸡叫时才开门，另一门客便学公鸡鸣叫，骗得城门打开，孟尝君脱险逃回齐国。后用"鸡鸣狗盗"比喻微末技能或偷偷摸摸的行为。

◆立谈：站着谈话，也比喻时间短暂。

053

在乎的。

　　七雄中的秦，从孝公用商鞅变法以后，日渐强盛。到后来成了与六国对峙的局势。这时候的游说之士，有的劝六国联合起来抗秦，有的劝六国联合起来亲秦。前一派叫"合纵"，是联合南北各国的意思；后一派叫"连横"，是联合东西各国的意思——只有秦是西方的国家。合纵派的代表是苏秦，连横派的是张仪，他们可以代表所有的战国游说之士。后世提到游说的策士，总想到这两个人；提到纵横家，也总是想到这两个人。他们都是鬼谷先生的弟子。苏秦起初也是连横派。他游说秦惠王，秦惠王老不理他；穷得要死，只好回家。妻子、嫂嫂、父母，都瞧不起他。他恨极了，用心读书，用心揣摩，夜里倦了要睡，用锥子扎大腿，血流到脚上。这样整一年，他想着成了，便出来游说六国合纵。这回他果然成功了，佩了六国相印，又有势又有钱。打家里过的时候，父母郊迎三十里，妻子低头，嫂嫂爬在地上谢罪。他叹道："人生世上，势位富贵，真是少不得的！"张仪和楚相喝酒，楚相丢了一块璧。手下人说张仪穷而无行，一定是他偷的，绑起来打了几百下。张仪始终不认，只好放了他。回家，他妻子说："唉，要不是读书游说，哪会受这场气！"他不理，只说："看我舌头还在吧？"妻子笑道："舌头是在的。"他说："那就成！"后来果然做了秦国的相；苏秦死后，他也大大得意了一番。

　　苏秦使锥子扎腿的时候，自己发狠道："哪

◆纵横家：战国时期从事政治外交活动的谋士。

◆鬼谷先生：即鬼谷子，相传战国时楚人，隐于鬼谷，因以自号。

◆"夜里……脚上"指"悬梁刺股"这一成语中的"刺股"，说的是战国时著名的纵横家苏秦。另一"悬梁"则说的是汉朝的孙敬。后以"悬梁刺股"形容刻苦自学。

◆爬："趴"字更准确，为尊重原文风貌，未改。

第六课 《战国策》

有游说人主不能得金玉锦绣，不能取卿相之尊的道理！"这正是战国策士的心思。他们凭他们的智谋和辩才，给人家画策，办外交；谁用他们就帮谁。他们是职业的，所图的是自己的功名富贵；帮你的时候帮你，不帮的时候也许害你。翻覆，在他们看来是没有什么的。本来呢，当时七雄分立，没有共主，没有盟主，各干各的，谁胜谁得势。国际间没有是非，爱帮谁就帮谁，反正都一样。苏秦说连横不成，就改说合纵，在策士看来，这正是当然。张仪说舌头在就行，说是说非，只要会说，这也正是职业的态度。他们自己没有理想，没有主张，只求揣摩主上的心理，拐弯儿抹角投其所好。这需要技巧；《韩非子·说难》篇专论这个。说得好固然可以取"金玉锦绣"和"卿相之尊"，说得不好也会招杀身之祸；利害所关如此之大，苏秦费一整年研究揣摩不算多。当时各国所重的是威势，策士所说原不外战争和诈谋；但要因人、因地进言，广博的知识和微妙的机智都是不可少的。

记载那些说辞的书叫《战国策》❶，是汉代刘向编定的，书名也是他提议的。但在他以前，汉初著名的说客蒯通，大约已经加以整理和润饰，所以各篇如出一手。《汉书》本传里记着他"论战国时说士权变，亦自序其说，凡八十一篇，号曰《隽永》"，大约就是刘向所根据的底本了〔罗根泽《战国策作于蒯通考》及《补证》（《古史辨》第四册）〕。蒯

◆ 刘向（约前77—前6）：原名刘更生，字子政，西汉经学家、目录学家、文学家。另有《列女传》《说苑》《新序》《别录》等。

◆ 蒯，kuǎi。

---

❶ 见课后延展阅读：《邹忌讽齐王纳谏》。

> "捐礼……已矣"
> 意为：轻视礼让而重视战争，抛弃仁义而用阴谋诡计，就是为了实现强大而已。

通那支笔是很有力量的。铺陈的伟丽，叱咤的雄豪，固然传达出来了；而那些曲折微妙的声口，也丝丝入扣，千载如生。读这部书，真是如闻其语，如见其人。汉以来批评这部书的都用儒家的眼光。刘向的序里说战国时代"捐礼让而贵战争，弃仁义而用诈谲，苟以取强而已矣"，可以代表。但他又说这些是"高才秀士"的"奇策异智"，"亦可喜，皆可观"。这便是文辞的作用了。宋代有个李文叔，也说这部书所记载的事"浅陋不足道"，但"人读之，则必乡其说之工，而忘其事之陋者，文辞之胜移之而已"。又道，说的还不算难，记的才真难得呢（李格非《书战国策后》）。这部书除文辞之胜外，所记的事，上接春秋时代，下至楚、汉兴起为止，共二百零二年（前403—前202），也是一部重要的古史。所谓战国时代，便指这里的二百零二年；而战国的名称也是刘向在这部书的序里定出的。

（选自《朱自清全集》第六卷）

第六课 《战国策》

延展阅读

邹忌讽齐王纳谏
选自西汉刘向《战国策·齐策一》

【原文】

邹忌修八尺有余，而形貌昳丽。朝服衣冠，窥镜，谓其妻曰："我孰与城北徐公美？"其妻曰："君美甚，徐公何能及君也？"城北徐公，齐国之美丽者也。忌不自信，而复问其妾曰："吾孰与徐公美？"妾曰："徐公何能及君也？"旦日，客从外来，与坐谈，问之客曰："吾与徐公孰美？"客曰："徐公不若君之美也。"明日徐公来，孰视之，自以为不如；窥镜而自视，又弗如远甚。暮寝而思之，曰："吾妻之美我者，私我也；妾之美我者，畏我也；客之美我者，欲有求于我也。"

于是入朝见威王，曰："臣诚知不如徐公美。臣之妻私臣，臣之妾畏臣，臣之客欲有求于臣，皆以美于徐公。今齐地方千里，百二十城，宫妇左右莫不私王，朝廷之臣莫不畏王，四境之内莫不有求于王：由此观之，王之蔽甚矣。"

王曰："善。"乃下令："群臣吏民能面刺寡人之过者，受上赏；上书谏寡人者，受中赏；能谤讥于市朝，闻寡人之耳者，受下赏。"令初下，群臣进谏，门庭若市；数月之后，时时而间进；期年之后，虽欲言，无可进者。燕、赵、韩、魏闻之，皆朝于齐。此所谓战胜于朝廷。

【译文】

邹忌身高有八尺多，且神采焕发、容貌美丽。早晨穿好衣服戴好帽子，对着镜子看，问他的妻子说："我和城北的徐公谁更美？"他的妻子说："您非常美，徐公怎能比得上您？"城北的徐公是齐国的美男子。邹忌自己不相信，于是又问他的妾："我和徐公谁更美？"妾说："徐公怎么比得上您？"第二日，有外来客拜访，邹忌和他相坐而谈，问客人："我和徐公谁更美？"客人说："徐公没有您美。"又一天徐公来了，邹忌仔细地看着他，自认不如；又对着镜子看自己，更觉得相差甚远。夜晚躺床上时思考这件事，说："我的妻子说我美，是偏心我；我的妾说我美，是惧怕我；客人说我美，是有事相求于我。"

于是他上朝觐见齐威王，说："我心里知道自己不如徐公美。我的妻子偏心我，我的妾惧怕我，我的客人有求于我，他们都说我比徐公美。现在齐国有方圆千里的疆土，一百二十座城池。后宫姬妾、近臣没有一个不偏心大王的，朝廷臣子没有一个不惧怕大王的，国中百姓没有不对大王有所求的：由此看来，大王受到的蒙蔽更严重！"

齐威王说："说得好！"于是下令："臣子、百姓能当面批评我过错的人，给予上等奖赏；上书直言规劝我的人，给予中等奖赏；能在公共场合指责议论我的过失，传到我耳朵里的人，给予下等奖赏。"命令下达之初，许多大臣都来进献谏言，宫门和庭院像集市一样喧闹；几个月之后，偶尔有人进谏；满一年之后，虽然有人想进谏，却没有什么好说的了。燕国、赵国、韩国、魏国听说了这件事，都来齐国朝拜。这就是所谓的身居朝廷没有用兵就不战自胜了。

第七课
司马迁与《史记》
（节选）

主讲人 朱自清

《史记》，汉司马迁著。司马迁，字子长，左冯翊夏阳（今陕西韩城）人。景帝中元五年（公元前145年）生，卒年不详。他是太史令司马谈的儿子。小时候在本乡只帮人家耕耕田、放放牛玩儿。司马谈做了太史令，才将他带到京师（今西安）读书。他十岁的时候，便认识"古文"的书了。二十岁以后，到处游历，真是足迹遍天下。他东边到过现在的河北、山东及江、浙沿海，南边到过湖南、江西、云南、贵州，西边到过陕、甘、西康等处，北边到过长城等处；当时的"大汉帝国"，除了朝鲜、河西（今宁夏一带）、岭南几个新开郡外，他都走到了。他的出游，相传是父亲命他搜求史料去的，但也有些处是因公去的。他搜得了多少写的史料，没有明文，不能知道。可是他却看到了好些古代的遗迹，听到了好些古代的逸闻，这些都是活史料，他用来印证并补充他所读的书。他作《史记》，叙述和描写往往特别亲切有味，便是为此。他的游历不但增扩了他的见闻，也增扩了他的胸襟；他能够综括三千多年的事，写成一部大书，而行文又极其抑扬变化之致，可见出他的胸襟是如何

◆《史记》：初名《太史公书》《太史公记》《太史记》，中国第一部纪传体通史。

◆太史令：中国古代掌管天文观测和推算节气历法的长官。设置始自秦汉。

◆西康：旧省名。1955年撤销。

◆郎中：古代官名。称医生或卖药兼治病者为郎中始于宋代。

◆封禅：战国时齐鲁部分儒士认为五岳中泰山最高，帝王应到泰山祭祀，登泰山筑坛祭天称为"封"，在山南梁父山上辟基祭地称为"禅"。

◆周末：周朝末年。

◆不肖：即不似，特指子不像父那样贤能。

地阔大。

他二十几岁的时候，应试得高第，做了郎中。武帝元封元年（公元前110年），大行封禅典礼，步骑十八万，旌旗千余里。司马谈是史官，本该从行，但是病得很重，留在洛阳不能去。司马迁却跟去了。回来见父亲，父亲已经快死了，拉着他的手呜咽着道："我们先人从虞、夏以来，世代做史官；周末弃职他去，从此我家便衰微了。我虽然恢复了世传的职务，可是不成；你看这回封禅大典，我竟不能从行，真是命该如此！再说孔子因为眼见王道缺、礼乐衰，才整理文献，论《诗》《书》，作《春秋》，他的功绩是不朽的。孔子到现在又四百多年了，各国只管争战，史籍都散失了，这得搜求整理；汉朝一统天下，明主、贤君、忠臣、死义之士，也得记载表彰。我做了太史令，却没能尽职，无所论著，真是惶恐万分。你若能继承先业，再做太史令，成就我的未竟之志，扬名于后世，那就是大孝了。你想着我的话罢。"（原文见《史记·自序》）司马迁听了父亲这番遗命，低头流泪答道："儿子虽然不肖，定当将你老人家所搜集的材料，小心整理起来，不敢有所遗失。"（原文见《史记·自序》）司马谈便在这年死了；司马迁这年三十六岁。父亲的遗命指示了他一条伟大的路。

父亲死的第三年，司马迁果然做了太史令。他有机会看到许多史籍和别的藏书，便开始做整理的工夫。那时史料都集中在太史令手里，特别是汉代各地方行政报告，他那里都有。他一面整理史

第七课　司马迁与《史记》（节选）

料，一面却忙着改历的工作；直到太初元年（公元前104年），太初历完成，才动手著他的书。天汉二年（公元前99年），李陵奉了贰师将军李广利的命，领了五千兵，出塞打匈奴。匈奴八万人围着他们，他们杀伤了匈奴一万多，可是自己的人也死了一大半。箭完了，又没吃的，耗了八天，等贰师将军派救兵。救兵竟没有影子。匈奴却派人来招降。李陵想着回去也没有脸，就降了。武帝听了这个消息，又急又气。朝廷里纷纷说李陵的坏话。武帝问司马迁，李陵到底是个怎样的人。李陵也做过郎中，和司马迁同过事，司马迁是知道他的。

　　他说李陵这个人秉性忠义，常想牺牲自己，报效国家。这回以少敌众，兵尽路穷，但还杀伤那么些人，功劳其实也不算小。他决不是怕死的人，他的降大概是假意的，也许在等机会给汉朝出力呢。武帝听了他的话，想着贰师将军是自己派的元帅，司马迁却将功劳归在投降的李陵身上，真是大不敬；便教将他抓起来，下在狱里。第二年，武帝杀了李陵全家，处司马迁宫刑。宫刑是个大辱，污及先人，见笑亲友，他灰心失望已极，只能发愤努力，在狱中专心致志写他的书，希图留个后世名。过了两年，武帝改元太始，大赦天下。他出了狱，不久却又做了宦者做的官——中书令，重被宠信。但他还继续写他的书。直到征和二年（公元前91年），全书才得完成，共一百三十篇，五十二万六千五百字。他死后，这部

◆李陵（？—前74）：字少卿，李广之孙，西汉武帝时拜骑都尉。

◆宫刑：古代阉割生殖器的残酷肉刑。

书部分地流传；到宣帝时，他的外孙杨恽才将全书献上朝廷去，并传写公行于世。汉人称为《太史公书》《太史公》《太史公记》《太史记》。魏晋间才简称为《史记》，《史记》便成了定名。这部书流传时颇有缺佚，经后人补续改窜了不少；只有元帝、成帝间褚少孙补的有主名，其余都不容易考了。

◆窃比：谦词，私下自比作。

司马迁是窃比孔子的。孔子是在周末官守散失时代第一个保存文献的人；司马迁是秦火以后第一个保存文献的人。他们保存的方法不同，但是用心一样。《史记·自序》里记着司马迁和上大夫壶遂讨论作史的一番话。司马迁引述他的父亲称扬孔子整理"六经"的丰功伟业，而特别着重《春秋》的著作。他们父子都是相信孔子作《春秋》的。他又引董仲舒所述孔子的话："我有种种觉民救世的理想，凭空发议论，恐怕人不理会；不如借历史上现成的事实来表现，可以深切著明些。"（原文见《史记·自序》）这便是孔子作《春秋》的趣旨：他是要明王道，辨人事，分明是非、善恶、贤不肖，存亡继绝，补敝起废，作后世君臣龟鉴。《春秋》实在是礼义的大宗，司马迁相信礼治是胜于法治的。他相信《春秋》包罗万象，采善贬恶，并非以刺讥为主。像他父亲遗命所说的，汉兴以来，人主明圣盛德，和功臣、世家、贤大夫之业，是他父子职守所在，正该记载表彰。他的书记汉事较详，固然是史料多，也是他意主尊汉的缘故。他排斥暴秦，要将汉远承三代。这正和今文家说的《春秋》尊鲁一

◆大宗：事物的本原。

第七课　司马迁与《史记》（节选）

样，他的书实在是窃比《春秋》的。他虽自称只是"厥协'六经'异传，整齐百家杂语"（原文见《史记·自序》），述而不作，不敢与《春秋》比，那不过是谦词罢了。

他在《报任安书》里说他的书"欲以究天人之际，通古今之变，成一家之言"。《史记·自序》里说："罔（网）罗天下放佚旧闻，王迹所兴，原始察终，见盛观衰，论考之行事。""王迹所兴"，始终盛衰，便是"古今之变"，也便是"天人之际"。"天人之际"只是天道对于人事的影响，这和所谓"始终盛衰"都是阴阳家言。阴阳家倡"五德终始说"，以为金、木、水、火、土五行之德，互相克胜，终始运行，循环不息。当运者盛，王迹所兴；运去则衰。西汉此说大行，与"今文经学"合而为一。司马迁是请教过董仲舒的，董就是今文派的大师，他也许受了董的影响。"五德终始说"原是一种历史哲学，实际的教训只是让人君顺时修德。

《史记》虽然窃比《春秋》，却并不用那咬文嚼字的书法，只据事实录，使善恶自见。书里也有议论，那不过是著者牢骚之辞，与大体是无关的。原来司马迁自遭李陵之祸，更加努力著书。他觉得自己已经身废名裂，要发抒意中的郁结，只有这一条通路。他在《报任安书》和《史记·自序》里引了文王以下到韩非诸贤圣，都是发愤才著书的。他自己也是个发愤著书的人。天道的无常，世变的无常，引起了他的慨叹，他悲天悯人，发为牢骚抑扬

◆ "罔（网）……行事"意为：到处搜寻世上散失的传闻，探求帝王兴起的本源，认识其兴盛，了解其衰亡，研究、谈论和考察每个朝代所行之事。

063

◆ 班彪（3—54）：字叔皮，东汉史学家。班固、班超、班昭的父亲。

◆ "论议……俗功"意为：论述评议浅而不深。其理论评述是崇尚黄老而贬低"五经"的；评述货殖时，不重视商道仁义，对贫穷羞于启齿；说侠士则以守节为低贱，而以世俗的功劳为尊贵。

◆ 大敝伤道：伤害道德的大坏处。

◆ 是非颇谬于圣人：是非观和圣人非常不同。

◆ 自出机杼：自己创出新意。

之辞。这增加了他的书的情韵。后世论文的人推尊《史记》，一个原因便在这里。

班彪论前史得失，却说他"论议浅而不笃。其论述学，则崇黄、老而薄'五经'；序货殖，则轻仁义而羞贫穷；道游侠，则贱守节而贵俗功"，以为"大敝伤道"（《后汉书·班彪传》）。班固也说他"是非颇谬于圣人"（《汉书·司马迁传赞》）。其实推崇道家的是司马谈；司马迁时，儒学已成独尊之势，他也成了一个推崇的人了。至于《游侠》《货殖》两传，确有他的身世之感。那时候有钱可以赎罪，他遭了李陵之祸，刑重家贫，不能自赎，所以才有"羞贫穷"的话；他在穷窘之中，交游竟没有一个抱不平来救他的，所以才有称扬游侠的话。这和《伯夷传》里天道无常的疑问，都只是偶一借题发挥，无关全书大旨。东汉王允死看"发愤"著书一语，加上咬文嚼字的成见，便说《史记》是"佞臣"的"谤书"（《后汉书·蔡邕传》），那不但误解了《史记》，也太小看了司马迁了。

《史记》体例有五：十二本纪，记帝王政迹，是编年的；十表，以分年略记世代为主；八书，记典章制度的沿革；三十世家，记侯国世代存亡；七十列传，类记各方面人物。史家称为"纪传体"，因为"纪传"是最重要的部分。古史不是断片的杂记，便是顺案年月的纂录；自出机杼，创立规模，以驾驭去取各种史料的，从《史记》起始。司马迁的确能够贯穿经传，整齐百家杂语，成一家言。他明白"整齐"的必要，并知道怎样去"整

第七课　司马迁与《史记》（节选）

齐"，这实在是创作，是以述为作。他这样将自有文化以来三千年间君臣士庶的行事，"合一炉而冶之"，却反映着秦汉大一统的局势。《春秋左氏传》虽也可算通史，但是规模完具的通史，还得推《史记》为第一部书。班固根据他父亲班彪的意见，说司马迁"善叙事理，辩而不华，质而不俚；其文直，其事核，不虚美，不隐恶，故谓之实录"（《汉书·司马迁传赞》）。"直"是"简省"的意思，简省而能明确，便见本领。《史记》共一百三十篇，列传占了全书的过半数，司马迁的史观是以人物为中心的。他最长于描写；靠了他的笔，古代许多重要人物的面形，至今还活现在纸上[1]。

（选自《朱自清全集》第六卷）

◆ "善叙……实录"意为：擅长叙述事物的道理，说明时不用华而不实的词藻，道理朴实却不粗俗；其文章直白，记载的事件也都经得起核实，不无缘无故加以赞赏，也不掩盖过错，所以叫作实录。

---

[1] 见课后延展阅读：《周亚夫军细柳》。

延展阅读

周亚夫军细柳

节选自西汉司马迁《史记·绛侯周勃世家》

【原文】

文帝之后六年,匈奴大入边。乃以宗正刘礼为将军,军霸上;祝兹侯徐厉为将军,军棘门;以河内守亚夫为将军,军细柳:以备胡。

上自劳军。至霸上及棘门军,直驰入,将以下骑送迎。已而之细柳军,军士吏被甲,锐兵刃,彀弓弩,持满。天子先驱至,不得入。先驱曰:"天子且至!"军门都尉曰:"将军令曰'军中闻将军令,不闻天子之诏'。"居无何,上至,又不得入。于是上乃使使持节诏将军:"吾欲入劳军。"亚夫乃传言开壁门。壁门士吏谓从属车骑曰:"将军约,军中不得驱驰。"于是天子乃按辔徐行。至营,将军亚夫持兵揖曰:"介胄之士不拜,请以军礼见。"天子为动,改容式车。使人称谢:"皇帝敬劳将军。"成礼而去。

既出军门,群臣皆惊。文帝曰:"嗟乎,此真将军矣!曩者霸上、棘门军,若儿戏耳,其将固可袭而虏也。至于亚夫,可得而犯邪!"称善者久之。

【译文】

汉文帝后元六年(前158),匈奴大举入侵边境。于是朝廷委派宗正官刘礼为将军,驻军在霸上;委派祝兹侯徐厉为将军,驻军在棘门;委派河内郡太守周亚夫为将军,驻军细柳,以戒备匈奴。

皇帝亲自慰劳军队。到霸上和棘门的军营,直接驱车而

第七课 司马迁与《史记》（节选）

入，将士下马迎送。不久又来到细柳军营，官兵都穿着盔甲，手持锋利兵器，开弓搭箭，弓是拉满的。皇帝的先行卫队到了，不准进入。先行卫队说："皇帝将要驾到！"守卫军营的将官说："将军有令'军中只听从将军的命令，不听从皇帝命令'。"过了一段时间，皇帝到了，也不让入军营。于是皇帝让使者拿调动军队的符节去告诉将军："我要进营慰劳军队。"周亚夫这才传令打开了军营大门。守卫大门的侍卫对跟着皇帝的车马随从说："将军有规定，军营中不能驾车奔驰。"于是皇帝的车马也只能拉住缰绳，缓缓前行。到了大营，将军周亚夫手持兵器抱拳行礼说："穿着盔甲的将领不行跪拜礼，请让我用军礼参见。"皇帝因而动容，神情变化，扶着车上的横木俯下身子表示敬意。让人去问候："皇帝敬重地慰劳将军。"慰劳礼仪完毕后离去。

出了细柳军营的大门，许多大臣都惊叹。文帝说："啊！这才是真正的将军。先前霸上、棘门的军营，就像儿戏一样，匈奴是一定能通过偷袭而俘虏那里的将军的。至于周亚夫，谁能够侵犯呢？"对周亚夫赞叹不已。

主讲人 **朱自清**

第八课
班固与《汉书》
（节选）

◆《汉书》：中国第一部纪传体断代史，较《史记》新增四个志目，分别为《刑法》《五行》《地理》《艺文》。

◆扬雄（前53—18）：字子云，西汉文学家、哲学家、语言学家。

◆班超（32—102）：字仲升，东汉名将，曾任西域都护，后封定远侯。

◆班昭（约49—约120）：字惠班，东汉史学家。

《汉书》，汉班固著。班固，字孟坚，扶风安陵（今陕西咸阳）人，光武帝建武八年（公元32年）生，和帝永元四年（公元92年）卒。他家和司马氏一样，也是个世家；《汉书》是子继父业，也和司马迁差不多。但班固的凭借，比司马迁好多了。他曾祖班斿，博学有才气，成帝时，和刘向同校皇家藏书。成帝赐了他全套藏书的副本，《史记》也在其中。当时书籍流传很少，得来不易；班家得了这批赐书，真像大图书馆似的。他家又有钱，能够招待客人。后来有好些学者，老远地跑到他家来看书，扬雄便是一个。班斿的次孙班彪，既有书看，又得接触许多学者，于是尽心儒术，成了一个史学家。《史记》以后，续作很多，但不是偏私，就是鄙俗；班彪加以整理补充，著了六十五篇《后传》。他详论《史记》的得失，大体确当不移。他的书似乎只有本纪和列传，世家是并在列传里。这部书没有流传下来，但他的儿子班固的《汉书》是用它做底本的。

班固生在河西，那时班彪避乱在那里。班固有弟班超，妹班昭，后来都有功于《汉书》。他五

第八课　班固与《汉书》（节选）

岁时随父亲到那时的京师洛阳。九岁时能作文章，读诗赋。大概是十六岁罢，他入了洛阳的大学，博览群书。他治学不专守一家，只重大义，不沾沾在章句上。又善作辞赋。为人宽和容众，不以才能骄人。在大学里读了七年书，二十三岁上，父亲死了，他回到安陵去。明帝永平元年（公元58年），他二十八岁，开始改撰父亲的书。他觉得《后传》不够详明，自己专心精究，想完成一部大书。过了三年，有人上书给明帝，告他私自改作旧史。当时天下新定，常有人假造预言，摇惑民心；私改旧史，更有机会造谣，罪名可以很大。

明帝当即诏令扶风郡逮捕班固，解到洛阳狱中，并调看他的稿子。他兄弟班超怕闹出大乱子，永平五年（公元62年），带了全家赶到洛阳；他上书给明帝，陈明原委，请求召见。明帝果然召见。他陈明班固不敢私改旧史，只是续父所作。那时扶风郡也已将班固稿子送呈。明帝却很赏识那稿子，便命班固做校书郎，兰台令史，跟别的几个人同修世祖（光武帝）本纪。班家这时候很穷。班超也做了一名书记，帮助哥哥养家。后来班固等又述诸功臣的事迹，作列传载记二十八篇奏上。这些后来都成了刘珍等所撰的《东观汉记》的一部分，与《汉书》是无关的。

明帝这时候才命班固续完前稿。永平七年（公元64年），班固三十三岁，在兰台重行写他的大著。兰台是皇家藏书之处，他取精用弘，比家中自然更好。次年，班超也做了兰台令史。虽然在官不久，就

◆ 解，jiè，押送。

◆ 书记：古时在官府主管文书工作的人员。

◆《东观汉记》：东汉官修本朝纪传体史书。

◆ 重行：重新进行。

◆ 取精用弘：也作"取精用宏"。从丰富资料中吸取精华。

从军去了,但一定给班固帮助很多。章帝即位,好辞赋,更赏识班固了。他因此得常到宫中读书,往往连日带夜地读下去。大概在建初七年(公元82年),他的书才大致完成。那年他是五十一岁了。和帝永元元年(公元89年),车骑将军窦宪出征匈奴,用他做中护军,参议军机大事。这一回匈奴大败,逃得不知去向。窦宪在出塞三千多里外的燕然山上刻石纪功,教班固作铭。这是著名的大手笔。

次年他回到京师,就做窦宪的秘书。当时窦宪威势极盛;班固倒没有仗窦家的势欺压人,但他的儿子和奴仆却都无法无天的。这就得罪了许多地面上的官儿,他们都敢怒而不敢言。有一回他的奴子喝醉了,在街上骂了洛阳令种兢,种兢气恨极了,但也只能记在心里。永元四年(公元92年),窦宪阴谋弑和帝,事败,自杀。他的党羽,或诛死,或免官。班固先只免了官,种兢却饶不过他,逮捕了他,下在狱里。他已经六十一岁了,受不得那种苦,便在狱里死了。和帝得知,很觉可惜,特地下诏申斥种兢,命他将主办的官员抵罪。班固死后,《汉书》的稿子很散乱。他的妹子班昭也是高才博学,嫁给曹世叔,世叔早死,她的节行并为人所重,当时称为曹大家。这时候她奉诏整理哥哥的书,并有高才郎官十人,从她研究这部书——经学大师扶风马融,就在这十人里。书中的八表和天文志那时还未完成,她和马融的哥哥马续参考皇家藏书,将这些篇写定,这也是奉诏办的。

《汉书》的名称从《尚书》来,是班固定的。

◆秘书:古代官名,掌管官员向皇帝奏事的奏章函牍、皇帝宣布命令的宣示以及宫禁的图书等工作。

◆家,gū。大家:即大姑,古代女子的尊称。

第八课　班固与《汉书》（节选）

他说唐、虞、三代当时都有记载，颂述功德；汉朝却到了第六代才有司马迁的《史记》。而《史记》是通史，将汉朝皇帝的本纪放在尽后头，并且将尧的后裔的汉和秦、项放在相等的地位，这实在不足以推尊本朝。况《史记》只到武帝而止，也没有成段落似的。他所以断代述史，起于高祖，终于平帝时王莽之诛，共十二世，二百三十年，作纪、表、志、传❶凡百篇，称为《汉书》（《汉书·叙传》）。班固著《汉书》，虽然根据父亲的评论，修正了《史记》的缺失，但断代的主张，却是他的创见。他这样一面保存了文献，一面贯彻了发扬本朝功德的趣旨。所以后来的正史都以他的书为范本，名称也多叫作"书"。他这个创见，影响是极大的。他的书所包举的，比《史记》更为广大：天地、鬼神、人事、政治、道德、艺术、文章，尽在其中。

书里没有世家一体，本于班彪《后传》。汉代封建制度，实际上已不存在；无所谓侯国，也就无所谓世家。这一体的并入列传，也是自然之势。至于改"书"为"志"，只是避免与《汉书》的"书"字相重，无关得失。但增加了《艺文志》，叙述古代学术源流，记载皇家藏书目录，所关却就大了。《艺文志》的底本是刘歆的《七略》。刘向、刘歆父子都曾奉诏校读皇家藏书，他们开始分别源流，编订目录（刘向著有《别录》），使那些"中秘书"渐得流传于世，功劳是很大的。他们的原著

◆艺文志：中国纪传体史书、政书和方志中记载图书目录部分的专名。

◆《七略》：中国最早的图书分类目录，对目录学发展有深远影响。

❶ 见课后延展阅读：《苏武传》。

都已不存，但《艺文志》还保留着刘歆《七略》的大部分。这是后来目录学家的宝典。原来秦火之后，直到成帝时，书籍才渐渐出现；成帝诏求遗书于天下，这些书便多聚在皇家。刘氏父子所以能有那样大的贡献，班固所以想到在《汉书》里增立《艺文志》，都是时代使然。司马迁便没有这样好运气。

《史记》成于一人之手，《汉书》成于四人之手。表、志由曹大家和马续补成；纪、传从昭帝至平帝有班彪的《后传》做底本。而从高祖至武帝，更多用《史记》的文字。这样一看，班固自己作的似乎太少。因此有人说他的书是"剽窃"而成（《通志·总序》），算不得著作。但那时的著作权的观念还不甚分明，不以抄袭为嫌；而史书也不能凭虚别构。班固删润旧文，正是所谓"述而不作"。他删润的地方，却颇有别裁，绝非率尔下笔。史书叙汉事，有阙略的，有隐晦的，经他润色，便变得详明，这是他的独到处。汉代"明主、贤君、忠臣、死义之士"，他实在表彰得更为到家。书中收载别人整篇的文章甚多，有人因此说他是"浮华"之士（《通志·总序》）。这些文章大抵关系政治学术，多是经世有用之作。那时还没有文集，史书加以搜罗，不失保存文献之旨。至于收录辞赋，却是当时的风气和他个人的嗜好；不过从现在看来，这些也正是文学史料，不能抹杀的。

◆阙略：缺漏；不完备。

（选自《朱自清全集》第六卷）

第八课　班固与《汉书》（节选）

延展阅读

苏武传
节选自东汉班固《汉书·李广苏建传》

【原文】

律知武终不可胁，白单于。单于愈益欲降之。乃幽武置大窖中，绝不饮食。天雨雪，武卧啮雪，与旃毛并咽之，数日不死。匈奴以为神。乃徙武北海上无人处，使牧羝，羝乳乃得归。别其官属常惠等各置他所。武既至海上，廪食不至，掘野鼠去草实而食之。杖汉节牧羊，卧起操持，节旄尽落。积五六年，单于弟於靬王弋射海上。武能网纺缴，檠弓弩，於靬王爱之，给其衣食。三岁余，王病，赐武马畜、服匿、穹庐。王死后，人众徙去。其冬，丁令盗武牛羊，武复穷厄。

初，武与李陵俱为侍中。武使匈奴，明年，陵降，不敢求武。久之，单于使陵至海上，为武置酒设乐。因谓武曰："单于闻陵与子卿素厚，故使陵来说足下，虚心欲相待。终不得归汉，空自苦亡人之地，信义安所见乎？前长君为奉车，从至雍棫阳宫，扶辇下除，触柱折辕，劾大不敬，伏剑自刎，赐钱二百万以葬。孺卿从祠河东后土，宦骑与黄门驸马争船，推堕驸马河中溺死，宦骑亡，诏使孺卿逐捕，不得，惶恐饮药而死。来时太夫人已不幸，陵送葬至阳陵。子卿妇年少，闻已更嫁矣。独有女弟二人，两女一男，今复十余年，存亡不可知。人生如朝露，何久自苦如此！陵始降时，忽忽如狂，自痛负汉，加以老母系保宫。子卿不欲降，何以过陵？且陛下春秋高，法令亡常，大臣亡罪夷灭者数十家，安危不可知，子卿尚复谁为乎？愿听陵计，勿复有云。"武曰："武父子亡功德，皆为陛下所成就，位列将，爵通侯，兄弟亲近，常愿肝脑涂地。今得杀身自效，虽蒙斧钺汤镬，诚甘乐之。臣事君，犹子事父也，子为父死，亡所恨，愿勿复再言！"

陵与武饮数日，复曰："子卿壹听陵言！"武曰："自分已死久矣！王必欲降武，请毕今日之欢，效死于前！"陵见其至诚，喟然叹曰："嗟乎，义士！陵与卫律之罪上通于天！"因泣下沾衿，与武决去。……

昭帝即位，数年，匈奴与汉和亲。汉求武等，匈奴诡言武死。后汉使复至匈奴，常惠请其守者与俱，得夜见汉使，具自陈道。教使者谓单于，言天子射上林中，得雁，足有系帛书，言武等在某泽中。使者大喜，如惠语以让单于。单于视左右而惊，谢汉使曰："武等实在。"……

单于召会武官属，前以降及物故，凡随武还者九人。武以始元六年春至京师。……武留匈奴凡十九岁，始以强壮出，及还，须发尽白。

【译文】

卫律知道苏武终究不能被胁迫投降，就告诉了单于。单于更想让他投降了，于是把苏武囚禁在地窖里，断绝吃喝。天下雨雪，苏武卧着吃雪，连同毡毛一起咽下，几天不死。匈奴认为有神在帮助他。于是把苏武迁到北海荒无人烟的地方，让他放牧公羊，要求等公羊生下小羊才能让他回来。他的随从官吏常惠等人被分别安置在其他地方。苏武到了北海后，公家的粮食迟迟不来，就挖野鼠洞，用洞里储藏的草充饥。挂着汉朝的旄节放羊，睡觉、起来都拿着它，旄节上的牦牛尾毛都脱落光了。一共过了五六年，单于的弟弟於靬王来北海射猎。苏武能结网和纺制系在箭尾的丝绳，能矫正弓弩，於靬王很看重他，给了他衣服和食物。三年多后，於靬王得病，还赐给苏武马匹

第八课　班固与《汉书》（节选）

和牲畜、酒器、毛毡帐篷。於靬王死后，他的部下也都迁离。这年冬天，丁令部落盗走了苏武的牛、羊，苏武又陷入穷困。

当初，苏武和李陵都是侍中。苏武出使匈奴，第二年，李陵投降匈奴，不敢访求苏武。时间久了，李陵被单于派去北海，为苏武安排了酒宴歌舞。李陵趁机对苏武说："单于听闻我和你交情深厚，所以派我来劝说你，愿意谦逊、真诚待你。你终究是不能回汉了，白白在这艰苦的地方，对汉的信义怎么能表现出来呢？之前你的大哥苏嘉是奉车都尉，跟从皇帝到雍棫阳宫，扶着皇帝的车驾下殿阶，碰到柱子，折断了车辕，被定为大不敬，用剑自杀了，只赐钱二百万下葬。你的弟弟孺卿跟从皇帝祭祀河东土神，骑马的宦官和驸马争船，把驸马推下河中淹死。骑马的宦官逃亡。皇帝下诏让孺卿去追捕，孺卿追捕不到，因畏惧服毒自尽。我来的时候你的母亲已去世，我送葬到阳陵。你的夫人还年轻，听说已经改嫁，家中只两个妹妹，两个女儿和一个儿子，现在又过了十多年，生死都不知道。人生就像早晨的露水短暂，何必这样长久地折磨自己！我刚投降的时候，精神恍惚几乎要癫狂，痛心自己对不起大汉，加上年迈的母亲拘禁在保宫，你不想投降的心情，怎能超过当时的我呢！而且皇帝年龄大了，法令常常变更，臣子们没有罪责而全家被杀的都有几十家，安危不可预料。你还打算为谁守节呢？愿你听我的劝，不要再说什么了！"苏武说："我苏武父子没有功劳和恩德，全靠皇帝才有所成就，官职升到列将，爵位封为通侯，兄弟三人都是皇帝的亲近之臣，常常想牺牲一切报恩。现在有牺牲自己效忠国家的机会，即使是被斩杀或滚汤煮死，我也是心甘情愿的。臣子侍奉君王，就像儿子侍奉父亲，儿子为父亲死，没有遗憾，希望你不要再说了！"

李陵和苏武喝了几日酒，又说："你一定要听我说的。"

苏武说："我知道自己已经是死去的人了！如果非要逼我投降，那请结束今日的欢乐，让我死在你的面前！"李陵见他对汉如此忠诚，慨然长叹说："啊，义士！我和卫律实在是罪孽滔天！"说着眼泪直下浸湿了衣襟，告别了苏武。……

汉昭帝登位，几年后，匈奴与汉和议。汉朝廷寻求苏武等人，匈奴欺骗汉朝廷苏武已经死了。后来汉使者又去了匈奴，常惠请看守他的人一起去，夜里见到汉使，详细述说多年来在匈奴的情况，又告诉汉使者让他对单于说："皇帝在上林苑射猎，得了一只大雁，脚上系着帛书，写着苏武等人在北海。"汉使者十分高兴，像常惠教的那样去质问单于。单于看了看身边的人，表情惊讶，抱歉地对汉使者说："苏武等人确实还活着。"……

单于召集苏武的部下，除了以前已经投降和已经死亡的，跟着苏武回来的共有九人。苏武于汉昭帝始元六年（前81）春到达长安。……苏武被扣留在匈奴总共十九年，最初壮年出使，等到回来时，胡须头发已经全白。

第九课
山水文学之肇始

主讲人 罗 庸

　　此题主旨在说明谢灵运诗风格之来源，盖其影响隋唐文学至大。试读《诗经》，北方文士对客观风景之描写使独立成一单元者实不多见，乃附于事中杂言之，故《诗经》终不能发展成赋。而楚辞则重大量描写，此是南方文学之特点，因变而为汉赋，形成字典式的赋体，而客观描写又绝。唯地志书记山川，迄西晋而无正式山川文学产生，即此之故。

　　在谢灵运以前完全写山川之诗极少，文章更少，欲求此类材料，东晋之前唯二路可循，其一观记述山川之书，其二观描写山川之文体。《隋书·经籍志》记地理之书凡百三十余种，可分为十类：（1）记山水虽加入故事，然少描写风景，如《水经注》。（2）记都邑，如陆机《洛阳记》、盛洪《荆州记》。（3）述行，为后世游记之始，如戴延之《西征记》。（4）记风土，如周处《风土记》。（5）记域外，如法显《佛国记》。（6）神异记，如《十洲记》（托为东方朔撰）。（7）总集，如陆澄《地理书》，乃集他人关于地理之记载而成之抄本。（8）记寺塔，如杨

◆ 肇，zhào。肇始：创建、初始。

◆ 楚辞：即《楚辞》。

◆《水经注》：中国古代地理名著，北魏郦道元著。此书名为注解《水经》，实则以《水经》为纲，作二十倍于原书的补充和发展，自成巨著。

◆《荆州记》：中国古代地理名著，记述了三国至南北朝时期荆州的郡县、山川、古迹、物产等，原书已佚。另有古籍称其作者为盛弘之、盛宏之，今以盛弘之为其作者。

077

衔之《洛阳伽蓝记》。（9）图经，如无名氏《周地图记》。（10）记物产，如许善心《方物志》。由以上十类可得一结论，即其著书目的在于实用而不在欣赏景物，近于历史者多。再自三国迄西晋之末，观其文人单篇之山川描写多用赋体，用散文描写者绝少，唯用赋之弊在观察不深，喜叠用前人旧句，其欣赏风物之程度实甚肤浅。至东晋而散文之记以出，如王羲之《游四郡记》、慧远《庐山记》，但仍自地理书蜕化而来。再有一种不是单独成篇，而是在诗序中夹入描写，将诗可能之情韵移入文章，而终未能独立，如王羲之《兰亭集序》❶是也。

南方山川远胜朔方，故自晋室南迁，北人乍见此景，不知不觉自口头加以描写，后移入文字，然用韵文良多拘束，不足以容其新创之词汇，故有散文记之产生。至谢灵运乃回头将山川之描写入于韵文，故能卓然成家，然犹时见其笨重处。迄惠连、玄晖而日有进步，工而弥巧矣。其后有鲍照《芜城赋》、江淹《江上之山赋》《哀千里赋》，又将山川情趣移之于赋，然已非西晋之旧格。其始山川之散文描写多夹入当时文人之书简中，始鲍照《登大雷岸与妹书》、吴均《与宋元思书》，至齐梁而山川之描写文大备，《文心雕龙》有《物色篇》，即论此问题者。唯极盛之后，终以衰落，盖文人专事物色之描写，徒托空言，毫无情韵，深为简文帝所嗟叹。故就发展大势而观，有情有韵、文质相称

◆朔方：北方。

◆惠连（397—433）：即谢惠连。

◆玄晖（464—499）：即谢朓，字玄晖。与谢灵运、谢惠连同族，并称"三谢"。

◆《与宋元思书》：一作《与朱元思书》。

---

❶ 见课后延展阅读：《兰亭集序》。

者，唯灵运一人而已，其势迨唐世而不衰。

（选自《罗庸西南联大授课录》，罗庸讲述、郑临川记录、徐希平整理）

延展阅读

兰亭集序
[东晋] 王羲之

【原文】

永和九年，岁在癸丑，暮春之初，会于会稽山阴之兰亭，修禊事也。群贤毕至，少长咸集。此地有崇山峻岭，茂林修竹，又有清流激湍，映带左右，引以为流觞曲水，列坐其次。虽无丝竹管弦之盛，一觞一咏，亦足以畅叙幽情。

是日也，天朗气清，惠风和畅。仰观宇宙之大，俯察品类之盛，所以游目骋怀，足以极视听之娱，信可乐也。

夫人之相与，俯仰一世。或取诸怀抱，悟言一室之内；或因寄所托，放浪形骸之外。虽趣舍万殊，静躁不同，当其欣于所遇，暂得于己，快然自足，不知老之将至；及其所之既倦，情随事迁，感慨系之矣。向之所欣，俯仰之间，已为陈迹，犹不能不以之兴怀，况修短随化，终期于尽！古人云："死生亦大矣。"岂不痛哉！

每览昔人兴感之由，若合一契，未尝不临文嗟悼，不能喻之于怀。固知一死生为虚诞，齐彭殇为妄作。后之视今，亦犹今之视昔，悲夫！故列叙时人，录其所述，虽世殊事异，所以兴怀，其致一也。后之览者，亦将有感于斯文。

【译文】

永和九年（353），是癸丑之年，三月初，集会在会稽山阴的兰亭，做禊礼这件事。许多贤士都到这里，年少、年长的都有。这里山高连绵，树林茂密，竹丛修长；又有清澈激荡的水流环绕在亭子左右，把水引来作为漂传酒杯的环形水道，在曲水旁排列坐着。虽然没有丝竹管弦的盛况，但喝酒作诗也足以畅快表达深藏在心的情感。

这一天，天气晴朗，温暖的风让人舒适，抬头看广阔的天空，低头赏大自然万物，用来舒展眼力，开阔胸怀，足以极尽视觉、听觉的欢娱，实在很快乐。

人与人交往，匆匆度过一生。有人于室内畅谈胸怀抱负；有人把情怀寄托于爱好的事物上，无拘无束地生活。虽然爱好不同，喜欢安静与喜欢躁动的各不相同，但当他们对遇到的事物感到开心时，一时之间感到自得、高兴和满足，竟不知道衰老即将到来。到了对自己喜爱的事物感到厌倦，心情跟着境况而变，感慨随之产生。以往喜欢的东西，转眼之间，已成为旧迹，尚且不能不因此引起心中感触，何况人的寿命长短全凭造化，终将归尽。古人说："死生是件大事啊。"怎能不悲痛啊！

每当看到前人兴怀感慨的原因，如果和我所感叹的像是符契一样相合，没有不对着他们的文章而叹息哀伤的，心里也说不出是什么原因。本来知道把生和死等同的说法是不真实的，把长寿和短命等同起来的说法是妄造的。往后的人看待今天的人，也就像今天的人看待古人。可悲呀！所以一一记下参加这次集会的人，记录下他们所作的诗篇。虽然时代会变化，事情不同了，但触发情怀的原因、思想情趣是一样的。后世读到的人，也将对这次集会的诗文有所感慨。

第十课
初唐四杰

主讲人 罗 庸

四杰中，唯骆宾王为义乌人（南人），然四人所代表者皆为南方文学系统，为徐、庾北去后北方文风南化所成文体之继起人。《新唐书·文艺传序》："唐有天下三百年，文章无虑三变：高祖太宗，大难始夷，沿江左余风，缔句绘章，揣合低昂，故王、杨为之伯。"四杰连称始见于《唐书·文苑传·杨炯传》："炯与王卢宾王以文词齐名，炯尝谓人曰：'吾愧在卢前，耻居王后。'当时议者，亦以为然。"又曰："此后崔融、李峤、张说俱重四杰之文，崔融曰：'王勃文章弘远，有绝尘之迹，固非常流所及，炯及照邻可以企之，盈川之言信矣。'"又曰："盈川文思若悬河注水，酌之不竭，既优于卢，亦不减王，耻居王后，信然；愧在卢前，谦也。"又《文苑传·王勃传》："初吏部尚书裴行俭有知人之鉴，曰：'士之致远，先器识而后文艺，勃等虽有文才，而浮躁浅露，岂享爵禄之器也？杨子沉静，应至令长，余得令终为幸。'果如其言。"四杰之称，当时已有之，与李杜为后世所合称者不同。裴氏之言亦代表北方风气，后古文家必讲道德以此。

◆ 徐、庾：指南朝陈文学家徐陵（507—583）和北周文学家庾信（513—581），二人以写宫廷文学闻名，世称"徐庾"。

◆ 伯：古代擅长一技或某一方面出众者称"伯"。

◆ 盈川：杨炯的别称，杨炯曾任盈川县令。

◆ "士之……为幸"意为：有志者想要取得大的成就，应首先看重度量见识而后才是才艺，王勃等人虽有才华，但浮躁不深藏，哪里是享受爵位俸禄的材料？杨炯性子沉静，应该可以做到县令，余下的人能得善终就算幸运了。

◆文中子：即王通，门人私谥"文中子"。隋思想家。

◆太宗贞观二十二年：现在一般认为王勃生于贞观二十三年（649）或高宗永徽元年（650）。

◆指瑕：指出玉上的瑕疵，此处指指出颜师古所注解《汉书》缺点、失误之处。

◆檄，xí，古代用于征召、晓谕或声讨的文书。《斗鸡檄》：即《檄英王鸡文》。当时王侯之间斗鸡风靡，王勃作为沛王李贤的修撰，在李贤与英王李显斗鸡时戏作此文为沛王助兴。唐高宗李治读后大怒，认为其不加劝勉反而挑动诸王矛盾，遂罢免王勃官职。

◆婴：遭受；触犯。

◆上元二年：现在一般认为王勃卒于上元三年（676）。

◆制诰：承命草拟诏令。

◆殿：本义为行军时走在最后，引申为最后、最下。

◆选学：研究《昭明文选》的学问。

王勃，字子安，绛州龙门人，文中子王通孙，诗人王绩侄孙，据《旧唐书》本传，勃生太宗贞观二十二年戊申（公元648年），卒高宗上元二年乙亥（公元675年），年二十八。《新唐书》称卒年二十九，两书所载不合。近有主张《新唐书》《旧唐书》皆误，据王勃《春思赋序》考之，咸亨二年勃年二十二，则当生于高宗永徽元年（公元650年），卒于上元二年，毕生年龄当为二十六。勃六岁能文，九岁读《汉书》颜注，著《指瑕》以难之。十七岁上书刘祥道，得荐于朝，应幽素举。十九至长安献颂，居沛王贤府修撰，以草《斗鸡檄》婴高宗怒，贬虢州。杀官奴曹达，事觉当诛，会大赦得免。父坐勃故贬交趾令，上元二年，勃往省父，过九江，成《滕王阁序》❶名作，溺死去交途中。

杨炯，华阴人。高宗仪凤二年（公元677年）献公卿冕服议，武后天授元年（公元690年）左转梓州司法参军，迁盈川令。吾人假定其生年为高宗显庆元年（公元656年），卒武后天册万岁元年（公元695年），约三十九岁。炯以为官时间较久，故制诰为多，而诗则为四杰之殿。

卢照邻，字升之，范阳人（范阳卢氏原为北朝望族）。《唐书》载其十余岁从曹宪、王义方受《苍》《雅》及经史，曹为选学大家，故卢之文风仍承南朝之旧。尝官蜀之新都尉，以风疾去官。后作《五悲文》自悼，投颍水死。吾人假定卢生于高

❶ 见课后延展阅读：《滕王阁序》。

宗龙朝初年（公元661年），卒武后久视元年（公元700年），年亦四十左右。其文多写个人怀抱，近乎子书，与余三杰不同，盖与陈子昂差近；诗则与王相抗，多五七言长篇。

骆宾王为四杰中唯一之南人，浙江义乌人。《新唐书》《旧唐书》载其事甚少，欲知其详，可参考其自作之《畴昔篇》。在四杰中游踪最广。生贞观十年（公元636年）。裴行俭征西域，骆尝掌书奏。既归，又奉使入蜀，为四杰之最后入蜀者，年四十六，将归浙，作《畴昔篇》，至扬州逢徐敬业申讨武氏之役，为作檄文，后亦叹服，七十余日而败。《新唐书》载与敬业同时被杀，传首至洛阳。《旧唐书》载亡命不知所终，因有与宋之问联句之逸事流传，如其然，此时当七十三岁矣。但此事仅可存疑，聊备一说耳。四杰中当以骆才气为最大。

四杰余风，至玄宗朝而衰谢，故老杜有"轻薄为文哂未休"之句，可见当时少数人对四杰诗文讥评反感之甚，与前此张说、李峤诸公之推崇语不同，于此可瞻初唐风格之转变。

四杰与当时（武后朝）其余文人作风不同之点在少奉和应制之体。盖自梁末陈初以来，文人被蓄为帝王卿客，陪宴时必有制作承欢，此风至唐初弗坠，沈、宋即其代表。由是言之，四杰虽为南朝文风，而做人态度似又为北朝之遗。

（选自《罗庸西南联大授课录》，罗庸讲述、郑临川记录、徐希平整理）

◆高宗龙朔初年：现在一般认为卢照邻大约生于太宗贞观十一年（637）。

◆武后久视元年：现在一般认为卢照邻卒于唐武则天垂拱二年（686）。

◆怀抱：胸襟；抱负。

◆子书：图书四部分类法（经、史、子、集）中的子部书籍。

◆贞观十年：现在一般认为骆宾王大约生于贞观十二年（638）。

◆书奏：书简、奏章等。

◆徐敬业（？—684）：本名李敬业。

◆武氏：即武则天。

◆老杜：唐代诗人杜甫，以别于杜牧（称"小杜"）。

◆轻薄为文哂未休：四杰的文章被守旧文人轻薄、讥笑无止无休。

◆沈、宋：指唐朝诗人沈佺期（约656—716）和宋之问（约656—713）。

延展阅读

滕王阁序
[唐]王勃

【原文】

豫章故郡，洪都新府。星分翼轸，地接衡庐。襟三江而带五湖，控蛮荆而引瓯越。物华天宝，龙光射牛斗之墟；人杰地灵，徐孺下陈蕃之榻。雄州雾列，俊采星驰。台隍枕夷夏之交，宾主尽东南之美。都督阎公之雅望，棨戟遥临；宇文新州之懿范，襜帷暂驻。十旬休假，胜友如云；千里逢迎，高朋满座。腾蛟起凤，孟学士之词宗；紫电清霜，王将军之武库。家君作宰，路出名区；童子何知，躬逢胜饯。

时维九月，序属三秋。潦水尽而寒潭清，烟光凝而暮山紫。俨骖𬴂于上路，访风景于崇阿；临帝子之长洲，得天人之旧馆。层峦耸翠，上出重霄；飞阁流丹，下临无地。鹤汀凫渚，穷岛屿之萦回；桂殿兰宫，即冈峦之体势。

披绣闼，俯雕甍，山原旷其盈视，川泽纡其骇瞩。闾阎扑地，钟鸣鼎食之家；舸舰弥津，青雀黄龙之舳。云销雨霁，彩彻区明。落霞与孤鹜齐飞，秋水共长天一色。渔舟唱晚，响穷彭蠡之滨；雁阵惊寒，声断衡阳之浦。

遥襟甫畅，逸兴遄飞。爽籁发而清风生，纤歌凝而白云遏。睢园绿竹，气凌彭泽之樽；邺水朱华，光照临川之笔。四美具，二难并。穷睇眄于中天，极娱游于暇日。天高地迥，觉宇宙之无穷；兴尽悲来，识盈虚之有数。望长安于日下，目吴会于云间。地势极而南溟深，天柱高而北辰远。关山难越，谁悲失路之人？萍水相逢，尽是他乡之客。怀帝阍而不见，奉宣室以何年？

第十课　初唐四杰

　　嗟乎！时运不齐，命途多舛。冯唐易老，李广难封。屈贾谊于长沙，非无圣主；窜梁鸿于海曲，岂乏明时？所赖君子见机，达人知命。老当益壮，宁移白首之心？穷且益坚，不坠青云之志。酌贪泉而觉爽，处涸辙以犹欢。北海虽赊，扶摇可接；东隅已逝，桑榆非晚。孟尝高洁，空余报国之情；阮籍猖狂，岂效穷途之哭？

　　勃，三尺微命，一介书生。无路请缨，等终军之弱冠；有怀投笔，慕宗悫之长风。舍簪笏于百龄，奉晨昏于万里。非谢家之宝树，接孟氏之芳邻。他日趋庭，叨陪鲤对；今兹捧袂，喜托龙门。杨意不逢，抚凌云而自惜；钟期既遇，奏流水以何惭？

　　呜呼！胜地不常，盛筵难再，兰亭已矣，梓泽丘墟。临别赠言，幸承恩于伟饯；登高作赋，是所望于群公。敢竭鄙怀，恭疏短引，一言均赋，四韵俱成。请洒潘江，各倾陆海云尔。

【译文】

　　这里是汉朝设置的豫章郡城，现在是洪州的都督府，在天上的方位属于翼、轸两个星宿的范围，地理上的位置连接着衡山、庐山。以三江为衣襟，五湖为衣带，控制楚地，连接闽越。这里物产丰富华美，焕发天上的宝气，光彩上冲牛、斗星宿之间。俊杰诸多、土地灵秀，陈蕃专为徐孺设下几榻。洪州境内建筑如云雾排列，有才之士就像星星一样多。城池坐落在中原与南夷交界之地，宾客和主人囊括东南地区的人杰。都督阎公，具有崇高声名，远道来到洪州坐镇，宇文州牧，高尚美德的楷模，赴任途中在这里暂时停留。十日一旬的假期，来了诸多的好友，迎接远道而来的客人，朋友坐满席位。文词宗主孟学士所写的文章就像腾飞的蛟龙、飞舞的凤凰；王将军的兵器库中，收藏着紫电、清霜这样的宝剑。由于父亲在交趾做县令，我在探亲的途中经过这著名之地。我年幼浅薄，有幸亲身参与了这盛大宴会。

正是深秋九月的时候，下过雨之后积水消尽，寒冷的潭水清澈见底，空中凝结着薄薄的云烟，暮霭中山峦发散着紫色。在高高的山路上驾驶马车，在崇山峻岭中访求风景。来到以前帝子的长洲，寻找到仙人住过的宫殿。山峦重叠延绵，青峰高耸入云。凌空的楼阁，红色的栈道就像飞在天上，从楼阁看不到地面。仙鹤、野鸭停在水边和水中的空地，极尽小岛的曲折之势；华丽威严的宫殿，依托起伏的山势而建。

打开雕花的精美阁门，俯视彩色装饰的屋脊，山峰、平原都收入眼底，河水迂回令人惊讶。到处都是巷子屋宅，很多钟鸣鼎食的富贵人家。船停满渡口，都是雕着青雀、黄龙花纹的大船只。云散雨停，阳光照耀，天空放晴；落日照耀下的彩霞和孤鸟一齐飞翔，秋天的江水和辽阔的天空连成一片，浑然一色。傍晚时刻，渔夫在渔船上高歌，歌声响彻彭蠡湖；深秋时分，雁群因为寒意发出鸣叫，哀鸣声延续到衡阳水域。

放眼望去，胸襟立马舒畅，有了超脱的兴致。排箫的音响引来清风，柔和的歌声吸引飘动的云朵。今天的盛宴就像当年的梁园集会，大家的酒量能比过陶渊明。参与集会的文人学士，就像那时的曹植，写出"朱华冒绿池"一样的优美诗句，他们的文采与谢灵运的诗笔互相呼应。音乐、饮食、文章、言语，四种美好的事物都已齐全，贤主、嘉宾两个难得的条件也聚在了一起。往天空远眺，在假日里尽情娱乐。天空高远，大地辽阔，让人感到宇宙的无穷无尽。欢乐消散，悲哀涌上心

第十课　初唐四杰

头，想到事物的消长、兴衰皆有定数。远方长安沉落到夕阳之下，吴郡隐约出现在云雾之间。地理位置极度偏远，南方大海非常幽深，昆仑山上的天柱高耸，浩瀚夜空北极星远远地悬挂。关山重重难以越过，谁能同情我这个不得志的人呢？偶然相逢，满座都是异乡之客。想念君王的宫门，却不被召见，什么时候才能像贾谊那样到宣室侍奉君王呢？

呵！每个人的机遇不一样，人生的命运大多不顺。冯唐容易衰老，李广立功无数也难得封侯。使贾谊这样的有才之士屈居在长沙，并不是因为当时没有圣明的君主；使梁鸿逃匿到齐鲁海滨，不是在政治昌明的时代吗？只是君子能了解时机，智慧通达的人能了解自己的命运而已。年纪虽老但雄心犹壮，怎能在白发苍苍时改变心境？遭遇困顿但意志更加坚定，在任何情境下也不放弃自己的凌云志气。即使喝了贪泉的水，也觉得清凉可口，并没有滋生贪婪之心；即使像鲋鱼身在即将干涸的车辙中，依然开朗明快。北海虽然遥远，乘着风就可以到达；晨光虽然已逝，珍惜黄昏就为时不晚。孟尝君心性高洁，却白白怀着报国之心；阮籍放纵不羁，怎能学他走到末路就哭泣的行为呢！

我地位卑下，只是一介书生。虽然和终军年龄相仿，但没有报国的机遇。像班超一样有投笔从戎的豪情，也有宗悫的壮志。现在我放弃功名，不远万里去日夜侍奉父亲。虽不是谢玄那样的人才，但也和诸多贤士相交。过段时间，我就要到父亲身边，一定要像孔鲤那样接受父亲的教诲；今天能见到阎公受到款待，我高兴得就像登上龙门一样。如果遇不上杨得意那样引荐的人，就只有轻拍自己的文章自叹。既然已经遇到钟子期，就奏一曲《流水》又有什么羞愧呢？

呵！名胜之地不能常在，再盛大的宴会也难以再逢。兰亭集会已经成为旧迹，石崇的梓泽也成了废墟。承蒙这个集会的恩赐，让我临行前写了这样一篇序文，至于登高写文，只能指望在座各位了。我只是冒昧地尽我微薄的心意，写下短短引言。我的一首四韵诗也已经写成。请在座各位像潘岳、陆机那样展现江海般的文才吧。

第十一课
韩柳古文之理论与成就

主讲人 罗 庸

（1）韩愈——生大历三年（公元768年），卒长庆四年（公元824年），年五十六（《旧唐书》一六〇、《新唐书》一七六本传）。其与前辈作家之师承关系，有以下脉络可寻：① 少为萧颖士子存所知；② 尝从独孤及、梁肃之门人游；③ 李华、宗子翰每称道之；④ 李观亦华族子，与愈同举进士，且相友善。

退之古文渊源，实自萧李而出，故立论犹有同乎诸前辈者，如《答李秀才书》："愈之所志于古者，不唯其辞之好，好其道焉耳。"《送孟东野序》："人之为言也亦然，有不得已而后言，其歌也有思，其哭也有怀。"皆是也。其独到之处，在论作家个人修养之言，真是前无古人，后无来者。如《答尉迟生书》："夫所谓文者，必有诸其中，是故君子慎其实。实之美恶，其发也不掩，本深而末茂，实大而声宏，行峻而言厉，心醇而气和，昭晰者无疑，优游者有余，体不备不可以为成人，辞不足不可以为成文。"此数语源于《大学》"诚中形外""君子慎独"之警句，及陆机《文赋》论体性之言，合而铸之，遂成笃论。《答李翊书》："始者非三代两汉之书不敢观，非圣人

◆ 萧颖士（717—759）：字茂挺，唐代散文家。

◆ 独孤及（725—777）：字至之，唐文学家。

◆ 梁肃（753—793）：字宽中或敬之，唐文学家，其文得独孤及所传。

◆ 李华（715—766）：字遐叔，唐散文家。与独孤及、萧颖士等同以古文著名。

◆ 宗子翰：即李华族人李翰。

◆ 退之：即韩愈，字退之。

◆ "愈之……焉耳"意为：我之所以立志研究古文，不只是因为其文辞好，还在于爱好其中蕴含的道理。

◆ 诚中形外：内心想法会体现到外表。

◆ 君子慎独：君子独处时也能谨慎不苟。

◆"始者……分矣"
意为：开始时不是夏、商、周、两汉的书不敢看，不合乎圣人的志意不敢存留在心……这种情况持续了很多年，还是没有改变，然后才能识别古书中道理的真假，以及虽然正确但不够完善的内容，清楚到就像黑白一样分明了。

◆持其志勿暴其气：保持志向，不放任血气。

◆集义：积善，行事合乎道义。

◆愧怍：不安。

◆知言：善于辨析他人之言辞。

之志不敢存……如是者亦有年，犹不改，然后识古书之正伪，与虽正而不至焉者，昭昭然黑白分矣。""气，水也；言，浮物也，水大而物之浮者大小皆浮。气之与言犹是也。气盛则言之短长与声之高下者皆宜。"其论文以气为主，与魏文不同。魏文所谓气，乃作者之性灵，《文心雕龙》所谓体性是也；韩之谓气，即孟子所谓"浩然正气"。唐人作文好重言之短长、声之高下，退之欲破此拘束，乃主以气涵之，其源来自《孟子·养气章》。孟子以志、气、体三者并列，称"持其志勿暴其气"。以火车喻之，其全部为列车之体，其车头气也，犹今之言生命力，司机则志也。人能以心指挥其生命力，以作种种活动，故人须守其志，勿使生命力妄动也。此孟子二种修养功夫，不能使气本能地动，故须养其气，使之从志而塞乎天地之间。入手方法在"集义"，义源于是非之心，日行一义，渐减愧怍，至于理直，理直而气壮，气壮则生死利害在所不计，乃能"富贵不能淫，贫贱不能移，威武不能屈"也。能"集义"便能"知言"，此道自孟子而后不得其传，退之有志继之，遂创此"养气为文"之理论。由此而知言，而能辩古文之真伪与虽正而不至焉者，下开宋之理学，故古文家与理学家之相连，退之实开其宗，而后世之论道统者，亦必及之。韩氏若干笔札论议，多用两扇对举之法，此学自孟子者也。《答崔立之书》尤酷似孟子，所作《原道》《原毁》正属于此系统，此韩文之一面。

唐代因科举之故，人多不愿讲师承，韩为古文

第十一课　韩柳古文之理论与成就

取法孔孟，故力倡师承，作《师说》❶以申之，此韩文之又一面。又古文家重视传记，故韩喜为人作墓志，亦偶作游戏文字以为应酬，退之《送穷文》《进学解》诸作，是渊源自两汉者也。此外，随当时求仕之风而有《上宰相书》，因持道统以卫道为己任而有《谏迎佛骨表》，子厚较之，相去远矣。

然韩之立身与文风亦颇为当时士子所非议，兹举其一二诤友之言论以为例。① 裴度《寄李翱书》："文人之异在气格之高下，思致之浅深，不在磔裂章句、隳废声韵也。……（昌黎韩愈）恃其绝足，往往奔放，不以文立制，而以文为戏，可矣乎？可矣乎？今之作者，不及则已，及之者，当大为防焉耳。"此书可代表当时一般人对韩之评语。② 张籍《上韩昌黎书》："比见执事多尚驳杂无实之学，使人陈之于前以为观，此有以累于盛德。""且执事言论文章不谬于古文，今之所为或有不出于世之守常者。此亦未为得。"又《与昌黎第二书》："君子发言举足，不远于礼，未尝闻以驳杂无实之说为戏也。执事每见其说，亦拊抃呼笑，是挠气害性，不得其正矣。"由以上引文观之，可见当时人士亦有不甚以韩为然者，故退之人格不甚统一，态度较孟子为逊，其性格为多方面而不能调和，故研究之颇为困难。

（2）柳宗元——生大历八年（公元773年），卒元和四年（公元809年），年三十六（《旧唐书》

◆子厚：即柳宗元，字子厚。

◆诤友：能够直言规劝的益友。

◆磔，zhé。磔裂：割裂；分割。

◆隳，huī。隳废：毁弃，废弃。

◆己：应为"已"。

◆"比见……盛德"意为：见先生多喜欢杂乱无实、供人逗乐的东西，这有损您的美德。

◆"且执……为得"意为：且先生的言论文章不亚于古人，现在所作所为却不比世俗之人高明多少，这样很不应该。

◆元和四年（公元809年）：此处为"元和十四年（公元819年）"之误。下文"年三十六"亦误，应为"年四十六"。

---

❶　见课后延展阅读：《师说》。

一六〇、《新唐书》一六八本传）。

　　性格与余事均与韩愈不同。韩心灵幼稚，意志不坚。柳则反是，故对韩有轻视意。就文学成就言，韩自过之；而就文学功夫言，则柳又远过于韩，惜滞于萧李阶段而未进耳。《答崔黯秀才书》："然圣人之言，期以明道，学者务求实道而遗其词。"《报袁君陈秀才避师名书》："大都文以行为本，在先诚其中，其外者当先读六经，次《论语》，孟轲书皆经言，《左氏》《国语》；庄周、屈原之言，稍采取之，穀梁子、太史公甚峻洁，可以出入，其余书俟文成异日讨也，其归在不出孔子。"其自道写作之言有《答韦中立论师道书》："故吾尝为文章，未尝敢以轻心掉之，惧其剽而不流也；未尝敢以怠心易之，惧其弛而不严也……此所以羽翼夫道也。""本之《书》以求其质……此吾所以取道之原也。参之《穀梁》以厉其气……此吾所以旁推交通而为之文。"此明柳之功夫在外，非若韩之在内也。故柳文与性格可分为二，而韩则合而不可分，曾国藩尝以韩文为阳刚，柳文为阴柔。二人者尝有匹敌之意，势均力敌。韩文高于柳者在读书录与《原道》诸篇，而柳之高于韩者为永州山水诸记。柳用心极深，韩则重感情近于自然，乘兴而动。柳以神经衰弱而终，韩则以好酒血压高而卒。总论二人成就，韩固过于柳也。

（选自《罗庸西南联大授课录》，
罗庸讲述、郑临川记录、徐希平整理）

◆阵：应为"陈"。

◆"大都……孔子"
意为：大抵做文章以德行为根本，首先心要诚，外在的话应当先读六经，其次是《论语》，孟子的言论也是经言，《左传》《国语》；庄周和屈原的言论稍微采取一些；《春秋穀梁传》《史记》相当峻峭高洁，可以出入，其他的书就等学会写文章以后，再抽空研习，做文章的要旨在于不背离孔子思想。

◆"本之……之文"
意为：以《尚书》为本追求文章朴实无华……这是我吸取"道"的源泉的办法。参考《春秋穀梁传》以增加文章的气势……这是我用来学习使它们融会贯通并运用来写文章的办法。

延展阅读

师　说
[唐]韩愈

【原文】

古之学者必有师。师者，所以传道受业解惑也。人非生而知之者，孰能无惑？惑而不从师，其为惑也，终不解矣。生乎吾前，其闻道也固先乎吾，吾从而师之；生乎吾后，其闻道也亦先乎吾，吾从而师之。吾师道也，夫庸知其年之先后生于吾乎？是故无贵无贱，无长无少，道之所存，师之所存也。

嗟乎！师道之不传也久矣！欲人之无惑也难矣！古之圣人，其出人也远矣，犹且从师而问焉；今之众人，其下圣人也亦远矣，而耻学于师。是故圣益圣，愚益愚。圣人之所以为圣，愚人之所以为愚，其皆出于此乎？爱其子，择师而教之；于其身也，则耻师焉，惑矣。彼童子之师，授之书而习其句读者，非吾所谓传其道解其惑者也。句读之不知，惑之不解，或师焉，或不焉，小学而大遗，吾未见其明也。巫医乐师百工之人，不耻相师。士大夫之族，曰师曰弟子云者，则群聚而笑之。问之，则曰："彼与彼年相若也，道相似也，位卑则足羞，官盛则近谀。"呜呼！师道之不复，可知矣。巫医乐师百工之人，君子不齿，今其智乃反不能及，其可怪也欤！

圣人无常师。孔子师郯子、苌弘、师襄、老聃。郯子之徒，其贤不及孔子。孔子曰：三人行，则必有我师。是故弟子不必不如师，师不必贤于弟子，闻道有先后，术业有专攻，如是而已。

李氏子蟠，年十七，好古文，六艺经传皆通习之，不拘于时，学于余。余嘉其能行古道，作《师说》以贻之。

【译文】

古时渴求知识的人必定有老师。老师，是指传授道理、教授知识、解疑答惑的人。人不是天生就通晓事理和知识的，谁能没有困惑呢？心存困惑，如果不请教老师，那些使你疑惑的问题，就始终不能得到解答。出生在我前面的人，懂得道理本来就早于我，我向他学习，将其视为老师；出生在我后面的人，如果他懂得道理也早于我，那我也会跟从他，向他学习。我是请教他道理和知识的，怎会管他是生于我之前还是生于我之后呢？这就是，无论高低贵贱，无论年老年幼，只要是道理所在的地方，便是老师所在的地方。

唉！古代从师学习的传统已经很久不流传了！使人没有困惑也很难了！古时的圣人，有远超常人的聪明才智，尚且要跟从老师学习；现在的一般人，他们的才能远不及圣人，却以跟从老师学习为耻。因此，圣人变得更加圣明，愚人变得更加愚昧。圣人之所以成为圣人，愚人之所以成为愚人，大概就是这个缘故吧！疼爱自己的孩子，就会挑选老师来教他；但对于自身，却以向老师学习为耻，实在是糊涂啊。那些教学童们识文断句的老师，并非我所说的能够传授道理、解疑答惑的老师。不知如何断句会请教老师，有不能解决的疑惑却不愿问老师，学习了小的却丢失了大的，我没有看到他的明智之处。巫医、乐师以及各种工匠，不将互相学习视为耻辱。士大夫这一类人，听到有人称呼"老师"、称呼"弟子"，就围聚在一起嘲笑他们。问这类人，他们就说："他和他年龄相仿，懂得的道理也差不多，把地位低下的人当作老师，就足以感到羞耻，把官大的人当作老师，就是近乎谄媚。"哎！由此可知求师的风尚难以恢复了。巫医、乐师以及各种工匠，所谓君子对他们不屑一顾，现在这些君子的智慧反倒比不上这些人了，这可真是

第十一课　韩柳古文之理论与成就

奇怪啊！

圣贤之人没有固定不变的老师。孔子曾求学于郯子、苌弘、师襄、老聃。郯子那些人，他们的贤能与才干自然不如孔子。孔子说："三人同行，里面一定有人能够做我的老师。"因此做学生的不一定比不上老师，做老师的不一定要比学生贤能，习得道理有先有后，学问和技艺各有专长，如此而已。

李家的孩子李蟠，年方十七，爱好古文，六经经文和传文都广泛学习了，不惧时俗的限制求学于我。我称赞他能够因袭古人从师的风尚，因此写下这篇《师说》赠送给他。

主讲人 浦江清

第十二课
欧阳修及其作品

◆ 荻，dí，似芦苇的草本植物。

◆《昌黎集》：即韩愈文集《昌黎先生集》，韩愈的宗族在昌黎，因此世称韩昌黎、昌黎先生。

◆ 范仲淹（989—1052）：字希文，北宋政治家、文学家，于宋仁宗期间推行"庆历新政"，此变法在王安石变法之前，以失败告终。死后谥号"文正"，世称范文正公。与欧阳修交好，写有名篇《岳阳楼记》，与欧阳修的《醉翁亭记》几乎同时写下。

欧阳修（1007—1072），字永叔，江西庐陵（今吉安）人。父亲是进士出身，做过小官，早卒。修四岁而孤，少年穷苦。母亲郑氏，亲诲之学，家贫至以荻画地为书。后随叔父在隋州，借李姓藏书抄诵。得《昌黎集》残书，读之，大好。敬佩韩愈，仿作古文。二十岁，进京赴考。二十四岁中进士，出为西京（洛阳）推官。与谢绛、尹洙、梅尧臣为友，时同游。

1034年入为秘阁校理。

1036年，年三十，范仲淹忤吕夷简罢出，修致书司谏高若讷，责其不言，骂他出入朝中不知人间有羞耻事。若讷出其书于朝，修被贬为夷陵（今宜昌）令。

1040年，入朝。

1043年，知谏院。

1044年，为龙图阁直学士。

1045年，为人所排挤诬陷，罢职，出为滁州（今属安徽滁州）知州。作《丰乐亭记》及《醉翁亭记》，年四十，即自号醉翁。

1048年，徙知扬州。

1049年，移知颍州，乐西湖之胜，将卜居。

1050年，改知应天府兼南京留守。

1052年，以母忧，归颍州。

1054年，为翰林学士，兼史馆修撰。

1057年，知礼部贡举。其后又入朝，为翰林学士，修纂《唐书》（与宋祁分任主编），知贡举。历官礼部侍郎、枢密副使、参知政事等。

1071年，告老，以太子少师致仕。

明年卒，年六十六。谥文忠。有《欧阳文忠公集》《六一词》。

欧阳修一生宗仰韩愈，又从尹师鲁游，学作古文，造诣极高。欧阳修是文学家，不是政治家。他在政治上近于元老派，很推崇杜衍、范仲淹、富弼、韩琦等有所作为的贤相。早年还比较激进，晚年当王安石执政时，就趋向保守了。

欧阳修的思想是儒家学说的正统思想，主张发扬孔孟之道。苏轼《六一居士集序》说：

> 自汉以来，道术不出于孔氏，而乱天下者多矣。晋以老庄亡，梁以佛亡，莫或正之。五百余年而后得韩愈。学者以愈配孔子，盖庶几焉。愈之后三百有余年而后得欧阳子，其学推韩愈、孟子以达于孔氏。……
>
> 宋兴七十余年，民不知兵，富而教之，至天圣、景祐极矣。而斯文终有愧于古，士亦因陋守旧，论卑而气弱。自欧阳子出，天下争自濯磨以通经学古为高，以救时行道为贤。

欧阳修要继承、发扬儒家道统，要"通经学

◆卜居：择地居住。

◆致仕：也作"致事"，交还官职，即辞官。

◆尹师鲁（1001—1047）：即尹洙，字师鲁，北宋文学家，与欧阳修、范仲淹均为挚友，欧阳修亲自为其撰写墓志铭。

◆六一居士：即欧阳修，号六一居士、醉翁。

◆庶几：或许，可能，差不多。

◆濯磨：洗涤磨炼。比喻加强修养，以期有为。

古""救时行道"。他继承韩愈"原道"思想,而作《本论》。韩愈排斥佛老,尊重儒教,以周公、孔子、孟子的道统自命,合道统与文统为一。古文运动不单是文体方面的改革,同时是思想方面的改革,内容和形式是统一的。写文章要根柢六经,发挥孔孟之道,作为巩固中央集权统治的上层建筑。欧阳修的中心思想也是如此,古文要表现的是儒家思想。《本论》之意谓中国不失教化,则夷狄之教无由入,故以固本为首要。固本包括农桑与仁义之教化。因为佛教的势力不如唐代的顽强,所以欧阳修的排佛也不像韩愈那样激切。比较《本论》和《原道》就可以明白。有佛教徒而能诗文的,他也加以奖掖,如对释秘演、释惟俨等,为之作诗文集序。

  欧阳修绝不好道求仙,他没有神仙思想、求长生等一套观念。他认为人生飘忽,是短暂的,但是可以不朽于后世。那便是《左传》所提倡的立德、立功、立言,此为三不朽。作于嘉祐元年(公元1056年)的《鸣蝉赋》认为,鸣蝉喧聒一时,"有若争能",但"忽时变以物改,咸漠然而无声"。而人则不同,"达士所齐,万物一类,人于其间,所以为贵,盖已巧其语言,又能传于文字",故能"虽共尽于万物,乃长鸣于百世"。不过文章虽工,假定没有内容,那么等于"草木荣华之飘风,鸟兽好音之过耳"(《送徐无党南归序》)。美丽的文章与工巧的语言,不足以不朽。足以不朽的是立德、立功、立言之三不朽,而三者中又应以立德为首要。

◆ "草木……过耳"
意为:如同花木被风吹散,鸟兽鸣叫掠过耳边。原文是形容文章短暂存在于世。

第十二课 欧阳修及其作品

"自《诗》《书》《史记》所传其人，岂必皆能言之士哉！修于身矣，而不施于事、不见于言，亦可也。"（同上文）此为儒家正统思想，以蓄道德能文章为标准。劝人如此，自勉如此。

因此，欧阳修主张文章要发扬道统。在《答吴充秀才书》中他强调"道胜者文不难而自至"，反对文士自认为"职于文"而"弃百事不关于心"。在《与张秀才第二书》中，他再次发挥了文学必须明道的观念。张秀才请他看古今杂文十数篇，固为为学有志，然而述三皇太古之道，舍近取远，务高言而鲜事实。他认为是不切实的。他说："君子之于学也，务为道。为道必求知古。知古明道而后履之以身，施之于事，而又见于文章而发之，以信后世。其道周公、孔子、孟轲之徒常履而行之者是也，其文章则六经所载至今而取信者是也。其道易知而可法，其言易明而可行。……今生于孔子之绝后，而反欲求尧舜之已前，世所谓务高言而鲜事实者也。"据此可知他所谓好古，是以恢复光大孔孟之道为职志。欧阳修揭起了正统文学的旗帜。人们也推崇他道德与文章不偏废。自欧阳修以后，道学、功业、文章离开。二程、周、张得道学，王安石得政治，苏轼得文章、文艺。

古文派都以根柢六经为标帜，经术与文学合一，这当然也是科举制度发展的结果。不过比较起来，韩、欧、曾、王是古文与经术合一的。柳、三苏的思想并不纯粹。柳宗元有庄子、屈子的思想，苏洵、苏辙有纵横家的思想，苏轼参以佛老。

◆ "自《诗》……可也"意为：从《诗》《书》《史记》这些著作记载来看，不是所有人都善于著作！修养个人操守、德行高尚，不施展在功业上、不表现在文字言辞上，也是可以的。

◆ 道胜者文不难而自至：文章的道理确定后，文采就不难体现、随之而来了。指文章的意义占主导地位，形式次之。

◆ 周、张：指北宋哲学家周敦颐（1017—1073）和张载（1020—1077）。

◆ 经术：经学。

◆ 佛老：指佛和老子，此处指佛教和道教。

欧阳修一生嫉恶如仇，爱贤若渴。在政治上钦佩杜衍、富弼、范仲淹、韩琦几位贤臣。作《朋党论》，认为君子有朋党，以义为结合，是真朋党；小人以利结合，利尽则散，只是伪朋党。国君应该近君子党，斥小人之伪党。"朋党"并非恶名。当时政治斗争激烈，宰相擅权，往往借朋党之名，以排挤君子，故发如此论。欧阳修既景仰先辈，同时又为援引后进，不遗余力。古文家曾巩，笃道君子，出欧门下。王安石为曾巩同乡，欧阳修亦屡热忱予以奖掖。知贡举时，得苏轼卷，大为激赏，举为进士。欧阳修谓"吾当放出一头地"，许为将来文学第一人，在他自己之上。三苏皆与欧公善。北宋古文大家，称欧曾王苏（三苏），而欧阳修实为领袖。

欧阳修是宋初古文运动的领导者。韩愈的古文主张和他首创的古文运动，直到欧阳修的大力提倡，而完成之。此后骈文只是成为通行之公文与应酬文字。欧阳修有深厚的思想感情，而出之以和婉流畅的散文风格。他比之韩愈，又自不同。韩愈深厚雄博，但尚喜用古字，造句奇崛，雄健有余而流畅不足；欧公虽写古文，而选用平易习用的词汇，更明白易懂。苏洵在其《上欧阳内翰第一书》一文作了比较：

> 韩子之文，如长江大河，浑浩流转，鱼鼋蛟龙，万怪惶惑，而抑遏蔽掩，不使自露；而人望见其渊然之光，苍然之色，亦自畏避，不敢迫视。执事之文，纡余委备，往复百折，而

◆ 援引：提拔、引荐。

◆ 后进：后辈。也指学识或资历较浅的人。

◆ 吾当放出一头地：我应当让这个人出人头地。

◆ 骈，pián。骈文：一种以双句为主，讲究对仗、声律和藻饰的文体。

◆ 执事：欧阳修。

条达舒畅，无所间断，气尽语极，急言竭论，而容与闲易，无艰难劳苦之态。

欧阳修的古文运动，经历了两条战线的斗争，一方面反对骈四俪六的浮华的骈文，一方面也反对钩章棘句、艰涩险怪的文章。其知贡举时，痛抑钩章棘句派的士子。榜出，嚣薄之士，候修入朝，群聚诋斥之，街司逻卒不能止，至为发文投其家。但自是文风稍变。

◆ 嚣薄：浮薄。

欧阳修的山水文章，不单是纯粹的流连景物。有名的《醉翁亭记》[1]，是一篇轻松愉快的抒情散文。全篇用"也"字为节奏，似乎是游戏之作，而非常自然，可代表欧阳修的散文风格。写了滁州山水，同时主要是写太守和人民"醉能同其乐"。《丰乐亭记》同为欧阳修做滁州太守时所作。两文内容并不徒流于风景之美，主题思想在于人民安乐（负者歌于途，行者休于树），能享小康的丰乐，然后刑省政闲，太守得以宴乐而享山水清福。与他主张的贤能政治有关，不失为贤太守的风度。《泷冈阡表》是他晚年在故乡泷冈为表父亲之墓而作的。主要以母亲平时所说他的父亲平素的为人，表扬父德。他的父亲是一位进士，历任州县判官、推官，宽厚有仁德；认真处理公事，决死囚狱，反复考虑，不愿枉死一人，爱护人民。因而有遗泽，使欧阳修得以享高官厚禄。这篇文章，虽是封建正统思想的忠孝观念，而感情真挚，是应该肯定的。

◆ 泷，shuāng。泷冈：在江西永丰南凤凰山上。

[1] 见课后延展阅读：《醉翁亭记》。

欧阳修的古文，善于布局。虽平易实为经心之作。如《醉翁亭记》《丰乐亭记》《有美堂记》《相州画锦堂记》，艺术性都强。《醉翁亭记》由滁说到山，山到峰，到泉，到亭，由大及小，然后谈山林的晦明变化。谈人，谈到太守宴，太守之乐反映滁州的太平无事。《丰乐亭记》述由乱到治，遗老尽亡，时代推移，归结于王化。《有美堂记》说山水与都会兼胜，唯杭州与金陵，而金陵荒废，独杭兼美。凡此皆宋人理路清楚，短文中有曲折布局，如山水画之美。有艺术性。在开创时代是新鲜的，后人学之便成为"古文笔法"的滥调了。

欧公长于史学。修《唐书》（与宋祁合作），修《五代史》，追慕司马迁，颇得《史记》笔力。他为朋友作墓铭，文集、诗写序、跋甚多，以表扬贤者。又搜集金石、铭刻，作《集古录》开考古金石学之先风。其《集古录目序》及《六一居士传》（仿白乐天《醉吟先生传》）表现其晚年之志趣。

欧阳修除古文外，亦善诗赋。赋不多，有《鸣蝉赋》和《秋声赋》等，深于情，而风格流畅，亦间用散语，已开宋赋作风。诗反西昆体，学韩愈、白居易。其《水谷夜行寄子美圣俞》是一篇代表作。他在秋天，从汴京出发南行，开始十句描写秋日旅途风景，颇似陶谢。下面转到怀念朋友，对苏、梅诗分别致叹赏及评论语。有比喻有议论，清切不肤泛，新鲜，不袭唐人。《啼鸟》诗是他在夷陵所作。贬于僻地，见春鸟乱鸣，感兴而作。描写许多鸟鸣，参差错落，极有风趣。其思想感情近白

◆跋，bá，一般写在书籍、文章、金石拓片等后面的短文，内容大多为评介、鉴定、考释。

◆金石：古代镌刻文字纪事的钟鼎碑碣等金属和石制器物。

◆陶谢：指陶渊明和谢灵运。

◆苏、梅：指北宋诗人苏舜钦（1008—1049）和梅尧臣（1002—1060）。

乐天，而语言不同。《食糟民》反映人民困苦生活，酿酒的人不能饱腹，反用酒糟来充饥。近白居易新乐府。其《赠杜默》诗云："子盍引其吭，发声通下情。上闻天子聪，次使宰相听。"其作诗主张同白居易。

《明妃曲》二首与《庐山高》是欧阳修平生最得意之作。他醉后谓其子云："我诗《庐山高》，今人不能为，惟太白能之。《明妃曲》后篇太白不能，惟子美能之。至其前篇，则子美不能，惟吾能之也。"今观《庐山高》虽造句奇峭，意思不平，不及太白远矣。唯《明妃曲》二首确为佳作。现将《明妃曲》二首与李杜诗作一比较分析：

◆明妃：即王嫱，字昭君，晋避司马昭讳，改为明君或明妃。

《明妃曲》和王介甫作

　　胡人以鞍马为家，射猎为俗。泉甘草美无常处，鸟惊兽骇争驰逐。谁将汉女嫁胡儿，风沙无情貌如玉。身行不遇中国人，马上自作思归曲。推乎为琵却手琶，胡人共听亦咨嗟。玉颜流落死天涯，琵琶却传来汉家。汉宫争按新声谱，遗恨已深声更苦。纤纤女手生洞房，学得琵琶不下堂。不识黄云出塞路，岂知此声能断肠？

再和《明妃曲》

　　汉宫有佳人，天子初未识。一朝随汉使，远嫁单于国。绝色天下无，一失难再得。虽能杀画工，于事竟何益？耳目所及尚如此，万里安能制夷狄。汉计诚已拙，女色难自夸。明妃去时泪，洒向枝上花。狂风日暮起，飘泊落谁

◆呼韩邪（?—前31）：挛（luán）鞮（dī）氏，名稽侯珊。西汉神爵四年（前58）立为单（chán）于。

◆单于：匈奴最高首领称号。

◆"燕支……使人嗟"意为：燕支山常年寒冷，雪花也被当作花，女子憔悴埋没胡沙之中。因为生前没有黄金贿赂画师而被画丑，死后埋葬沙漠使人悲叹。

◆"今日……胡地妾"意为：今天是汉朝的宫人，明天就成为胡人的妻妾。

◆"群山……向黄昏"意为：山峦连绵奔向荆门，王昭君生长的山村至今留存。自汉宫一去直通向塞外沙漠，只剩一座孤坟对着黄昏。

家。红颜胜人多薄命，莫怨春风当自嗟。

第一首叙明妃远嫁，以"风沙无情貌如玉"句致惋惜同情的情感。在西汉时国力强盛，呼韩邪单于来向汉表示归顺之意，故汉元帝以宫女遣嫁，表示和亲政策，联络感情。王昭君有美色，其远嫁匈奴的故事，成为诗歌、小说的题材。汉人与匈奴人生活不同，远离中原，女性是被压迫者、牺牲品，所以博得人民的同情。首先作《昭君曲》或《明妃辞》者有石崇的乐府，此后南北朝、唐代都有乐府辞，述昭君事。唐时有《昭君变》说唱变文。李白有《王昭君》二首，其第一首末云：

燕支长寒雪作花，蛾眉憔悴没胡沙。
生乏黄金枉图画，死留青冢使人嗟。

第二首末云：

今日汉宫人，明朝胡地妾。

杜甫《咏怀古迹五首》（其三）云：

群山万壑赴荆门，生长明妃尚有村。
一去紫台连朔漠，独留青冢向黄昏。

前两句咏昭君故乡。后两句中以"青冢"对"紫台"，与李白诗以"青冢"对"黄金"略同。李杜诗均佳。因昭君既为众人作诗歌的通俗题材，写起来不易出色。而王安石、欧阳修咏昭君之诗，为宋诗中之杰作，均有深刻的说理与议论，为宋诗的特色。

欧阳修《明妃曲》第一首，多转折，愈转愈深。最后四句尤为创见。意思说，一般女子能弹昭君琵琶曲，而不能体会此曲悲哀情调。着重说明艺术是表现生活的，艺术不能脱离生活经验。唯有生活经验丰富，然后能体会艺术，表达出作者的感情来。第二首，初八句尚是泛写。"耳目所及"二句转入议论，议论精辟，亦是创造性见解。议论感慨，有老杜风格。批判汉元帝的糊涂，借以批判一般统治者的昏庸。后面再转入女色之不足恃，而慨叹于红颜薄命，立意均高。

此为和诗，故在此再与荆公原诗进行比较。王安石两首《明妃曲》意格高妙，更有创见：

一

明妃初出汉宫时，泪湿春风鬓脚垂。低回顾影无颜色，尚得君王不自持。归来却怪丹青手，入眼平生几曾有。意态由来画不成，当时枉杀毛延寿。一去心知更不归，可怜着尽汉宫衣。寄声欲问塞南事，只有年年鸿雁飞。家人万里传消息，好在毡城莫相忆。君不见咫尺长门闭阿娇，人生失意无南北。

二

明妃初嫁与胡儿，毡车百辆皆胡姬。含情欲语独无处，传与琵琶心自知。黄金捍拨春风手，弹看飞鸿劝胡酒。汉宫侍女暗垂泪，沙上行人却回首。汉恩自浅胡自深，人生乐在相知心。可怜青冢已芜没，尚有哀弦留至今。

"不自持"指禁不住见昭君之美而有所动于心（参看《后汉书·南匈奴传》）。意态画不成，枉杀毛延寿，比写人又深进一层，言女子之美在乎体态，非画工可以画出，毛延寿亦枉杀也。极写昭君之美，

◆毛延寿：据晋代葛洪所撰《西京杂记》，毛延寿为汉元帝时著名画家。

非画图可表。意思突出独立。最后君不见长门闭阿娇事,以慰昭君,亦慨叹于女性的一般薄命。女性为帝王所玩弄,即使长在宫中,也不免失宠。第二首中"黄金捍拨春风手,弹看飞鸿劝胡酒",豪放。最后四句亦是介甫独发之议论,不同众人。谓汉帝既不能知昭君,薄待她,则恩情浅。昭君能<u>见重</u>于单于,则胡恩深。人心贵得知心,何分汉胡,远嫁也没有什么。人谓介甫,不近人情,发此类激烈的言论。这样说,在对祖国的感情上是说不过去的。不过后面"可怜青冢已芜没,尚有哀弦留至今",以悲哀语作结,论昭君不幸之遭遇,并没有说昭君到匈奴后是得意的。此首大意同前首"人生失意无南北"语。

◆见重：受到重视。

欧阳修诗近白居易,而开始变革,但不及梅圣俞、苏东坡之成熟。

欧阳修亦多作小词,与<u>二晏</u>并称欧晏。词集名《六一居士词》《醉翁琴趣外篇》。欧词继承花间一派婉丽作风,如《蝶恋花》数首。其中亦入《阳春集》,与冯延巳词混,不易辨明作者。欧词"六曲栏干偎碧树"(《蝶恋花》)、"庭院深深深几许"(《蝶恋花》)、"独倚危楼风细细"(《蝶恋花》)诸章,皆为名篇,情致缠绵。"衣带渐宽终不悔,为伊消得人憔悴""泪眼问花花不语,乱红飞过秋千去"皆深情语。

◆二晏：指北宋词人晏殊(991—1055)和其子晏幾(jī)道(1038—1110)。

《踏莎行》结构极好。前半写行者,后半写居者。"离愁渐远渐无穷,迢迢不断如春水""平芜尽处是春山,行人更在春山外",即景抒情,都达到思想性与艺术性结合的高度。

《六一词》中的《采桑子》若干篇，咏颍州西湖景物。写十二节令、七夕、重阳等景物，为时序小曲体。《渔家傲》咏荷花"年年苦在中心里"有古乐府风味。《浪淘沙》"把酒祝东风"篇，《浣溪沙》"堤上游人逐画船"篇中之"绿杨楼外出秋千"句，皆为名篇名句。"绿杨楼外出秋千"，"出"字见精神。清代徐釚《词苑丛谈》卷四云："李君实云曹无咎评欧阳永叔《浣溪沙》云，'绿杨楼外出秋千'，只一出字自是后道不到处。予按王摩诘诗'秋千竞出垂杨里'，欧阳公词总本此，晁偶忘之耶。"

◆釚, qiú。

◆王摩诘（701？—761）：即王维，字摩诘，唐代诗人、画家。

总之，欧阳词高雅婉丽，出于花间南唐风格。欧晏词为北宋第一时期的词。欧公能自歌小曲，同时他的小词亦传唱于歌伎。

欧词一般写女性的多，较柔媚，似乎与"文以载道"的古文家身份相抵触。后来推崇他的人就辩解说这些词并非欧阳所作。曾慥《乐府雅词·序》云：

欧公一代儒宗，风流自命。词章窈眇，世所矜式。乃小人或作艳曲，谬为公词。

又蔡絛《西清诗话》云：

欧阳修之浅近者谓是刘煇伪作。

《名臣录》也说：

修知贡举，为下第刘煇等所忌，以《醉蓬莱》《望江南》诬之。

这样的辩护是不必的。陶渊明高洁，有些悠然世

◆文以载道：文章是为了说明道理、表达思想的。

◆慥, zào。

◆絛, tāo。

107

◆ 颣，lèi，缺点，毛病。

外，但他写有《闲情赋》。这些不是什么玉瑕珠颣。在欧阳修当时，晏殊以刚峻见称，但词极柔弱纤媚；司马光和寇准那么耿介，他们的词也婉约而澹远。欧阳修写作这样的词自是不足为怪的。

（选自《浦江清中国文学史讲义：宋元部分》，浦江清著，浦汉明、彭书麟整理）

延展阅读

醉翁亭记
[北宋] 欧阳修

【原文】

环滁皆山也。其西南诸峰，林壑尤美，望之蔚然而深秀者，琅琊也。山行六七里，渐闻水声潺潺，而泻出于两峰之间者，酿泉也。峰回路转，有亭翼然临于泉上者，醉翁亭也。作亭者谁？山之僧智仙也。名之者谁？太守自谓也。太守与客来饮于此，饮少辄醉，而年又最高，故自号曰醉翁也。醉翁之意不在酒，在乎山水之间也。山水之乐，得之心而寓之酒也。

若夫日出而林霏开，云归而岩穴暝，晦明变化者，山间之朝暮也。野芳发而幽香，佳木秀而繁阴，风霜高洁，水落而石出者，山间之四时也。朝而往，暮而归，四时之景不同，而乐亦无穷也。

至于负者歌于途，行者休于树，前者呼，后者应，伛偻提携，往来而不绝者，滁人游也。临溪而渔，溪深而鱼肥，酿泉为酒，泉香而酒洌，山肴野蔌，杂然而前陈者，太守宴也。宴酣之乐，非丝非竹，射者中，弈者胜，觥筹交错，起坐而喧哗者，众宾欢也。苍颜白发，颓然乎其间者，太守醉也。

已而夕阳在山，人影散乱，太守归而宾客从也。树林阴翳，鸣声上下，游人去而禽鸟乐也。然而禽鸟知山林之乐，而不知人之乐；人知从太守游而乐，而不知太守之乐其乐也。醉能同其乐，醒能述以文者，太守也。太守谓谁？庐陵欧阳修也。

【译文】

连绵的群山环绕着滁州。那西南方向的山峰、树林和丘壑分外秀美，放眼望去，树木长得既葳蕤又秀美的，便是琅琊山。沿着山路行走六七里，逐渐听到水声潺潺，看见水流从两峰之间倾泻而出，这就是酿泉。山峰曲折环绕，山路斗转弯曲，有一间亭子像飞鸟振翅似的飞架于泉水之上，那便是醉翁亭。是谁建造的这座亭子呢？是山上一位名叫智仙的和尚。又是何人给它取名呢？是太守用自己的别号"醉翁"命名的。太守与众宾客来此地宴饮，稍微喝了一点儿酒就醉倒了，加之年纪最大，因此自号"醉翁"。醉翁的真实意图不在于饮酒，而在于欣赏这里的好山好水。而欣赏山水美景的乐趣，领悟在心里，寄托在酒中。

如果太阳升起，山林间的雾霭就消散了，云烟聚集，山谷就会变得晦暗幽深，忽暗忽明，变化莫测，这就是山间的朝暮。野花盛开，散发出幽香的气味，良木佳树，枝叶繁密而秀美，形成一片茂密的绿荫。天朗气清，霜色洁白，流水退去而石头显露，这就是山中的四季。人们清晨前来，黄昏归去，四季的景色不同，其中的快乐也是无穷无尽的。

至于背东西的人边走边唱，往来赶路的人在树下歇息，走在前面的人打招呼，跟在后面的人回应，老人佝偻着腰走，孩童由大人领着走，往来不绝的行人，都是到这里游玩的滁州人。在小溪边垂钓，溪水幽深且鱼肉鲜嫩肥美，用酿泉酿酒，泉水甘甜酒也清冽，可口的野味野菜杂乱地摆在面前，这就是太守举办的宴会。宴会饮酒之乐，不在于管弦奏乐，投壶的人中了，下棋的人胜出，酒杯与酒筹交相错杂，时而起身时而坐下，高声喧哗的人，是欢快的宾客们。一位鹤发鸡皮的老者，醉醺醺地坐在人群中间，这就是醉酒的太守。

不久，夕阳西沉，人影散乱，宾客们跟着太守离去了。林间树木枝繁叶茂，遮盖成荫，禽鸟忽上忽下地鸣叫，那是游人离去后鸟儿在欢呼雀跃。然而鸟儿只知晓山林里的乐趣，却不明白人们的快乐；而人们只知晓和太守一同出游的快乐，却不明白太守是以百姓的快乐为乐趣啊。喝醉了能同众人一起欢乐，醒来可以用文章记述其中乐趣的人，就是太守啊。太守是谁？是庐陵欧阳修啊。

醉翁亭

主讲人 浦江清

第十三课
苏轼的散文

◆唐宋八大家：指唐、宋两代八位散文作家，即唐代的韩愈、柳宗元和宋代的欧阳修、苏洵、苏轼、苏辙、王安石、曾巩。

◆壅，yōng。

苏轼是古文家。唐宋八大家，三苏占其三。

苏轼的散文和欧阳修不同，前者自然奔放。他说："吾文如万斛泉源，不择地而出，在平地滔滔汩汩，虽一日千里无难。及其与山石曲折，随物赋形而不可知也。"（《文说》）文笔奔放，思想解放，成为苏轼散文特殊的风格。

苏轼的散文很多，有议论文，有抒情文。议论文有政论和史论。政论如《决壅蔽》，揭露当时政治弊端。史论如《范增论》《留侯论》《贾谊论》《晁错论》《六国论》等。也有评论荀卿、韩非等的文章。小传文字，如记其朋友陈慥的《方山子传》。碑铭文章以《潮州韩文公庙碑》《表忠观碑》为代表。

苏轼散文中艺术价值高、颇有独创意味的是游记、亭台记，如《石钟山记》[1]《超然台记》《放鹤亭记》《宝绘堂记》《灵璧张氏园亭记》《李氏山房藏书记》等。这些杂记，或抒情，或议论，有不同的思想感情、不同的风格。

---

[1] 见课后延展阅读：《石钟山记》。

第十三课　苏轼的散文

　　作为苏轼抒情佳作，最脍炙人口的是著名的《赤壁》二赋。赋介于诗与散文之间，是有诗意的散文，也是散文化的诗篇。苏文是散文化的赋，流动，不呆板用韵，挥洒自如，思想性和艺术性都达到高峰。赤壁山在湖北嘉鱼县东北，周郎破曹兵之地。而东坡所游，实为湖北黄冈县城外之赤鼻矶，俗传亦为赤壁。《赤壁》二赋，东坡在黄州所作。他从御史台狱出来后，贬为黄州团练副使，赋中一无牢骚语，非常达观。《前赤壁赋》开首写月夜游江。二三知己，泛舟于赤壁之下，"诵明月之诗，歌窈窕之章"。借月光水色，发思古之幽情。洞箫客箫声呜咽，如怨、如慕、如泣、如诉，触景生情，忆古思今，感叹人生的飘忽无常，求仙与功业两虚。由长江之永恒，哀人生的短暂、飘忽。比之古诗《青青陵上柏》中所云"人生天地间，忽如远行客"，此情此景，具体感人。面对洞箫客的感叹，苏子以水月取比，见物之无穷。水不断流去，而江水源源不断，月或缺或圆，但月永远存在。说明万物变化不断是其常态，同时又是永恒的、不变的，这是矛盾的统一。人生天地间，与大自然和谐相处，"一毫而莫取"，这样，清风为声，明月成色，就能"取之无禁，用之不竭"矣。《赤壁赋》中苏子与客咏《诗经》、歌《楚辞》，引经据典，从容自然，足见其古典文学造诣之深。其形象的描写，使读者飘飘欲仙，达到一种超然的境界。苏辙谓"子瞻之文皆有奇气，至《赤壁赋》仿佛屈原、宋玉之作，汉唐诸公皆莫及也"，是一种有见地的

◆御史台狱：指乌台诗案。苏轼因诗获罪，于御史台狱受审。因御史台官署内柏树上常栖乌鸦得名。

◆《前赤壁赋》：苏轼于乌台诗案三年后的七月十六和十月十五两次泛游赤壁，并写下两篇以"赤壁"为题的赋，后人便称第一篇为《前赤壁赋》，第二篇为《后赤壁赋》。

◆《青青陵上柏》：《古诗十九首》其三。

◆宋玉：战国楚辞赋家，传为屈原弟子。

评价。此篇最为一般人所传诵。"东坡两游赤壁"也成为象牙雕刻、绘画等的题材。

他的自由主义和无可无不可的精神，见于他所作的《灵璧张氏园亭记》："古之君子，不必仕，不必不仕。必仕则忘其身，必不仕则忘其君。譬之饮食，适于饥饱而已。然士罕能蹈其义赴其节。处者安于故而难出，出者狃于利而忘返。于是有违亲绝俗之讥，怀禄苟安之弊。"士的这一阶层的矛盾，他这样解决，以义为依归，一方面对国家有责任感，一方面也不违己强求。这是在湖州时所作。后来他更其佩服陶渊明的态度，欲仕则仕，欲隐则隐。可是他的时代和渊明时又不同，宦海生涯，欲隐不得。因此他有随遇而安的思想。

他对于人生的看法是人生如寄。尘俗的事务不能不做，要想法摆脱，此外有艺术的世界，是永久的、无尽的，可在其中求解放自由。因此他认为一生乐事，就在乎作文章。"某平生快意事，惟作文章，意之所到，则笔力曲折，无不尽意。"

《日喻》用浅显生动的比喻，说明学以致道的道理，批判士人不深入学习的风尚。"生而眇者不识日，问之有目者。或告之曰：'日之状如铜盘，'扣盘而得其声。他日闻钟，以为日也。或告之曰：'日之光如烛。'扪烛而得其形。他日揣籥，以为日也。……道之难见也，甚于日，而人之未达也，无以异于眇。达者告之，虽有巧譬善导，亦无以过于盘与烛也。"扣盘扪烛，成为典故。接着文章论断"道可致而不可求"，"君子学以致其

◆ "必仕……而已" 意为：非要做官容易忘掉自我，非不做官容易忘掉国君。如饮食一样感到适意即可。

◆ 狃，niǔ，贪。

◆ "生而……烛也" 意为：天生失明的没见过太阳，问看得见的人太阳是什么样。有的人告诉他："太阳像铜盘。"失明的人便敲铜盘听声，有一天听到钟声，便把钟当成了太阳。有的人告诉他："太阳光像蜡烛。"失明的人用手摸到了蜡烛的形状，有一天摸到一支形状像蜡烛的乐器籥，就把它当成了太阳。……抽象的道理难以被人们通晓，这比太阳难以被认识的情况更严重，人们不通晓抽象的道理的情况，和天生失明的人没有什么不同。通晓的人告诉他，即使有巧妙的比喻和很好的启发诱导，也无法使这些比用铜盘和用蜡烛来说明太阳的比喻或教法好。

道"。譬如游泳一样,日与水居,七岁而能涉,十岁而能浮,十五而能没矣。所以,人不可不学而求道。

东坡有《东坡志林》五卷,《仇池笔记》二卷,所收笔记、杂感、小品、史论一类文字。其文或长或短,无不意能称物,文能逮意。其《记承天寺夜游》寥寥数十字,而饶有风趣。

他的散文,有政论、奏疏,有史论,有碑记、墓志铭、行状、祭文等,都是认真作的。又有抒情小文,游戏之作,那是最自由解放的,如《超然台记》《赤壁赋》《方山子传》等,以及《志林》。这些作品和通俗文学很接近,开晚明小品文一派。

苏轼散文艺术价值高,广为传诵,成为后人学作文章的典范。陆游在其《老学庵笔记》中说:"建炎以来,尚苏氏文章,学者翕然从之,而蜀士尤盛。有语曰:苏文熟,吃羊肉;苏文生,吃菜根。"

(选自《浦江清中国文学史讲义:宋元部分》,浦江清著,浦汉明、彭书麟整理)

◆小品文:散文的一种,篇幅短小,或深或浅,活泼生动。

延展阅读

石钟山记
[北宋]苏轼

【原文】

《水经》云："彭蠡之口有石钟山焉。"郦元以为下临深潭，微风鼓浪，水石相搏，声如洪钟。是说也，人常疑之。今以钟磬置水中，虽大风浪不能鸣也，而况石乎！至唐李渤始访其遗踪，得双石于潭上，扣而聆之，南声函胡，北音清越，桴止响腾，余韵徐歇。自以为得之矣。然是说也，余尤疑之。石之铿然有声者，所在皆是也，而此独以钟名，何哉？

元丰七年六月丁丑，余自齐安舟行适临汝，而长子迈将赴饶之德兴尉，送之至湖口，因得观所谓石钟者。寺僧使小童持斧，于乱石间择其一二扣之，硿硿焉。余固笑而不信也。至暮夜月明，独与迈乘小舟，至绝壁下。大石侧立千尺，如猛兽奇鬼，森然欲搏人；而山上栖鹘，闻人声亦惊起，磔磔云霄间；又有若老人咳且笑于山谷中者，或曰此鹳鹤也。余方心动欲还，而大声发于水上，噌吰如钟鼓不绝。舟人大恐。徐而察之，则山下皆石穴罅，不知其浅深，微波入焉，涵澹澎湃而为此也。舟回至两山间，将入港口，有大石当中流，可坐百人，空中而多窍，与风水相吞吐，有窾坎镗鞳之声，与向之噌吰者相应，如乐作焉。因笑谓迈曰："汝识之乎？噌吰者，周景王之无射也；窾坎镗鞳者，魏庄子之歌钟也。古之人不余欺也！"

事不目见耳闻，而臆断其有无，可乎？郦元之所见闻，殆与余同，而言之不详；士大夫终不肯以小舟夜泊绝壁之下，故莫能知；而渔工水师虽知而不能言。此世所以不传也。而陋者乃以斧斤考击而求之，自以为得其实。余是以记之，盖叹郦元之简，而笑李渤之陋也。

【译文】

《水经》说："鄱阳湖口有一座石钟山。"郦道元认为石钟山底部靠近深潭，微风吹动着波浪，水和岩石互相拍打，发出像大钟一样的声音。这种说法经常受到怀疑。现在如果把钟和磬放在水中，即使是强风和巨浪也无法发出声音，更不用说石头了！到了唐朝李渤参观了石钟山旧址，在深水池附近找到两块石头，敲打它们，听听它们的声音，南部岩石的声音沉重而模糊，而北部岩石的声音清晰而响亮，鼓槌停止敲击，声音仍在传播，余音慢慢消失。他认为已经找到了石钟山得名的原因。但我更怀疑这种说法。敲击后能发出声音的石头到处都是这样的，但这座山是以钟命名的，这是为什么呢？

元丰七年（1084）六月丁丑日那天，我从齐安乘船到临汝，我的大儿子苏迈将成为饶州德兴县的县尉，我把他送到湖口，因而可以观察这座名为"石钟"的山。寺庙里的僧侣让孩子拿起一把斧头，在岩石中的一两处砍下来，他发出的哐哐声对我来说很可笑，我不相信。晚上，月光明媚，我和苏迈独自乘船去了悬崖。巨大的岩石站在旁边，高达一千尺，像凶猛的野兽和奇怪的鬼魂，阴暗地要攻击过来；山上的老鹰听到人们的声音时，也被吓得飞起来，在云霄中磔磔地鸣叫；又有一种声音像是老人在山谷里咳嗽和大笑，有人说这是一只鹳鹤，我很害怕想回去，突然一个巨大的声音从水里传出来，像是钟和鼓。船夫非常害怕。我慢慢地观察到山脚下有石洞和裂缝，不知道它们的深度，轻微的水波涌入洞穴和裂缝，经过冲击便产生了这样的声音。船在两座山之间盘旋，即将进港，有一块大石头挡在了水流中央，数百人可以坐在上面，中间是空的，有许多洞，它吞下了风浪又把它们吐了出来，发出一种沉闷的声音，与之前的声音相呼应，就像音乐在演奏一样。我笑着对苏迈说："你知道吗？那噌吰的响声，是周景王打钟的声音；窾坎镗鞳的响声，是魏庄子歌钟的声音。古人没有骗我！"

如果不用自己的眼睛看，不用自己的耳朵听，就推断一切都是正确的，这是可以的吗？郦道元看到和听到的，可能与我一样，但他没有详细说明；士大夫们不想晚上坐船到悬崖下停靠，所以他们不知道真相；渔民和船夫虽然知道，但无法用语言表达和记录。这就是为什么它没有在世界上流传下来。浅陋的人们用斧头敲打石头的方法来寻找原因，他们认为已经知道了事情的真相。我之所以写下上述故事，是因为叹息郦道元的解释过于简短，也嘲笑李渤的解释有点浅显。

第十四课
王安石及其作品

主讲人 **浦江清**

王安石（1021—1086），抚州临川（今江西临川）人，字介甫，晚年号半山，又封荆国公，学者称王荆公。政治改革家，亦是文学家。

父王益，在南北各地做州县官，官至都官员外郎。王安石在二十岁以前跟着父亲到过许多地方。

1042年，中进士。

1047年，任鄞县知县。（兴水利，贷谷于农民。）

1051年（？），任舒州通判。

1055—1056年，任群牧司判官。

1057年，任常州知州。（计划开浚一条运河，受阻未成。）

1058年，任江南东路提点刑狱。（建议罢除江南东路的榷茶法，为政府所采纳。）

1060年，任三司度支判官。上仁宗皇帝（赵祯）《万言书》，仁宗并没有十分理会他。以后他在神宗朝的政治措施，主要根据他《万言书》中的主张。宋仁宗朝，阶级矛盾和民族矛盾已经加深。庆历三年公元1042年，沂州（山东临沂）军士王伦起事，宋王朝认为是心腹大患。七年（公元1047年）贝州军士王则利用宗教组织起义，和当地农民结合，

◆榷，què。榷茶：中国旧时对茶叶实行征税、管制、专卖的措施。

◆公元1042年：庆历三年应为"公元1043年"。

声势浩大，都反映了阶级矛盾。同时对辽岁纳金帛，对西夏赵元昊常有战争（1034—1044），西夏疲惫，宋的损失更为惨重。王安石的改革政治经济政策是为了缓和这两个矛盾。

1063年，仁宗死。赵曙继位（英宗），受曹后牵制，不能有所作为。1067年宋神宗（赵顼）即位。赵顼还不满二十岁，有志改革，求富国强兵之道。他在东宫时即闻王安石之名，十分景仰。1069年请王安石入京，参知政事。这一年，王安石四十九岁。

1069年，富弼任相，王安石出任参知政事。实行均输法、青苗法。

1070年，王安石、韩绛为相。

1074年，王安石求去，罢相知江宁府。韩绛为相，吕惠卿参知政事。

1075年，王安石复相位，吕惠卿免职。

1076年，王安石免职，吴充、王珪任相。

王安石参政、执政（1069—1076）约计七八年，所行均输、青苗、农田水利、募役、市易、方田均税、保甲等一系列新法是为了解决当时尖锐的阶级矛盾，抑制兼并，抑制大地主、大商人的利益，保护中小地主、农民的利益，增加国家收入，增强边防力量。新法虽行，但遭到代表大地主、大官僚利益的保守派元老们的攻击与不合作，而执行上也未尽善，不能达到预期效果，朝野提出非难。反对者有富弼、韩琦、文彦博、司马光等人。帮助执行新政的有吕惠卿、章惇、苏辙等，而吕惠卿暗中又排挤王安石，苏辙亦反复，转向反对党阵营中。

◆ 赵元昊（1003—1048）：即夏景宗，西夏王朝的建立者。宋赐姓赵，后不甘臣宋，改姓嵬名氏称帝。

◆ 顼，xū。

◆ 珪，guī。

◆ 司马光（1019—1086）：字君实，号迂叟，北宋大臣、史学家，撰编年体通史《资治通鉴》。

第十四课　王安石及其作品

宋神宗任用王安石，但他本人也是代表大地主利益的，他主要关注的是朝廷多收入，与王安石的改革主张也有距离。所以王安石终于不安其位，1076年再次罢相，仍返江宁。

王安石罢居江宁城外，去钟山一半路途中，营建几间屋宇，成为小小家园，取名半山园，作经学著作及《字说》，写诗很多。

王安石罢相后，由王珪、吴充、章惇、蔡确、蒲宗孟、王安礼等人参政执政，继续推行新政，到1085年赵顼死。他的儿子赵煦继位，是为哲宗。赵煦还不满十岁，由母高氏临朝听政，起用反对新政最力的司马光、吕公著、文彦博，于是新政陆续罢却。

王安石在1084年曾得大病，（捐半山园作为寺，搬进江宁城内住）1085年神宗死，大为哀悼。听到司马光入相，担心新政的被罢，以手抚床，高声叹息。此后听到保甲、市易、方田均税法等一一罢免，尚默不作声。1086年春，募役法罢，差役法恢复，王安石十分愤恨，病体更受打击，忧愤而卒。

王安石是古文名家，他也佩服韩愈、欧阳修的文章。早年与曾巩交游甚密。曾巩常与欧阳修谈及，欧阳修深重其人，属为推奖。

王安石的思想是以孔孟为正统的儒家思想，不过并非一个迂儒。他早年及中进士后，常在外方州县，了解社会现实情况。一方面推崇《周礼》《孟子》，一方面结合当时社会经济的情况提出改革主张。王安石的学术著作和散文中都表示了他的儒家

◆《字说》：文字学书，不从许慎《说文》和传统说解而自创新说。今已不传。

◆王安礼：王安石之弟。

◆他：指赵顼。

◆杨墨：指杨朱和墨翟。

思想观念，并且对先秦诸子中的几家有所批评。他的文集里有《荀卿》《杨墨》《老子》《庄周》（上下二篇）诸篇。他批评荀子"载孔子之言，非孔子之言也"，认为荀卿不合圣人之道（与韩愈态度相同）。批评杨墨得圣人之一，而废其百者也。由杨子之道则不义，由墨子之道则不仁。其论老子曰：道有本有末。本者，万物之所以生，出之自然；末者，万物之所以成，涉乎形器，故待人力。老子以涉乎形器者皆不足言、不足为也，故抵去礼、乐、刑、政而唯道之称焉。是不察于理而务高之过矣。其论庄子曰：先王之泽至庄子时竭矣。庄子岂不知圣人哉，惟矫枉过正。

王安石愿做政治家与事业家，不愿做空泛的文学家。欧阳修有诗赠他，曰："翰林风月三千首，吏部文章二百年。老去自怜心尚在，后来谁与子争先。"以李白、韩愈做终身楷模。而王安石在《奉酬永叔见赠》诗中答云："欲传道义心犹在，强学文章力已穷。他日若能窥孟子，终身何敢望韩公。"言下似不以韩公为模范。他在《韩子》一诗里说韩愈"力去陈言夸末俗，可怜无补费精神"。对韩愈亦有微词，嫌其作空文太多。盖荆公一生以政治家自命，欲近孟子，不欲托空文以自见也。

王安石的古文，议论峭刻，根柢经术。风格如断岸千尺，绝无浮华。他说，作文有本意，如左右逢源（用孟子语），不必重文辞。"所谓文者，务为有补于世而已矣；所谓辞者，犹器之有刻镂绘画也。诚使巧且华，不必适用；诚使适用，亦不必巧

◆"翰林……子争先"意为：你的诗词就像翰林李白的诗词三千首那样富有才气，你的文章就像吏部侍郎韩愈的文章流传后世。我已经老了，但是雄心还在，以后的人谁还能与你一争高低呢。

◆"欲传……望韩公"意为：我传扬孔孟之道的雄心还是有的，但写诗作文却力不从心。以后若是能窥探到孟子之道的些许奥妙就很心满意足，怎么敢奢望超过韩愈呢？

◆峭刻：严厉苛刻。

且华。""然容亦未可已也,勿先之其可也。"(《上人书》)大文章以《上仁宗皇帝言事书》为代表作,洋洋万言,提出了"改易更革"的主张。简短而又议论深刻的文章如《进说》和《材论》。前者攻击当时的科举制度重视诗赋,并不能得到才德之士,指出取士之法度与士之才德之间的矛盾。王安石主张用古道,重士之才德,主张废科举而兴学校教育;后者攻击统治者之不欲求人才,说明天下并非没有人才,在乎人君能求,能试用。文章层层深入,扫尽浮华,议论精到。

王安石的散文抒情意味少,即使如《游褒禅山记》这样的游记,也是借物言志,借物议论和说理,说明一种勇猛精进、百折不回的道理,以自警,同时希望此中道理有补于世也。可以喻学,可以喻政。短篇文如《伤仲永》❶着重言天才之不足恃,唯教育为重要。《读孟尝君传》评孟尝君不能得人才,只能得鸡鸣狗盗之徒。皆精辟,有独见。《答司马谏议书》,对司马光"侵官、生事、征利、拒谏"的指责,据理以答,说明道不同,所操之术异,故意见不合,短而有力。

王安石以古文的笔调来写诗,格调高古,接近韩愈和欧阳修。荆公亦为不满杨亿、刘筠的西昆体者。多写古诗,用古文笔调,风格甚高。他从韩愈入,亦同欧阳修一派,亦欣赏梅圣俞。集中有哭梅圣俞诗,而叹惜于圣俞之终于穷困。前引荆公

◆侵官:超越权限而侵犯其他官员的职权。

◆西昆体:北宋真宗时出现的一种文风,主要表现在诗歌方面,形式上模拟李商隐,追求词藻,多用典故。

◆梅圣俞:即梅尧臣,字圣俞。

❶ 见课后延展阅读:《伤仲永》。

◆惟陈言之务去：想要把陈旧的言辞去掉。

◆毋庸：无须；不必。讳言：忌讳别人谈论自己的过错，或指隐讳，不敢说、不愿意明说。毋庸讳言：也作"无庸讳言"，此处指没有必要不敢说之意。

◆只缘身在最高层：另有"自缘身在最高层"一说。

《韩子》诗有"力去陈言夸末俗，可怜无补费精神"句，似是对韩有所不满。但"力去陈言"用退之《答李翊书》中语"惟陈言之务去"；"可怜"句即退之《赠崔立之》诗中"可怜无益费精神"一句，唯改"益"为"补"。而荆公之古文及诗，皆受韩愈影响，毋庸讳言。

《登飞来峰》云："飞来山上千寻塔，闻说鸡鸣见日升。不畏浮云遮望眼，只缘身在最高层。"可见其立身之高，见识之卓，不为他人所蔽。王安石还有直接议论的诗，如《兼并》，以诗申说自己的政治主张，指出阶级矛盾，感之"三代子百姓，公私无异财"，而归结"俗儒不知变，兼并可无摧"。他所主张的新法，即为抑制兼并而设，但因积重难返，还不能采取平均土地的措施。《省兵》一首也是在诗中发议论，而《拟寒山拾得》是在诗中讲佛理。这样的倾向在王安石诗中是较明显的，所以《宋诗钞》的编者说道："独是议论过多，亦是一病尔。"

王安石的诗有许多爱融改前人成句。如改苏子卿诗"只言花似雪，不悟有香来"（《梅》）为"遥知不是雪，为有暗香来"。改李白"白发三千丈"为"缲成白发三千丈"。改王籍"鸟鸣山更幽"为"一鸟不鸣山更幽"。改王维"轻阴阁小雨，深院昼慵开"（《书事》）为"山中十日雨，雨晴门始开"。改陆龟蒙的"殷勤与解丁香结，从放繁枝散诞香"为"殷勤为解丁香结，放出枝头自在香"等，有的改得好，有的改得差。

第十四课　王安石及其作品

　　王安石喜欢唐诗，曾编选有《唐百家诗选》。他有许多集唐人句的诗。《梦溪笔谈》云："荆公始为集句诗，多者至百韵，皆集合前人之句，语意对偶，往往亲切过于本诗。"这本来是文字游戏。他作词也集句，如《菩萨蛮》：

　　数间茅屋闲临水，窄衫短帽垂杨里。花是去年红，吹开一夜风。　娟娟新月偃，午醉醒来晚。何物最关情，黄鹂三两声。

　　王安石的古风，有名的如《桃源行》《明妃曲》。《桃源行》向往于劳动人民自由的、独立的、不受统治阶级剥削的社会。"虽有父子无君臣"，指出阶级社会为人类痛苦的根源，表现他的理想。王维的《桃源行》是杰作，但只是铺叙《桃花源记》，还杂有求仙思想。荆公此首从阶级矛盾方面着眼，更接触到本质问题。代表他在诗歌方面杰出成就的是《明妃曲》二首，议论独到，诗意不平凡，为大诗家手笔。为与欧阳修和诗作比较，在本章第二节已引用分析，此不赘述。

　　王安石的律诗，用字工稳。如"紫苋临风怯，青苔挟雨骄""草长流翠碧，花远没黄鹂"。在五律里常常爱用叠字，如"天质自森森，孤高几百寻""莽莽昔登临，秋风一散襟"。一般律诗的对偶都是很贴切的。叶梦得《石林诗话》曰："荆公诗用法甚严，尤精于对偶。"如《九日登东山寄昌叔》中有"落木云连秋水渡，乱山烟入夕阳桥"；《次春节答平甫》中有"长树老阴欺夏日，晚花幽艳敌春阳"。

◆《梦溪笔谈》：北宋科学家、政治家沈括（1031—1095）著，内容涉及天文、数学、生物、地理、气象、文学、音乐、美术等诸多学科。

◆"数间……三两声。"意为：几间草屋临水而建，穿便装戴帽子走在杨树丛里。花还是去年开得最红，一夜之间春风就把它吹开。月亮倚在树梢，中午喝完酒睡到现在才醒。什么东西最能打动人呢？是黄鹂鸟叫唤的两三声。

◆叶梦得（1077—1148）：字少蕴，号肖翁、石林居士，南宋文学家。

◆谢公坡：谢安墩，晋谢安与王羲之登临处。

◆间不容发：其间容不下一根头发。比喻情势危急到极点，这里形容用字极为精妙。

　　荆公绝句气韵佳绝。他晚年居金陵十年中，诗的风格趋于闲淡自然，有"舒闲容与之态"，音调自然，内容恬淡。那时他在金陵钟山谢公坡筑室而居，自号半山，写了很多优美的闲适诗。"备众体，精绝句。"（《寒厅诗话》）如《北山》中"细数落花因坐久，缓寻芳草得归迟"表达舒闲容与的心境。《书湖阴先生壁》中"一水护田将绿绕，两山排闼送青来"新奇而自然。《钟山即事》中"一鸟不鸣山更幽"，《梅花》中"墙角数枝梅，凌寒独自开。遥知不是雪，为有暗香来"，《南浦》"南浦随花去，回舟路已迷。暗香无觅处，日落画桥西"，《江上》"江水漾西风，江花脱晚红。离情被横笛，吹过乱山东"皆入唐人意境。所以，黄鲁直说："荆公之诗，暮年方妙。""荆公暮年作小诗，雅丽精绝，脱去流俗，每讽味之，便觉沉潏生牙颊间。"（《后山诗话》）叶梦得说："王荆公晚年诗律尤精严，造语用字，间不容发，然意与言会，言随意遣，浑然天成，殆不见有牵率排比处。""晚年始尽深婉不迫之趣。"（《石林诗话》）

　　王安石也写词，以《桂枝香》最有名，系金陵怀古之作，颇肃练而有气魄。《词林记事》卷四引《古今诗话》："金陵怀古，诸公寄调《桂枝香》者三十余家，独介甫为绝唱。东坡见之叹曰：此老乃野狐精也。"

　　王安石的词集叫《临川先生歌曲》，一卷，《补遗》一卷。

王安石有《临川集》一百卷,《宋史》卷三百二十七有传。

(选自《浦江清中国文学史讲义:宋元部分》,
浦江清著,浦汉明、彭书麟整理)

延展阅读

伤仲永
[北宋] 王安石

【原文】

金溪民方仲永,世隶耕。仲永生五年,未尝识书具,忽啼求之。父异焉,借旁近与之,即书诗四句,并自为其名。其诗以养父母、收族为意,传一乡秀才观之。自是指物作诗立就,其文理皆有可观者。邑人奇之,稍稍宾客其父,或以钱币乞之。父利其然也,日扳仲永环谒于邑人,不使学。

余闻之也久。明道中,从先人还家,于舅家见之,十二三矣。令作诗,不能称前时之闻。又七年,还自扬州,复到舅家问焉。曰:"泯然众人矣。"

王子曰:仲永之通悟,受之天也。其受之天也,贤于材人远矣。卒之为众人,则其受于人者不至也。彼其受之天也,如此其贤也,不受之人,且为众人;今夫不受之天,固众人,又不受之人,得为众人而已耶?

【译文】

金溪县有个人叫方仲永，他的祖辈都通过耕种的方式谋生。仲永长到五岁，还未曾见过书写工具，忽然有一天他哭着索求这些东西。他的父亲对他这种行为感到诧异，忙向邻人借来这些东西给他，仲永当即作了四句诗，还在诗旁题上自己的姓名。他的诗以侍奉尊亲、团结宗族为主要内容，传送给本乡的秀才赏阅。自此，无论人们指定哪件事，他都能很快作出诗来，并且诗的文采与思想方面可圈可点。同县人对此感到非常惊诧，渐渐把仲永的父亲当作宾客对待，还有人出钱求取他的诗。方仲永的父亲觉得此事有利可图，就天天领着他到处拜访同县人，使他无法学习。

我听闻此事很久了。明道年间，我跟随先父还乡，在舅舅家见到了方仲永，那时他已十二三岁了。我令他作诗，他作的诗已经不能与先前的名声相称了。七年后，我从扬州回到家乡金溪，再往舅舅家去，问及方仲永的近况。舅舅说："方仲永已经普通得如同常人了。"

王安石说：仲永的通达和领悟能力是天赋。他的才能与生俱来，远胜于其他有才能的人。但他最后却变成了一个普通的人，是因为他后天接受的教育远没有达到要求。像他这样天资聪颖的人，没有接受后天的教育，尚且会变成普通人；那么，那些生来就不聪明，后天又不努力的人，难道变成平凡的人就为止了吗？

第十五课
关汉卿与《窦娥冤》
（节选）

主讲人 **浦江清**

关汉卿的生平和剧作

关汉卿是奠定元代剧坛基础的大作家，但他的生平材料却很少。

钟嗣成《录鬼簿》称："关汉卿，大都人，太医院尹，号已斋叟。"未著明年代。已斋，一作己斋。

与钟氏同时，比钟氏约后之杨维桢在其《元宫词》中有云："开国遗音乐府传，白翎飞上十三弦。大金优谏关卿在，伊尹扶汤进剧编。""大金优谏"，则为金末遗老。

陶宗仪《辍耕录》记关氏与王和卿同时，则为元中统（忽必烈年号）时人。

郗经《〈青楼集〉序》称，"我皇元初并海宇，而金之遗民若杜散人、白兰谷、关已斋辈，皆不屑仕进，乃嘲风弄月，留连光景。"亦以关氏为由金入元之人物，时代较早。

明蒋仲舒《尧山堂外纪》卷六十八则云："（关汉卿）金末为太医院尹，金亡不仕。"未知所据。

◆关汉卿：生卒年不详，元戏曲作家，与白朴、马致远、郑光祖并称"元曲四大家"。

◆钟嗣成（约1275—1345以后）：字继先，号丑斋，元代戏曲家。编著的《录鬼簿》载元代杂剧和散曲作家一百五十余人，各附小传和作品名录。

◆杨维桢（1296—1370）：也作"杨维祯"，字廉夫，号铁崖，元文学家、书法家。

◆陶宗仪（1316—1403后）：字九成，号南村，元末明初文学家、学者。

◆《太和正音谱》：明太祖朱元璋第十七子朱权（1378—1448）所著。

按《太和正音谱》以关氏"初为杂剧之始，故卓以前列"。非在关氏前无杂剧，宋金杂剧渊源极古，乃关氏为元杂剧作家之首，即为元杂剧第一个作家。关汉卿当与白仁甫（白朴，号兰谷）约同时或较前，白朴生于1226年（据元王博文《〈天籁集〉序》，仁甫生七岁而遭壬辰之难）。金亡时年九岁。

关汉卿之生年约为1220年左右，金亡时年不过十余岁。其为太医院尹，身份在元代。《尧山堂外纪》所谓金亡不仕，未可信也。《太平乐府》有关汉卿《南吕一枝花》散套，咏杭州景，有："普天下锦绣乡，寰海内风流地，大元朝新附国，亡宋家旧华夷。水秀山奇，一到处堪游戏"云云，非遗老口吻。汉卿至元朝一统宋亡时，年当在六十左右，南人与汉人在模糊观念下，目之为遗老云。

今定关氏之生卒年为1220？—1300？年为稳妥。

◆《西厢记》：全名《崔莺莺待月西厢记》，元代王实甫创作的爱情主题杂剧，一说第五本为关汉卿所作。

◆王国维（1877—1927）：字静安，一字伯隅，号观堂，中国学者。

《尧山堂外纪》称关氏著有《鬼董》。又称《西厢记》是实甫撰，至"草桥惊梦"止，此后乃关汉卿足成者。王国维谓"《鬼董》五卷末有元泰定丙寅临安钱孚跋云'关解元之所传'，后人皆以解元为即汉卿。《尧山堂外纪》遂误以此书为汉卿所作"。王氏谓"所传"非"所作"，亦殊牵强。关氏得解当在金末，至元惟太宗九年，其后废而不举者七十八年，按王氏必以解元为真解元，其说非也。

或谓关氏有《大德歌》散曲（见《阳春白雪》）十支，其末首云"吹一个，弹一个，唱新行大德歌，快活休张罗"。"大德"为元成宗年号（1297—1307），元贞、大德为元代稳定太平之年时，关氏此曲作于大德时，则关氏大德时尚存，遂谓关氏之卒最早当在1307年左右，因此定关氏之生卒年为1224？—1307？，亦为一种推测的说法（《祖国十二诗人》冯钟芸文《关汉卿》）。而孙楷第则又据明钞说集本《青楼集》朱帘秀传有"**胡紫山**宣慰尝以《沉醉东风》曲赠，**冯海粟**亦赠以《鹧鸪天》，关已斋亦有《南吕》数套梓于《阳春白雪》"云云（今通行本《阳春白雪》无之，当存于别本），遂以关氏与胡祗遹、冯子振时代相接，约略同时，不能太早。亦与卢疏斋（挚）同时。结论谓关氏生当在蒙古乃马真后称制元年与海迷失后称制三年之间（1241—1250），其卒当在延祐七年之后，泰定元年以前（1320—1324）。（见《文学遗产》第二期，公元1954年3月。）

王季思考证，关氏生1227年以后，卒1297年以后。谓关汉卿《诈妮子》杂剧第二折〔五煞〕曲"你又不是残花酝酿蜂儿蜜，细雨调和燕子泥"二句见胡紫山《阳春曲》。紫山生于1227年，关氏引用他的曲词，当在胡氏成名之后，因此，他应生在1227年后。又关氏有《大德歌》十首，大德是元成宗1297年所改年号。元贞、大德为元代戏曲最盛的时期，关氏末首说"唱新行大德歌"，可见《大德歌》的得名与《庆元贞》同样。据此，关应卒于1297年以后。（《关汉卿和他的杂剧》，见公元1954年4月号。）

◆胡紫山：即后文胡祗（zhī）遹（yù），号紫山。

◆冯海粟：即后文冯子振，字海粟。

◆王季思（1906—1996）：原名王起，字以行，室名玉轮轩，中国戏曲史家。

◆脱稿：文稿或书稿写完。

◆冯沅君（1900—1974）：原名淑兰，字德馥。中国女作家、古典文学研究家。

◆元遗山（1190—1257）：即元好问，字裕之，号遗山，金代文学家。

◆杨显之：元戏曲作家，《录鬼簿》中记载，关汉卿常与他商酌修改作品，有"杨补丁"之称。

◆贾仲明（1343—1442以后）：也作"贾仲名"，号云水散人、云水翁，元末明初戏曲作家，著有《云水遗音》。

关于关汉卿的籍贯，除《录鬼簿》注大都人外，还有：

祁州人。《祁州志》乾隆二十年新修本卷八，有关汉卿故里条：关氏，祁之任仁村人，作《西厢记》脱稿未定而死。今任仁村有高庵一所，传为汉卿故宅。

解州人。《元史类编》三十六，文翰卷：关汉卿，解州人，工乐府，著北曲六十种。

祁州，今河北安国，旧称蒲阴县，宋属祁州，元中书省所属，即可称大都，解州则今山西解县。大概关氏久居大都，而晚年亦到过杭州。

冯沅君认为关汉卿可能有两个：一个解州人，金末入元，为遗老，如元遗山、杜善夫辈，于曲曾染指；一个是大都人，元时人，为人风流浮浪，能演剧，当生于1240年左右。

关氏少年喜游历，至晚年仍风流自赏，与王和卿、杨显之辈为友，有散套《南吕一枝花·不伏老》云："半生来折柳攀花，一世里眠花卧柳。"（《雍熙乐府》卷十）除作剧外，尚能扮演。臧晋叔《〈元曲选〉序》云："关汉卿辈……至躬践排场，面傅粉墨，以为我家生活偶倡优而不辞。"（票友身份）又贾仲明续《录鬼簿》吊词云："风月情忒惯熟，姓名香四大神州。驱梨园领袖，总编修帅首，捻杂剧班头。"

今诸种考证，尚不能得明确的结论。

我们定关汉卿为1220？—1300？为妥。生于陆游卒后约十年，金亡时仅十余岁（十四岁？）宋亡，元统一，年已六十年，故为元开国遗老也。

钟氏《录鬼簿》首录关汉卿，著录关剧五十八种。贾仲明续《录鬼簿》多五种少一种，为六十二本，两书合共六十三本。《太和正音谱》六十种，少《相如题柱》《玉堂春》二本而多《钱大尹鬼报》一种。故三书合，关氏剧本共约六十四本，现存有十七八种：

《窦娥冤》《救风尘》《切鲙旦》（即《望江亭》）、《鲁斋郎》《玉镜台》《谢天香》《胡蝶梦》《金线池》

——以上《元曲选》本

《诈妮子调风月》《单刀会》《拜月亭》《双赴梦》（《西蜀梦》）

——以上元刊本《杂剧三十种》本

《绯衣梦》

——顾曲斋《古杂剧》本

《裴度还带》（？）、《陈母教子》《五侯宴》《哭存孝》

——以上孤本《元明杂剧》复排本

《西厢记》第五本（？）

其中《鲁斋郎》一剧见《元曲选》，《录鬼簿》不著录，徐调孚疑此种非关作。另《西厢记》第五本无定论。《裴度还带》《五侯宴》二剧徐调孚亦疑之。另有《尉迟恭单鞭夺槊》一本，徐录入而亦致疑词。

关汉卿还有散曲作品。

关氏既为元剧第一个作家，而所作亦最多。

◆ 顾曲：欣赏音乐、戏曲。出自《三国志·周瑜传》中"曲有误，周郎顾"。

由于关氏的伟大创作精神,开创元人杂剧的全盛时期,关氏奠定了剧坛基础。

关汉卿的代表作《窦娥冤》

现存的关汉卿剧本十八种中,《窦娥冤》[1]是他的代表作品。王国维《宋元戏曲史》谓:"其最有悲剧之性质者,则如关汉卿之《窦娥冤》、纪君祥之《赵氏孤儿》。剧中虽有恶人交构其间,而其蹈汤赴火者,仍出于其主人翁之意志,即列之于世界大悲剧中,亦无愧色也。"《窦娥冤》描写一个善良无辜的妇女,受迫害不屈而死,具备悲剧的本质。

《窦娥冤》的题材,无他书可证。此故事不见于笔记、话本,但来历很悠久。此剧当是取民间流传的故事,而关氏加以处理经营者。

窦娥故事的来源最为古远:

(1)《汉书·于定国传》中东海孝妇的故事。因为冤杀了一个孝妇,东海郡枯旱三年。

(2)干宝《搜神记》记东海孝妇周青被冤杀,临刑车载十丈竹竿,上悬五幡,对众誓愿:青若有罪,血当顺下,青若无罪,血当逆流。

(3)《淮南子》:"邹衍事燕惠王尽忠,左右谮之王,王系之狱;仰天哭,夏五月,天为之下霜。"(《太平御览》卷十四转引)又,张说《狱

◆《赵氏孤儿》:中国著名元杂剧,取材《左传》《史记》等,讲述春秋时期赵盾被权臣屠岸贾残害灭门,幸存孤儿赵武长大后为家族复仇的故事。

◆干宝(?—336):字令升,东晋文学家、史学家,中国志怪小说的鼻祖,著有《晋纪》,所撰《搜神记》开创志怪小说创作的先河。但原书已佚,今本为后人辑录。

◆谮,zèn,进谗言,说人的坏话。

---

[1] 见课后延展阅读:《窦娥冤》。

第十五课　关汉卿与《窦娥冤》（节选）

箴》："匹夫结愤，六月飞霜。"

凡此，皆冤狱感动天地的故事。由于一个冤狱，天降灾变，使六月飞霜，使血飞上旗，使大旱三年，都出于民间传说。想来，关汉卿并非捏合此数事以创造此剧本的故事，乃是东海孝妇等的故事在民间流传着，渐渐取得窦娥故事的形式，而关汉卿取之以为剧本的题材，而加以剪裁，写成此剧，并非他凭空架构的。

《窦娥冤》的故事有深厚、悠久的民间文学基础。元人杂剧故事都有深厚的民间文学基础。

由周青而变为窦娥，神话式的故事到关汉卿的创作里成为现实主义的作品。《窦娥冤》以一个微小的人物被冤死而感天动地，具有深厚的人民性。

《窦娥冤》未说明它的时代，说窦天章上京赴考"远践洛阳尘"，设想时代在东汉。楚州山阳郡是宋代地名（今江苏淮安县），时代不明。所写的社会情况是宋元社会。《窦娥冤》具体地描写了小市民的生活现实，真实地暴露了当时社会的黑暗。《窦娥冤》所反映的社会现实是宋元时代的社会，不是汉朝、魏晋时代。尽管窦天章赴考是去洛阳，而不去汴都或大都。像窦娥、蔡婆婆、赛卢医、桃杌太守、窦天章、张驴儿等这几个人物是宋元时代的人物。

蔡婆婆所放的高利贷，一年对本对利的。这是元代所通行的"斡脱钱"，又称"羊羔儿息"。高利贷的剥削使得贫者益贫、富者益富，是促使阶级尖锐对立的一个原因。这是迫害平民最厉害的东

◆窦天章：《窦娥冤》中窦娥之父。

◆斡，wò。斡脱钱：元代由斡脱户经营的官营高利贷资本。元斡脱户是"奉圣旨、诸王令旨随路做买卖之人"。斡脱钱即是由皇帝、诸王出钱命斡脱户放债取利的钱。

◆羊羔儿息：也称"羊羔利"，羊产羔时本利对收，因而得名。

◆色目：各色名目，也用来称呼姓氏稀僻者。色目人：元代划分的四等人之一，来自西域及中国西北各族。

◆南人：元代划分的四等人之一，指南方长江流域及以南的宋人，即南宋遗民。

◆杌，wù。桃杌：《窦娥冤》中太守之名，与梼杌同音。梼杌是传说中的怪兽名，常用以喻指恶人。

◆覆盆：覆置的盆。覆盆不照太阳晖：比喻社会黑暗或沉冤莫白。

西。其次，加重人民灾难的是到处横行的贪官污吏。据《元史》载："成宗大德时，七道奉使宣抚使罢赃官污吏万八千七十三人。顺宗时，苏天爵抚京畿，纠贪吏九百四十九人。"（见钱穆《国史大纲》下）又据史载，元大德七年，就有冤狱五千七百件之多（《文学遗产》增刊一辑，李束丝《关汉卿底〈窦娥冤〉》）。元时差不多无官不贪，包括蒙古人、色目人、汉人、南人的官吏，贪污成为风气。大德在元代还称作是开明兴盛的时期，尚且如此，其他可知。剧本中虽然没有正面攻击高利贷，通过这样一个悲剧性的故事，自然可以看出高利贷剥削是一个罪恶因素。窦天章为了向蔡婆婆借债不能偿还，因此把女儿割舍了，送入死地；蔡婆婆向赛卢医讨债，几乎被勒死；财富和女色引起了不良之徒的觊觎，而最终断送了窦娥的性命。张驴儿父亲被错误地毒死，张驴儿以后被凌迟处死。这几个人的丧失生命直接间接都和高利贷制度有关。至于贪官污吏，在元代更为普遍。在本案里，虽然没有写到桃杌受张驴儿贿赂，可是作者刻画桃杌太守云："我做官人胜别人，告状来的要金银"，"但来告状的，就是我的衣食父母。"寥寥几句话就知道，他不但是个糊涂官，而且是个贪官。糊涂—贪污—残酷，三位一体。在那个时代，贪官污吏普遍地存在，冤狱不知道有多少，所以窦娥和桃杌等都有其典型的意义。屈打成招是常事，窦娥被打得"肉都飞，血淋漓，腹中冤枉有谁知！……天那，怎么的覆盆不照太阳晖！"呼天抢地，见不到光明，眼面前只有一片黑暗。窦娥愤怒呼喊道："这都是官吏们无心正法，使百姓有口难言。""这的是衙门从古向南开，就中无个不冤哉！"这些都是强烈的正面攻击贪官污吏的话。

通过窦娥这样一个善良可爱的女性所受到的种种不幸的遭遇，使我们认识到那个社会的本质。毫无疑问，反抗的矛头是指向统治阶级的。这是《窦娥冤》的现实主义和它的人民性之所在，而且它的现实性和人民性比《西厢记》更高。因此，《窦娥冤》这个剧本一向为中国人民所爱好，直到现在京戏里还有《六月雪》这一个剧本。窦娥成为在封建社会里被压迫而有强烈反抗性的女性的一个典型人物。毫无疑问，《窦娥冤》是为人民服务的一个剧本，不是为统治阶级服务的剧本。剧的末尾，窦娥唱道："从今后把金牌势剑从头摆，将滥官污吏都杀坏，与天子分忧，万民除害。"又窦天章白："今日个将文卷重行改正，方显得王家法不使民冤。"这里似乎又有肯定统治阶级的话，我们不能如此看。这个剧本申诉出被压迫的人民的愿望，用坚强无比的斗争精神，促使统治者的反省。在封建社会里有没有清官呢？当然是可能有的，但是少数。剧本借窦娥之口说过"衙门从古向南开，就中无个不冤哉！"冤狱倒是普遍的，窦娥血债得以申雪，靠冤死者鬼魂的控诉，足见人间许多冤案是不能得到昭雪的。所以窦娥得以申冤，借助于天地的力量。由于她的控诉，感动了天神，显出威灵：楚州大旱三年，冥冥之中，正义得申。固然人民受灾

◆王家：王室，王朝，朝廷。

◆廉访使：宋、元时期官名，主管监察事务。

害，也影响了统治者的剥削，于是方始有廉访使的查案（东海孝妇的故事便是如此）。冤狱得申，这是偶然的。所以，《窦娥冤》剧本无一歌颂统治阶级的话，非常显然。作者的立场，自在人民这一边。

按照统治阶级的立场，像窦娥那样一个微小的市民算不得什么，冤枉杀死一个小民，有什么关系？古书上说："邹衍下狱，五月飞霜。"邹衍是一位谋臣，有了不起学问的人。《前汉书平话》说吕后杀了韩信，"其时，天昏地暗，日月无光"。这些都是冤枉所感召的。而窦娥哪能比邹衍、韩信？窦娥这样一个童养媳、寡妇、小市民的身份，竟能够感天动地。这种民间故事以及发挥民间故事的关汉卿的剧本都体现了人类平等、人民要求有人权保障的民主思想（人命关天关地，不管是大人物或是小百姓）。

《窦娥冤》属于公案剧、社会剧，以冤狱为主题。它控诉冤枉，希望能使人心—天道—王法三者合一没有矛盾，主要以合乎人心为衡量的尺度，统一矛盾，求致封建社会的太平天下。用新观点、用阶级分析来看，这个剧本的主题应该是小市民对官僚统治的斗争。围绕这个主题，错综复杂地描写了其他各方面的真实社会风貌，有丰富的现实内容，主要是揭露那个时代的黑暗面，人民的生活普遍地都很苦。

剧中人物除窦娥外，其他都说不上是正面人物。赛卢医、张驴儿是反面人物。张驴儿更为无赖。桃杌太守是反面人物，糊涂官。蔡婆婆是高利

第十五课　关汉卿与《窦娥冤》（节选）

贷者，但在此剧中并非纯为反面人物，其人似乎还善良，待窦娥不错，婆媳的感情，同于母女。可是她很软弱，不能反抗张驴儿父子，甚至不止一次地劝窦娥顺从张驴儿，乃是没见识的庸碌之辈，是一城市居民的形象。窦娥对她也有不少讽刺。对于窦天章，关汉卿并没把他作为反面人物写，而是作为正面人物的。这是因为关汉卿是读书人，也属于士这个阶层。知识分子求找出路，为统治阶级服务，结果是自己的女儿受屈而死，这是极惨的，所以寄予同情，可是，也并没有歌颂他。窦天章这个人物，与包公有别，包公是一个清官，体现人民的愿望，窦天章不然，他是个悲剧人物。他热衷于功名富贵，用女儿抵债，等于卖掉，把自己唯一的骨肉抛弃了。第四折中窦娥的冤屈得以昭雪，是由于窦娥的主动，窦天章完全被动，几度把案卷忽略过去，而鬼魂又把此卷弄上来。此景凄惨阴森。他读古书、讲礼教，非常迂腐，自己把女儿送死了，还在教训女儿鬼魂用三从四德一套大道理。关汉卿在剧里让他大讲其三从四德，怕也有讽刺意味。

　　窦娥是正面人物，她是代表贞孝兼备的封建道德的完美人物，也是封建制度、封建道德下的被压迫者、牺牲者。她是最受压迫的。在封建时代，女性受压迫是普遍的，而她呢，又是幼年丧母，离父，为童养媳；早婚，为寡妇。凡女性的种种不幸集于一身，后来又受强梁的蓄意欺侮与太守的酷刑。但是她的性格，从关汉卿剧中所塑造的，是聪明、勤劳、稳重、仁慈、勇敢、坚贞不屈，有女性

◆包公（999—1062）：即北宋包拯，字希仁，曾任龙图阁直学士，因此也称"包希仁"或"包龙图"。

◆强梁：强横凶暴之人。

的种种美德。她聪明，有见识。如识透张驴儿父子之为人，劝婆婆不应该留着他们，识透毒药出于张驴儿之手。到官对答清楚，分析事理明白。她富于感情，如对于父亲、对婆婆、对已亡的丈夫的感情，都充分表现出来。她坚贞不屈，不肯顺从张驴儿，遭毒打也不肯招。她有反抗性，如责问天道，立下誓愿；变鬼要求昭雪，报复仇人。有这样美德的窦娥而有那样的遭遇，所以怪不得要埋怨天地，认为天地也糊涂了盗跖颜渊，欺软怕硬，顺水推船的了！天地是不是如此呢？一般说来，是如此的，所以古今不平的事真多。而《窦娥冤》这个悲剧有普遍的人民性，这也是一个原因。

有人认为关汉卿在这个剧本里宣扬贞孝观念，不能算是进步的。在市民文艺里，进步的思想表现在好几个方面。反恶霸、反贪官污吏是一种人民立场；反礼教，表现自由婚姻的又是一种进步思想。《窦娥冤》不是爱情戏剧，不以婚姻为主题，并不妨碍它是一个优秀剧本。窦娥被塑造为贞孝性格，乃是一个典型性格，她是封建时代的完人（标准的优良品性，具备真实封建道德者），因而她的被迫害，更能够获得观众、听众的同情心，达到戏剧的效果。这本戏是严肃的，是悲剧型的。关汉卿有《救风尘》《切鲙旦》这样的喜剧，并不以贞为女性道德。《救风尘》中宋引章，既嫁周舍后，又改嫁安秀实。《切鲙旦》中女主角谭记儿是极聪明伶俐的，她原是寡妇，改嫁文人白士中。关汉卿剧中的女性人物，各有不同，不过在《窦娥冤》剧本中要

◆盗跖（zhí）：古代大盗，凶残暴虐，却得善终。

◆颜渊（前521—前490）：名回，字子渊，孔子弟子，圣人境界，却早亡。

◆鲙，kuài。

第十五课　关汉卿与《窦娥冤》（节选）

求一个贞孝性格女性而已，并不宣扬贞节思想。即有，在剧本中是次要部分。

窦娥对丈夫有感情是自然的，对张驴儿憎厌也是自然的。

窦娥对蔡婆婆是好的，但说不上怎样孝顺，不失礼教而已。此与她出身有关，她是读书人的女儿。她不忍蔡婆婆挨打而屈招了，乃是对老年人的一片怜悯仁慈之心，所谓恻隐之心，人皆有之。这是一种伟大的自我牺牲精神和人道主义精神所驱使，并不是服从封建礼教中孝道的教条。她想虽一时招了，免去严刑拷打，未必即成定狱。此意在第四折中窦娥鬼魂补说于父亲前，谁知官吏们糊涂无心正法呢？

桃杌既没有受贿，为什么要毒打逼供呢？不认真、糊涂是一个原因。因为人命案件，必须要破案的，有人抵命的。所以，马马虎虎能定罪就好，出于屈打成招的一途，其事如《错斩崔宁》一样。法律重人命案，但不求细心勘案，则草菅人命。

血溅、飞雪、三年之旱，并非追求浪漫。在中世纪人们的思想意识中有天神、鬼的存在。鬼报仇，同《碾玉观音》，而更为凄惨。此因市民力量还薄弱，未形成资产阶级，封建约束力大，所以市民与封建统治阶级的斗争一般的是悲剧性的，只能在天道和鬼神的帮助之下，得到胜利。反封建势力而包含有封建思想，如天道、鬼神、命运、善恶报应思想等，这是当时的实际。鬼魂出现一场是浪漫主义手法，体现人民的愿望，整个剧本仍是悲剧，

◆《错斩崔宁》：宋代话本小说，作者不详。讲述刘贵借岳父十五贯钱归家，嫌妾开门太晚，趁酒醉戏言将妾卖与别人，并以十五贯钱为证。妾信以为真，趁刘贵睡后逃往娘家，途中遇卖丝客崔宁，结伴而行。与此同时，贼人潜入刘贵家偷走十五贯钱并杀了刘贵。邻居发现后追赶上妾，发现与崔宁同行，以为是同犯，将二人一同送官。府尹对二人屈打成招，判处死刑。后刘贵之妻被同一批贼人掳走，得知真相后告官，平反冤狱。

这种誓愿报应的思想，和希腊悲剧的有些主题是相仿的。

由于窦娥的强烈反抗，责问天道，使天应验其三个誓愿，这是神话式的处理，以及第四折鬼魂出现平反案卷的场面，都带有浪漫主义（理想主义）色彩，也是现实主义精神的继续。第三、四折悲剧气氛非常浓厚，演出效果是很好的。亚里士多德对于希腊人喜欢看悲剧的解释，认为有purification（净化）的效能，这里也可以应用。

到底"天从人愿"，天不主动，天的作为，是人心、人的意志感召的结果，人是主动的。因而，这个剧本还是积极的，并非迷信的、消极的。

结末表示愿金牌势剑把天下滥官污吏都杀尽，为天子分忧，为万民除害，是正旨，是儒家思想。此剧把天心、人意、王法统一起来，并未根本推翻封建制度，只是要去除封建社会中最为人民痛恶的一些痼疾。其进步意义在此，其局限性亦在此。

本剧结构严密，故事情节并无勉强巧合之处，逻辑因果，都合乎当时的社会现实。曲词是通俗的，没有华丽铺张的毛病。词曲到此，已经做到十分接近大众口语，其中最精彩的是第三折。

《窦娥冤》有不朽的生命，一直活到今日的剧坛。唯从《窦娥冤》到《六月雪》，故事有改动，悲剧气氛冲淡了，不如关氏原作之佳。《窦娥冤》一剧到明代传奇中改为《金锁记》，今不存全本。情节不完全知道。据程砚秋最近所排《六月雪》戏，大概即据明代传奇古本的。情节与关剧不

◆亚里士多德（前384—前322）：古希腊哲学家。

◆痼疾：久治不愈的病。

◆程砚秋（1904—1958）：本名承麟，京剧演员。艺名初作菊农，改名艳秋，字玉霜，复改名砚秋，字御霜。曾拜师梅兰芳，开创"程派"。

同，张驴儿为蔡家女佣工之子，张随窦娥之夫上京赴考，途中陷之，推入河中，蔡郎并未死，而张归即以不幸闻。此后又计谋蔡婆婆，欲毒死她；蔡婆不吃此汤，递与张母吃了，张母死去。张驴儿欲霸占窦娥，窦娥不从，遂鸣官，屈打成招，判死罪。因对天鸣冤设誓，六月飞雪，遂被放回，未斩。其后，海瑞来重审，把事弄明，张驴儿判死刑。窦娥之夫中举回来，团圆结局。此类改本，实无可取。把强烈的斗争性，全给冲淡了。

◆海瑞（1514—1587）：字汝贤，自号刚峰，明官员。

（选自《浦江清中国文学史讲义：宋元部分》，
浦江清著，浦汉明、彭书麟整理）

延展阅读

窦娥冤
节选自元代关汉卿《窦娥冤》

第三折

（外扮监斩官上，云）下官监斩官是也。今日处决犯人，着做公的把住巷口，休放往来人闲走。（净扮公人，鼓三通、锣三下科。剑子磨旗、提刀，押正旦带枷上。剑子云）行动些，行动些，监斩官去法场上多时了。（正旦唱）

【正宫】【端正好】没来由犯王法，不提防遭刑宪，叫声屈动地惊天。顷刻间游魂先赴森罗殿，怎不将天地也生埋怨。

【滚绣球】有日月朝暮悬，有鬼神掌着生死权。天地也！只合把清浊分辨，可怎生糊突了盗跖、颜渊？为善的受贫穷更命短，造恶的享富贵又寿延。天地也！做得个怕硬欺软，却原来也这般顺水推船！地也，你不分好歹何为地？天也，你错勘贤愚枉做天！哎，只落得两泪涟涟。

（刽子云）快行动些，误了时辰也。（正旦唱）

【倘秀才】则被这枷纽的我左侧右偏，人拥的我前合后偃。我窦娥向哥哥行有句言。（刽子云）你有甚么话说？（正旦唱）前街里去心怀恨，后街里去死无冤，休推辞路远。

（刽子云）你如今到法场上面，有甚么亲眷要见的，可教他过来，见你一面也好。（正旦唱）

【叨叨令】可怜我孤身只影无亲眷，则落的吞声忍气空嗟怨。（刽子云）难道你爷娘家也没的？（正旦云）止有个爹爹，十三年前上朝取应去了，至今杳无音信。（唱）早已是十年多不睹爹爹面。（刽子云）你适才要我往后街里去，是甚么主意？（正旦唱）怕则怕前街里被我婆婆见。（刽子云）你的性命也顾不得，怕他见怎的？（正旦云）俺婆婆若见我披枷带锁赴法场餐刀去呵，（唱）枉将他气杀也么哥，枉将他气杀也么哥。告哥哥，临危好与人行方便。

（卜儿哭上科，云）天那，兀的不是我媳妇儿！（刽子云）婆子靠后。（正旦云）既是俺婆婆来了，叫他来，待我嘱咐他几句话咱。（刽子云）那婆子近前来，你媳妇要嘱咐你话哩。（卜儿云）孩儿，痛杀我也！（正旦云）婆婆，那张驴儿把毒药放在羊肚儿汤里，实指望药死了你，要霸占我为妻。不想婆婆让与他老子吃，倒把他老子药死了。我怕连累婆婆，屈招了药死公公,今日赴法场典刑。婆婆,此后遇着冬时年节,月一十五,有㴘不了的浆水饭,㴘半碗儿与我吃;烧不了的纸钱,与窦娥烧一陌儿。则是看你死的孩儿面上!(唱)

【快活三】念窦娥葫芦提当罪愆,念窦娥身首不完全,念窦娥从前已往干家缘;婆婆也,你只看窦娥少爷无娘面。

【鲍老儿】念窦娥伏侍婆婆这几年,遇时节将碗凉浆奠;你去那受刑法尸骸上烈些纸钱,只当把你亡化的孩儿荐。(卜儿哭科,云)孩儿放心,这个老身都记得。天那,兀的不痛杀我也!(正旦唱)婆婆也,再也不要啼啼哭哭,烦烦恼恼,怨气冲天。这都是我做窦娥的没时没运,不明不暗,负屈衔冤。

(刽子做喝科,云)兀那婆子靠后,时辰到了也。(正旦跪科)(刽子开枷科)(正旦云)窦娥告监斩大人,有一事肯依窦娥,便死而无怨。(监斩官云)你有甚么事?你说。(正旦云)要一领净席,等我窦娥站立;又要丈二白练,挂在旗枪上。若是我窦娥委实冤枉,刀过处头落,一腔热血休半点儿沾在地下,都飞在白练上者。(监斩官云)这个就依你,打甚么不紧。(刽子做取席站科,又取白练挂旗上科)(正旦唱)

【耍孩儿】不是我窦娥罚下这等无头愿,委实的冤情不浅;若没些儿灵圣与世人传,也不见得湛湛青天。我不要半星热血红尘洒,都只在八尺旗枪素练悬。等他四下里皆瞧见,这就是咱苌弘化碧,望帝啼鹃。

(刽子云)你还有甚的说话,此时不对监斩大人说,几时说那?(正旦再跪科,云)大人,如今是三伏天道,若窦娥委实冤枉,身死之后,天降三尺瑞雪,遮掩了窦娥尸首。(监斩官云)这等三伏天道,你便有冲天的怨气,也召不得一片雪来,可不胡说!(正旦唱)

【二煞】你道是暑气暄,不是那下雪天;岂不闻飞霜六月因邹衍？若果有一腔怨气喷如火，定要感的六出冰花滚似绵，免着我尸骸现；要甚么素车白马，断送出古陌荒阡？

（正旦再跪科，云）大人，我窦娥死的委实冤枉，从今以后，着这楚州亢旱三年！（监斩官云）打嘴！那有这等说话！（正旦唱）

【一煞】你道是天公不可期，人心不可怜，不知皇天也肯从人愿。做甚么三年不见甘霖降？也只为东海曾经孝妇冤。如今轮到你山阳县。这都是官吏每无心正法，使百姓有口难言。

（刽子做磨旗科，云）怎么这一会儿天色阴了也？（内做风科，刽子云）好冷风也！（正旦唱）

【煞尾】浮云为我阴，悲风为我旋，三桩儿誓愿明题遍。（做哭科，云）婆婆也，直等待雪飞六月，亢旱三年呵，（唱）那其间才把你个屈死的冤魂这窦娥显。

（刽子做开刀，正旦倒科）（监斩官惊云）呀，真个下雪了，有这等异事！（刽子云）我也道平日杀人，满地都是鲜血，这个窦娥的血都飞在那丈二白练上，并无半点落地，委实奇怪。（监斩官云）这死罪必有冤枉。早两桩儿应验了，不知亢旱三年的说话准也不准，且看后来如何。左右，也不必等待雪晴，便与我抬他尸首，还了那蔡婆婆去罢。（众应科，抬尸下）

第十六课

《三国演义》

（节选）

主讲人 浦江清

罗贯中与《三国志通俗演义》

《三国演义》的作者罗贯中（约1330—1400），抄本贾仲明《续录鬼簿》云："罗贯中，太原人，号湖海散人。与人寡合。乐府、隐语，极为清新。与余为忘年交。遭时多故，天各一方。至正甲辰复会，别来又六十余年，竟不知其所终。"一说罗氏是钱塘人，或谓罗氏曾参加张士诚起义。《续录鬼簿》载罗贯中剧目有《赵太祖龙虎风云会》《三平章死哭蜚（飞）虎子》《忠正（臣）孝子连环谏》三种。

至正甲辰是1364年，离元朝灭亡不过四年。此后六十年为1424年，即永乐二十二年（永乐末年）。知贾仲明卒于永乐以后。贾与罗为忘年交，必罗比贾年长得多。罗当卒在1400年以前，即洪武年间也。又明王圻《稗史汇编》云："文至院本、说书，其变极矣。然非绝世轶材，自不妄作。如宗秀、罗贯中、国初葛可久，皆有志图王者，乃遇真主，而葛寄神医工，罗传神稗史。"可见罗贯中志气不凡。王圻提到《水浒传》，没有提及《三国演义》。

◆ 隐语：谜语的古称。

◆ 张士诚（1321—1367）：初为盐贩，后率领兄弟、盐丁起兵反元，在高邮称王，国号周，年号天佑。

◆ 院本：戏曲术语，金元时行院演剧所用的脚本。是北方宋杂剧向元杂剧过渡的一种形式。元以后亦称宋杂剧为院本，以别于元杂剧。

◆ 国初：王朝建立初期。

◆ 葛可久（1305—1353）：名乾孙，字可久，元代医学家。

《三国演义》也是一部详细分析政治矛盾、战争策略的书，与有志图王的旨趣相合。罗贯中所作的《赵太祖龙虎风云会》（见《元明杂剧》），比较平庸，主题思想是君臣际遇，和《三国演义》的题材也有相同之处。

罗贯中所编通俗小说极多，除《三国演义》外，还有《水浒传》，相传是施、罗两公的作品。还有《隋唐演义》《平妖传》《粉妆楼》等，甚至有他编过《十七史通俗演义》之说。这是因为后来编通俗演义的人，或者是书坊中人，要托名于他，以便流传的缘故。

《三国志通俗演义》有明刊本，前列弘治甲寅（公元1494年）年庸愚子序，称"东原罗贯中以平阳陈寿传，考诸国史，自汉灵帝中平元年，终于晋太康元年之事，留心损益，目之曰《三国志通俗演义》。文不甚深，言不甚俗，事纪其实，亦庶几乎史，盖欲读诵者，人人得而知之。若诗所谓里巷歌谣之义也"。这里说明了明代文人对于通俗史书的看法。此本据版本家考订实为嘉靖（公元1522年）刊本，不过有此弘治甲寅（公元1494年）的序（商务印书馆影印本据此本）。

《三国演义》是把三国时代的战争作为题材的历史小说。我们可以把《三国演义》称为历史小说，它是中国古典的民族形式的历史小说，和世界文学里的所谓历史小说有性质上的差别。欧洲的长篇小说产生在资本主义社会，是个别作家的文艺作品，内中有把某一个历史时期作为背景，用大部

◆《隋唐演义》：清代褚人获所撰长篇小说。

◆《平妖传》：罗贯中所撰、明末冯梦龙增补的长篇神魔小说。

◆弘治：明孝宗年号。

◆陈寿（233—297）：字承祚，西晋史学家。《三国志》作者。

第十六课　《三国演义》（节选）

分虚构的人物故事来充实描写这个时期的社会生活的，叫作历史小说。我国的历史小说产生在封建时代。有通俗说书业者，约略根据史书，对人民大众讲说历史上的战争故事和英雄人物，讲说某一个朝代的兴亡始末；原来是口头的文艺创作，从他们的累代相传的讲说底本称为"话本"的东西，通过文艺作家的加工编写，产生了大批演义小说。《东周列国志》《三国演义》《隋唐演义》等，都属于这一类。向来被称为演义小说的，按照它们的内容，可以叫作历史小说。它们是民族形式的历史小说，像欧洲中世纪的英雄传说、编年纪、年代纪那类介乎历史与小说之间的东西，同样渊源于人民口头创作，同样是封建时代的文艺作品。《三国演义》的作者罗贯中，生活在元末明初，是一位伟大的通俗文艺作家。三国故事流传到了他的时代已经有五百年的历史。他继承了丰富的民间文学遗产，比照正史，除陈寿《三国志》外，兼采裴松之注、《后汉书》等，取其有趣的故事、可写入小说者，取其有利于他的拥刘反曹的立场的材料，编写成这部历史和文艺融合得恰到好处的天才杰作，在演义小说中是一部典范的、最成功的作品。

晚唐诗人杜牧有一首绝句《赤壁》：

　　折戟沉沙铁未销，自将磨洗认前朝。
　　东风不与周郎便，铜雀春深锁二乔。

赤壁之战是历史上有名的一仗，这首短短的绝句也是唐诗中间有名的。"铜雀春深锁二乔"这样一个鲜明的形象，把当时东吴的危机和周郎侥幸成功的

◆《东周列国志》：长篇小说。初由明余邵鱼撰，后冯梦龙改编，至清代由蔡元放修订定名。

◆裴松之（372—451）：字世期，南朝宋史学家。

◆ "或谑……邓艾吃"意为：或笑张飞满脸胡须，或笑邓艾口吃。

◆《东京梦华录》：南宋孟元老所撰笔记，描述汴京城市风貌、岁时物产、风土习俗等，反映出北宋城市经济的发达和市民文化娱乐生活的若干侧面。

这个历史事实着重表现出来。同是晚唐诗人的李商隐在《骄儿诗》里描摹他小孩的淘气情况，有"或谑张飞胡，或笑邓艾吃"两句诗，可见在晚唐时代三国故事已经普遍流行了。《东京梦华录》记载北宋首都汴京（今开封）的"京瓦伎艺"中间有"霍四究说三分，尹常卖五代史"。京瓦是京城的瓦市，热闹的人民市场，活跃着各色各样的大众化的娱乐杂技。霍四究不知是何等样人。"常卖"是京都的俗语，指在街头叫卖小商品的，大概讲五代史的尹先生曾经是这样一个行当出身的。由此推想，霍四究也不会是怎样博雅的人物吧？据记载，北宋的汴都和南宋的都城临安（今杭州），演说史书的名家有孙宽、李孝祥、乔万卷、许贡士、张解元、张小娘子、宋小娘子等。这里贡士、解元等称呼不是真的科举上的身份，乃是社会上对于一般读书人的美称。演史家要按照史书编造故事，其中尽有些有相当学问的读书人，不过这班读书人必定是穷得可以的，在科举上断了念头，不想往统治阶级里爬了，他们转向为人民大众服务，坐在茶馆里说古书了。这样他们把掌握在封建统治阶级手里的历史知识搬运给人民，同时结合人民的道德标准批评了历史人物，结合人民大众的艺术创造能力把历史事件越发故事化了。在说书界中还有和演史家并立的"小说"家，讲说传奇、鬼怪和反映社会现实生活的短篇小说。这派的说书艺人捏合故事的本领更高，不像演史家的一定要依据史书，带点书卷气的。这派的有名艺人中，有故衣毛三、枣儿徐荣等。从他们的称号可以推想他们的阶级出身，大概是卖过旧衣服、开过枣儿铺的。总之无论读书人也好，做小买卖出身的也好，他们现在同属于一个阶层，就是在市场里说书讲故事的技艺人。讲说的是他们，编造话本的也是他们。他们属于小市民阶层，处在社会下层，是被压迫者，是老百姓。他们的口头文艺创作，主要反映市民阶层的思想意识。不过在都城里活跃的说书业者，原是从各个城市里集中来的，说书业普遍于全国，普遍于城市，也深入到农村。说书的是走江湖卖技艺的，他们接近广泛的人民大众，所以他们的文艺创作是合乎人民大众的口味、反映人民大众的愿望的。封建时代有两种文化，一种是封建统治者的文化，另一种是人民大众所创造的文化。说书艺人的口头创作集中表现了人民大众的文艺创作才能，从这里成长出民族形式的小说，为施耐庵、罗贯中、吴承恩、吴敬梓、曹雪芹的文艺天才开辟了广阔的道路。

　　宋代说三分的话本可惜没有能够流传下来。我们所看到的最古的三国故事的话本是元刊本《三国志平话》。书分三卷，上面是连环图画式的插图，下面是话本的本文。我们可以看到老百姓所创造的三国故事是生动灵活的，可是但具轮廓，缺乏细致的描写。三国故事经过多少人的讲说、若干代的创造，面貌未必相同，这不过是某一时期的某一种本子罢了。那些话本本来是简陋的，留出供说书者铺张增饰的余地。从师傅传徒弟，徒弟再传徒弟，各有巧妙，各有创造，不可能完全记录下来。

◆《三国志平话》：讲史话本，作者不详。

◆楔子：长篇小说组成部分之一，通常在小说故事开始之前，起引起正文的作用。

◆刘关张：指刘备（161—223）、关羽（约160—220）、张飞（？—221）。

◆《通鉴》：即《资治通鉴》。

《三国志平话》可以见到元代说话家所说三国故事的面目。有的说得很野，如司马仲相断狱的一个楔子和刘关张到太行山落草，汉献帝诛十常侍，以首级招安他们等。这是人民口头流传野史的面貌。在元代戏曲文学里，涌现出好些三国故事的剧本，这些剧本帮助增加三国故事的情节和三国人物的性格刻画。罗贯中总结了这笔丰富的文艺遗产，重新创造，重新考订史实，在不违背历史事实的原则下进行文艺创造的工作。三国故事到了他的手里，才成为完整的杰出文艺读物，比之元刊本《三国志平话》大不相同了。

宋人笔记说："讲史书者，谓讲说《通鉴》、汉、唐历代书史文传兴废战争之事。""讲史"一称"演史"，各人标榜一部正史，有讲《汉书》的，有讲《三国志》的，尽管讲得很野。"演义"，就是根据正史演说大意，铺叙发挥的意思。讲史家的话本，叫作"平话"或者"演义"（在当时，它们不叫作"小说"，"小说"指短篇故事）。《三国演义》的正名应该是《三国志通俗演义》，或者《三国志演义》。说《三国演义》是简称。嘉靖刊本《三国演义》题书名作《三国志通俗演义》，里面标题"晋平阳侯陈寿史传，后学罗本贯中编次"。陈寿的《三国志》就是二十四史里的正史，其实《三国演义》和陈寿《三国志》根本是两部书，性质完全不同。所以这样标题的原因，一是说明这部小说的史料依据，二是还要抬出正史来希望见重于知识阶级。还有一个重要的原因是罗贯中确

第十六课 《三国演义》（节选）

实在史书里用过一番功夫，做了史书材料和人民口头创作双方融合统一的重编工作。他把向来话本中间离开历史事实太远的部分删去了，并且根据史实的轮廓添加文艺性的描绘。因此《三国演义》获得了"雅俗共赏"的优点。《三国演义》是讲史家话本小说的优秀代表作品，本来是演史家的书，不应称为小说。不过元末明初，演史与小说两家的分界已经混淆。我们今天称它为历史小说，一半是历史，一半是小说。不离乎史实，又有文艺创造，"文不甚深，言不甚俗"。《三国演义》的雅俗共赏在乎此。

　　章学诚《丙辰札记》说《三国演义》七分实事、三分虚构。其实，与其说七实三虚，不如说三实七虚。人物是历史上所有的，人物性格与故事大部分是小说家的创造。三实七虚，在不违背历史事实的原则下大量吸取元代平话家的文艺创造。比较《三国志平话》来看，罗贯中删去了司马仲相断狱的有因果报应思想的一段入话，删去了刘关张太行山落草的一段不合史实的故事（纯出于民间传说）。他把"平话"中只有简单情节的故事，用细致的描写作了加工。例如三顾茅庐一段，"平话"只有三顾茅庐与孔明下山两段共不过一千字，到罗本扩充到五六千字，原甚简陋粗糙，今则成为艺术杰构，引人入胜。❶"平话"中张飞很活跃，而《三国演义》保存之，突出地写了孔明与关羽。罗贯中

◆ 章学诚（1738—1801）：字实斋，号少岩，清史学家、思想家，毕生精力用于讲学、著述、编修方志。

◆ 落草：旧称逃到山林为盗。

---

❶ 见课后延展阅读：《定三分隆中决策　战长江孙氏报仇》。

自己为一知识分子，处在元末乱世，有权谋策略而不曾施展，也是有抱负而不遇明主的人，所以对于诸葛亮的才能与际遇，尤其向往。诸葛亮在《三国演义》中几乎成为最重要的主角，是一般知识分子的理想人物。罗氏喜欢读史，写通俗演义，对于读《春秋》、明大义的关羽这类智勇双全的人物也加以突出的塑造。总之，《三国演义》三实七虚，文艺的部分多于历史；是文艺，不是历史，是通俗小说而非历史教本，小说书与历史书应该区别开来。尤其在今天，必须分开，否则会纠缠到孰为进步的问题。

罗贯中《三国志通俗演义》分二十四卷，每卷十节。到了清初毛宗岗（序始），把罗本《三国演义》加上评赞，改为一百二十回。原来罗本每节用七言一句标目，毛本每回用七言或八言两句对偶诗作为回目。毛本对罗本稍有细节的修改、语义上的润饰，大体均一仍原文。我们通行本所见的《三国演义》是毛宗岗本（一名《第一才子书》，并且假托了金圣叹的一篇序文）。毛本基本上与罗本没有多少出入的。

《三国演义》的艺术性

1. 叙史事从建宁二年（公元169年），至孙皓出降（公元280年）为止，共计111年。比"编年""史传""纪事本末"体都有进步。错综复杂的关系，作全面的叙述与分析；人物不孤立，事件不孤立。

◆ 金圣叹（1608—1661）：初名采，又名喟，字若采；明亡后改名人瑞，字圣叹，明末清初文学批评家。以批点《水浒》《西厢记》著称。

第十六课 《三国演义》（节选）

年代有前后，按历史事实发生而叙述的。以历史书而论，是很好的体制，通史性质。不过所叙的史实偏重在政治军事，加入人物小故事、医卜杂技之类，此为正史、野史材料所限（当时社会经济情况是不详的）。《三国演义》本是文艺作品，非历史教科书，文学的宣传力强。在信史上，曹操也是一位英雄，有进步性，是说三国故事加深了他的丑恶奸诈方面，作为反面人物。《东坡志林》卷一《涂巷小儿听说三国语》一文云："王彭尝云：涂巷中小儿薄劣，其家所厌苦，辄与钱，令聚坐听说古话。至说三国事，闻刘玄德败，颦蹙有出涕者；闻曹操败，即喜唱快。以是知君子小人之泽，百世不斩。"民间说三国故事，老早就歌颂刘备，反对曹操。罗贯中《三国演义》的文艺感染力量就在于使读者的同情完全寄托在蜀汉方面。不管真实的历史曹、刘二人孰是孰非，文学宣传应该有是非、有爱憎。这就是文学的倾向性。歌颂光明，反对黑暗；歌颂仁义，反对残暴与欺诈。艺术性与思想性是一致的。

2.《三国演义》的写作方法，在历史小说中，也是完美的。作者用虚实相生法。章学诚认为"七实三虚，惑乱观者"，是把《三国演义》作为历史著作来批评，这是不公允的。《三国演义》是文艺创作，妙处正在虚而不在实。但既是历史小说，那绝不能太野，子虚乌有。作者所用是虚实相生法（《东周列国志》较实，《隋唐演义》较虚，这两书还是好的，其余或失之实，或失之虚）。

◆ "涂巷……不斩" 意为：涂巷中一小孩贪玩，家人很苦恼，常给他钱让去说书的地方听人讲故事。到说三国时，他听闻刘备战败，就眉头紧皱要哭；听闻曹操被打败，就高兴地又唱又跳。可以知道君子和小人的影响，经过百世也不断绝。

◆赤壁之战：孙权、刘备联合大破曹操之战，以地点为赤壁得名。赤壁之战采用水战、火攻，是中国历史上著名的以少胜多、以弱胜强的战役之一。

◆《伊利亚特》：也称《伊利昂纪》，描写特洛伊战争，作者据传为荷马（约前9—前8世纪）。

◆横槊赋诗：军旅途中，在马上横着长矛吟诗。多形容能文能武的豪迈潇洒风度。

以赤壁之战一段文章来论，《通鉴》赤壁之战写得已经很精彩，而《三国演义》用了足足八回（第四十三回至五十回）书写赤壁一战，写得如火如荼，非常活跃，是全书中最精彩部分。这本来也是三国鼎足三分的决定性的战争，历史上有名的大战争。民间文艺家的笔法，超过了《通鉴》，超过了《史记》，超过了《左传》。只有希腊史诗《伊利亚特》所写可以比拟。对证历史探究起来，其中三实七虚，并非七实三虚。照我们看来，虚构的部分绝不止三分，就是连真人真事的部分也是经过文艺性改造的。越是虚构的部分，文艺价值越高。诸葛亮说孙权拒曹是实事，见《三国志·诸葛亮传》；"诸议者皆望风畏惧，多劝权迎之"，见于《三国志·吴主传》。可是诸葛亮舌战群儒，完全是渲染的笔墨。鲁肃、周瑜正史上说是决定拒曹的，诸葛亮用智激周瑜是虚，刻画了两人的典型性格。《铜雀台赋》（《登台赋》）是曹植的作品，"揽二乔于东南兮，乐朝夕之与共"，是诸葛亮所捏造，此意从杜牧《赤壁》怀古诗启发而出来的。黄盖献诈降计是实事，苦肉受刑是增设的；阚泽实有其人，密献诈降书是虚。小说需要一个献书的人，于是在正史上找到阚泽这个人；东吴定下火攻计是实，主要出于黄盖的计谋；诸葛亮和周瑜斗智是虚，诸葛亮借箭、借东风更是虚构的，但最为生动，出于人民的创造、人民的智慧。蒋干盗书和庞统献连环计，正史上均无其事。人物都是真的，情节是添设的、虚构的。苏东坡《赤壁赋》说曹孟德"横槊赋诗固一世之雄也"，这是形象化的语言，概括了曹操的精神面貌，可是赋什么诗、怎样横槊，没有交代。《三国演义》加以渲染，更为形象化了。具体描写曹操正在唱他的得意的"对酒当歌，人生几何"的那篇《短歌行》（诗是真实的），而且一横槊便把个刘馥刺死了。刘馥实有其人，确实死在建安十三年，正是赤壁之战的那一年，可是谁知道他死在曹孟德横槊赋诗的当儿呢？小说家信手拈来，不可相信，但也无法批驳。妙在虚中有实，实中有虚，捏合得情景逼真。是文艺作品的上乘，是历史小说的高度艺术化。

　　曹操从华容道败走，见《三国志·魏书·武帝纪》建安十三年下引《山阳公载记》："公曰：'刘备，吾俦也，但得计少晚；向使早放火，吾徒无类矣。'备寻亦放火而无所及。"很简单。《三国演义》讲到这一段，听众要问曹操何以能逃脱呢？从哪条路上逃脱呢？足智多谋的诸葛亮何以算不正确，让他逃脱呢？因而添造出第五十回"诸葛亮智算华容，关云长义释曹操"这一回书。使得诸葛亮神机妙算的形象更加完整，而关云长的重义气的性格也得到突出表现。书中说到关云长是个义重如山的人，说云长见众将皆下马，哭拜于地，愈加不忍，又说他见了张辽动故旧之情，长叹而去。内心的矛盾冲突，寥寥几笔，暴露无遗。今天的读者批评关羽立场不稳，事实上，历史上的史实是曹操原不曾在赤壁一战里死亡的，说三国故事的不能不使曹操在华容道上逃脱。那么何以能够逃脱，岂不

◆"刘备……类矣"意为：刘备，他的智谋与我相等，但谋划稍晚些；如果先放火，我军则无幸存之人。

◆关云长：即关羽，字云长。

是诸葛亮没有算定了吗？说书的人说诸葛亮算定曹操必走华容道，而且特地派一员大将关羽去，而是关羽把他放走了。情节服务于人物性格，人物性格服务于情节，都不矛盾，入情入理。这一回书也是很精彩动人的。并且前回书说诸葛亮故意先不用关羽，后来派他守华容道，并且让他立下军令状。读者要问，明知关羽可能要为故旧之情而把曹操放走，为什么不派别将？岂不是诸葛亮算定曹操还命不该绝，算定关羽要把他放走，故意如此做吧？在作者确乎有宿命论的思想因素，这是说话人对于历史的一种普遍的认识论。

第九十五回"马谡拒谏失街亭，武侯弹琴退仲达"也是精彩紧张的。据《三国志·诸葛亮传》裴松之注引"郭冲三事"："亮屯于阳平，遣魏延诸军并兵东下，亮唯留万人守城。晋宣帝率二十万众拒亮，而与延军错道，径至前，当亮六十里所，侦候白宣帝说亮在城中兵少力弱。亮亦知宣帝垂至，已与相逼，欲前赴延军，相去又远，回迹反追，势不相及，将士失色，莫知其计。亮意气自若，敕军中皆卧旗息鼓，不得妄出庵幔。又令大开四城门，扫地却洒。宣帝常谓亮持重，而猥见势弱，疑其有伏兵，于是引军北趣山。明日食时，亮谓参佐拊手大笑曰：'司马懿必谓吾怯，将有强伏，循山走矣。'候逻还白，如亮所言。宣帝后知，深以为恨。"以上为郭冲三事文，注下有难者曰云云，驳此事之非实，加以论断曰"故知此书，举引皆虚"。又马谡与张郃战于街亭，谡违亮节度，举动

◆谡，sù。

◆武侯：即诸葛亮，其死后谥忠武侯。

◆仲达：即司马懿，字仲达。

◆郃，hé。

◆节度：节制；约束；调度；指挥。

失宜，大为郃所破。此文在前注引"郭冲三事"之后。从此可知，《三国演义》第九十五回"马谡拒谏失街亭，武侯弹琴退仲达"这一回，马谡失街亭是实，弹琴退仲达是有所本的，但所本也未为属实，原本为无根之谈。且《三国演义》将此无本之事移至马谡失街亭之后。两事不在一个时间，全出捏合。

虚实相生，虚构故事为刻画典型人物，且描写栩栩如生。

此外，《三国演义》有大结构，中心人物贯穿全书，不比《水浒传》由各人的故事串联。同时全书故事有顶点、有段落，此同《水浒传》。

《三国演义》的文学语言是半文半白、通俗化、大众化的，同于戏剧中的道白。历史小说不能不如此。

（选自《浦江清中国文学史讲义：明清部分》，浦江清著，浦汉明、彭书麟整理）

延展阅读

定三分隆中决策　战长江孙氏报仇
节选自明代罗贯中《三国演义》第三十八回

却说玄德访孔明两次不遇,欲再往访之。关公曰:"兄长两次亲往拜谒,其礼太过矣。想诸葛亮有虚名而无实学,故避而不敢见。兄何惑于斯人之甚也!"玄德曰:"不然。昔齐桓公欲见东郭野人,五反而方得一面。况吾欲见大贤耶?"张飞曰:"哥哥差矣。量此村夫,何足为大贤!今番不须哥哥去,他如不来,我只用一条麻绳缚将来!"玄德叱曰:"汝岂不闻周文王谒姜子牙之事乎?文王且如此敬贤,汝何太无礼!今番汝休去,我自与云长去。"飞曰:"既两位哥哥都去,小弟如何落后!"玄德曰:"汝若同往,不可失礼。"飞应诺。

于是三人乘马引从者往隆中。离草庐半里之外,玄德便下马步行,正遇诸葛均。玄德忙施礼,问曰:"令兄在庄否?"均曰:"昨暮方归,将军今日可与相见。"言罢,飘然自去。玄德曰:"今番侥幸得见先生矣!"张飞曰:"此人无礼!便引我等到庄也不妨,何故竟自去了!"玄德曰:"彼各有事,岂可相强。"三人来到庄前叩门,童子开门出问。玄德曰:"有劳仙童转报:刘备专来拜见先生。"童子曰:"今日先生虽在家,但今在草堂上昼寝未醒。"玄德曰:"既如此,且休通报。"分付关、张二人,只在门首等着。玄德徐步而入,见先生仰卧于草堂几席之上,玄德拱立阶下。半晌,先生未醒。关、张在外立久,不见动静,入见玄德犹然侍立。张飞大怒,谓云长曰:"这先生如何傲慢!见我哥哥侍立阶下,他竟高卧,推睡不起!等我去屋后放一把火,看他起不起!"云长再

第十六课 《三国演义》（节选）

三劝住。玄德仍命二人出门外等候。望堂上时，见先生翻身将起，忽又朝里壁睡着。童子欲报，玄德曰："且勿惊动。"又立了一个时辰，孔明才醒，口吟诗曰：

大梦谁先觉？平生我自知。草堂春睡足，窗外日迟迟。

孔明吟罢，翻身问童子曰："有俗客来否？"童子曰："刘皇叔在此，立候多时。"孔明乃起身曰："何不早报！尚容更衣。"遂转入后堂。又半晌，方整衣冠出迎。玄德见孔明身长八尺，面如冠玉，头戴纶巾，身披鹤氅，飘飘然有神仙之概，玄德下拜曰："汉室末胄、涿郡愚夫，久闻先生大名，如雷贯耳。昨两次晋谒，不得一见，已书贱名于文几，未审得入览否？"孔明曰："南阳野人，疏懒性成，屡蒙将军枉临，不胜愧赧。"二人叙礼毕，分宾主而坐，童子献茶。茶罢，孔明曰："昨观书意，足见将军忧民忧国之心，但恨亮年幼才疏，有误下问。"玄德曰："司马德操之言，徐元直之语，岂虚谈哉？望先生不弃鄙贱，曲赐教诲。"孔明曰："德操、元直，世之高士。亮乃一耕夫耳，安敢谈天下事？二公谬举矣。将军奈何舍美玉而求顽石乎？"玄德曰："大丈夫抱经世奇才，岂可空老于林泉之下？愿先生以天下苍生为念，开备愚鲁而赐教。"孔明笑曰："愿闻将军之志。"玄德屏人促席而告曰："汉室倾颓，奸臣窃命，备不量力，欲伸大义于天下，而智术浅短，迄无所就。惟先生开其愚而拯其厄，实为万幸！"孔明曰："自董卓造逆以来，天下豪杰并起。曹操势不及袁绍，而竟能克绍者，非惟天时，抑亦人谋也。今操已拥百万之众，挟天子以令诸侯，此诚不可与争锋。孙权据有江东，已历三世，国险而民附，此可用为援而不可图也。荆州北据汉、沔，利尽南海，东连吴会，西通巴、蜀，此用武之地，非其主不能守：是殆天所以资将军，将军岂有意乎？益州险塞，沃野千里，天府之国，高祖因之以成帝业；今刘璋暗弱，民殷国富，而不知存恤，智能之士，思得明君。将军既帝室之胄，信义著于四海，总揽英雄，思贤如渴，若跨有荆、益，保其岩阻，西和诸戎，南抚彝、越，外结孙权，内修政理；待天下有变，则命一上将将荆州之兵以向宛、洛，将军身率益州之众以出秦川，百姓有不箪食壶浆以迎将军者乎？诚如是，则大业可成，汉室可兴矣。此亮所以为将军谋者也。惟将军图之。"言罢，命童子取出画一轴，挂于中堂，指谓玄德曰："此西川五十四州之图也。将军欲成霸业，北让曹操占天时，南让孙权占地利，将军可占人和。先取荆州为家，后即取西川建基业，以成鼎足之势，然后可图中原也。"玄德闻言，避席拱手谢曰："先生之言，顿开茅塞，使备如拨云雾而睹青天。但荆州刘表、益州刘璋，皆汉室宗亲，备安忍夺之？"孔明曰："亮夜观天象，刘表不久人世，刘璋非立业之主。久后必归将军。"玄德闻言，顿首拜谢。只这一席话，乃孔明未出茅庐，已知三分天下，真万古之人不及也！后人有诗赞曰：

"豫州"当日叹孤穷，何幸南阳有卧龙！欲识他年分鼎处，先生笑指画图中。

玄德拜请孔明曰："备虽名微德薄，愿先生不弃鄙贱，出山相助。备当拱听明诲。"孔明曰："亮久乐耕锄，懒于应世，不能奉命。"玄德泣曰："先生不出，如苍生何！"言毕，泪沾袍袖，衣襟尽湿。孔明见其意甚诚，乃曰："将军既不相弃，愿效犬马之劳。"玄德大喜，遂命关、张入，拜献金帛礼物。孔明固辞不受。玄德曰："此非聘大贤之礼，但表刘备寸心耳。"孔明方受。于是玄德等在庄中共宿一宵。次日，诸葛均回，孔明嘱付曰："吾受刘皇叔三顾之恩，不容不出。汝可躬耕于此，勿得荒芜田亩。待我功成之日，即当归隐。"

诸葛亮像

主讲人 浦江清

第十七课
《水浒传》
（节选）

北宋末年的腐朽政治和宋江故事的流传

北宋末年宋徽宗统治的时代（即12世纪初，1101—1125）的二十多年，尤其是最后十年，是政治最腐朽、阶级矛盾最尖锐的时期。徽宗赵佶是一个昏庸荒淫的皇帝，正如《宣和遗事》所描绘的，私游倡家李师师。自己又是书画家，他一味只图享乐，过其风流艺术家的生活。建造宫苑花园，搜刮天下奇花异石，奉命者骚扰百姓，无所不至。他不务政治，任用六贼（六贼是陈东所称呼的），搜刮财物。六贼者，蔡京、王黼做宰相，巧立法令，刻剥人命；阉人童贯做上将，虚夸军功，浪费犒赏；阉人梁师成掌代写御笔号令，出卖官爵；阉人李彦掌括公田，任意指民田良田为荒地，充作公田；朱耐掌花石纲，专搜东南（江浙）奇花异石，运往东京。六贼累积大量私有赃物，豪富惊人。人民遭受的痛苦无处申诉。宣和时京西一带饥荒，人相食。李彦不顾饥荒，在京东西照旧括田，发民夫运奇物进贡，民夫多自缢车辕下。朝廷视民命像草芥那样微贱，人民也就对朝廷痛心疾首，像仇雠那样怨恨。

◆《宣和遗事》：作者不详。其已具《水浒传》雏形。

◆ 李师师：北宋名妓，具有颇佳的容貌与才情。

◆ 黼，fǔ。

◆ 雠，chóu。仇雠：仇敌。

第十七课 《水浒传》（节选）

在这样残酷的剥削下，人民纷纷起义。据《中国通史简编》记载："有方腊在睦州，攻陷六州五十二县；张万仙在东京，有众五万；贾进在山东，有众十万；高托天在河北，有众十余万；宋江在淮南，转掠十郡。"

宋江是北宋末年一支农民起义军的领袖。这支军队是流动的武装部队。宋江三十六人的根据地是苏北（最大的可能是由一个贩私盐的集团扩大而成的）。流动打夺山东、河南一带城池（转掠十郡）。宋江和梁山泊没有关系。

梁山泊（泺）在山东济州、郓州一带，乃黄河决口汇而成泊。自后晋开运初（公元944年）至北宋熙宁十年（公元1077年）共130余年，黄河凡三次决口，遂使汴、曹、单、濮、郓、澶、济、徐所灌之水汇而为一，梁山泊面积乃至周围达八百里。其地本渔民所出没。《宋史·任谅传》载，徽宗时，眉山任谅"提点京东刑狱。梁山泺渔者习为盗，荡无名籍"。《宋史·许几传》："郓州梁山泺多盗，皆渔者窟穴也。"李彦掌括公田，任意指民田良田为荒地，充作公田，起初行于京东西，后来推行到山东。《宋史·杨戬传》载，杨戬在政和四年（公元1114年）为侵夺公田，设立"西城所"，也把梁山泊收为"公有"，向来济、郓数州的人民，本是赖蒲鱼之利以为生的，这时要出很高的税额，漏税者以盗处罚。对于沿湖各县的剥削，在经常赋税之外，每县增租年十余万贯，水旱皆不得免。《水浒传》中三阮所谈，乃是当时真实的情况。

◆杨戬（？—1121）：北宋宦官。

◆蒲：又名香蒲，水生植物名，可以制席。

◆三阮：指《水浒传》中阮氏三兄弟阮小二、阮小五、阮小七。

梁山泊在宋徽宗时代前后，为渔民聚义的地点，但是否为宋江等三十六人的根据地，史无明文。

北宋后期，全国垦田的六分之五是官田和官僚大地主的田，不负担赋税的。全部田赋的负担落在耕种不到六分之一的垦田的贫苦农民肩上。全国人口的三分之二以上是佃农。各州县"以衙前主官物，以里正、户长、乡书手课督赋税，以耆长、弓手、壮丁逐捕盗贼。……县曹司至押录，州曹司至孔目官，下至杂职虞候、拣掏等人，各以乡户等第定差"。"役之重者，自里正、乡户，为衙前，主典府库，或輂运官物，往往破产。"（《宋史·食货志》）诸县以第一等户为里正，第二等户为户长（有力赔付之故）。如役户逃亡，官府迫使里正、户长赔累，轻则倾家荡产，流配远方，重则丧失性命。这说明《水浒传》中晁盖、宋江之辈如不劫生辰纲、不杀阎婆惜，也只有跟逃亡户一起，参加起义队伍。朱仝、雷横等则为逐捕盗贼的弓手之长。

正史及野史记载宋江材料不多，零碎片断，且有矛盾冲突之点，约略言之。

宋江被称为淮南盗，同时又被称为河北剧贼、京东贼，又有"宋江起河朔""山东盗"的说法，可知宋江横行在河朔、山东、京东、淮南，地点并不固定，乃是流动性的武装部队，官军对他没有办法。

《宋史·侯蒙传》："宋江寇京东，蒙上书言江以三十六人，横行齐魏，官军数万，无敢抗者，

◆ 佃农：自己不占有土地，租种地主土地的农民。

◆ 里正：古时乡官。

◆ 户长：宋代负责督催赋税的乡官。

◆ 乡书手：宋代乡中协助里正办理文书的人。

◆ 课督：督促；督责。

◆ 河朔：古地区名，泛指黄河以北地区。

其才必过人。今清溪盗起,不如赦江,使讨方腊以自赎。"

《宋史·徽宗纪》:宣和三年(公元1121年)二月,"方腊陷处州,淮南盗宋江等犯淮阳军,遣将讨捕,又犯京东、江北,入楚海州界,命知州张叔夜招降之"。

◆张叔夜(1065—1127):字稽仲。

张叔夜招降,是伏兵诱战。宣和三年春夏间,宋江等由沭阳将至海州。海州守张叔夜遣人侦察其所向,见其径趋海滨。"劫巨舟十余,载卤获,于是募死士,得千人,设伏近城,而出轻兵距海诱(一作使)之战。先匿壮卒海旁,伺兵合,举火焚其舟。贼闻之皆无斗志,伏兵乘之,擒其贼副(一作副贼),江乃降。"(《宋史·张叔夜传》)同年十二月十九日,宋徽宗有一道御笔诏书说:"河北群贼自呼赛保义等,昨与大名府界往来作过。"(《宋会要辑稿》兵十二卷二十七页)既称"赛保义",或与宋江有关,是否宋江余党未全捕获?

睦州方腊起义在宣和二年(公元1120年)。宣和三年四月,被讨平。宋江有没有参与征讨方腊之役,历史家尚未论定。根据《三朝北盟会编》五十二引《中兴姓氏奸邪录》有"以贯为江浙宣抚使,领刘延庆、刘光世、辛企宗、宋江等军二十余万,往讨之"之文;根据《东都事略十一·徽宗纪》,宣和三年四月,童贯以其将辛兴宗,与方腊战于清溪,擒之,五月,宋江就擒。

◆讨平:讨伐平定。

1939年陕西省府谷县出土了一块折可存的墓志铭(宋故武功大夫河东第二将折公墓志铭,华阳范杰书撰）云：

> 公讳可存……宣和初……方腊之叛，用第四将从军。诸人藉方玄以推公，公遂兼率三将兵，奋然先登，士皆用命。腊贼就擒（公元1121年4月），迁武节大夫。班师过国门，奉御笔捕草寇宋江，不逾月继获，迁武功大夫。

折可存《宋史》无传。《杨震传》中谓可存问计于震，生得吕师囊等。另据《泊宅编》，吕师囊、陈十四公等略温、台诸县，四年三月，讨平之。

是则可存班师过国门当在宣和四年（公元1122年）之五、六月，其不逾月继获宋江，更应在此以后。此说与《张叔夜传》显相抵牾，莫知所从。

最大的可能性是：宋江为张叔夜诱降后，加入征讨方腊队伍，使立功自赎，而方腊平后，即用阴谋擒杀之。

宋江的史事，因史料缺乏，尚未能下正确之结论。但《水浒传》所写是取材于人民口头所流传的宋江故事，同正史上的宋江又当分别开来看的。

宋江横行齐魏，其才过人。在北宋末期，人民不堪腐朽、黑暗的统治势力，他领导着一支反抗贪官污吏、为老百姓抱不平的武装部队，冲州撞府，官军无可奈何。最后他归降朝廷，并且"立了功"，为童贯所暗害而擒杀。这三十六人的英雄故事，流传于人口。不但故事流传，并且形于像赞。

周密《癸辛杂识续集》记南宋画家兼文学家龚

◆生得：生获，活捉。
◆略：夺取。

◆抵牾：矛盾。

◆像赞：为人物画像或人的相貌所作的赞辞。

开作《宋江三十六人赞并序》云："宋江事见于街谈巷语，不足采者。虽有高如、李嵩辈传写，士大夫亦不见黜。余年少时壮其人，欲存之画赞。"传写指临摹，高如、李嵩乃画家。

南宋时期，太行山是汉族人民自卫抗金的游击部队，称为忠义军的一个根据地。《三国志平话》把刘备、关羽、张飞说成曾经到太行山落草，所以宋江等英雄故事在南宋说书人的口头流传下，也有了三十六人出没于太行山、梁山泊两地的这个说法。龚开的"赞"，称卢俊义"风尘太行"、张横"太行好汉"、穆弘"出没太行"，等等。据龚开"画赞"，似英雄活动的地区在太行山。

熊克《中兴小记》说：自靖康以来，中原之民不从金者，于太行山相保聚。初，太原张横者，有众二万，往来岚宪之境，岚宪知州、同知领兵一千五百人入山捕之，为横所败。两同知俱被执。

李心传《建炎以来系年要录》：贼史斌据兴州，僭号称帝。斌本宋江之党，至是作乱。

《三朝北盟会编》引《靖康小雅》：招安巨寇杨志为边锋，首不战，由间道径归。

王象春《齐音》：金人薄济南，有勇将关胜者，善用大刀，屡陷虏阵。及金人贿通刘豫，许以帝齐，豫诳胜出战，遂缚胜于西郊，送虏营，百计说之不降，骂贼见杀，且唼其睛。

《宣和遗事》抄录若干小说成文，显得很凌乱，说"晁盖等八个劫了生辰纲，同杨志等十二人，共有二十个结为兄弟，前往太行山梁山泊去

◆《中兴小记》：应为《中兴小纪》。

了"。太行山与梁山泊距离很远,实在是南宋人口头所流传的宋江故事,是多种方式而没有得到整理统一的现象。但是《宣和遗事》的短短记录,显出了水浒故事在南宋时期流传着的一个轮廓。

后来太行山英雄与梁山泊英雄合流。李玄伯百回本《水浒传序》上说明此事。聂绀弩《水浒是怎样写成的》一论文(《人民文学》公元1953年6月)推演此说。他说把宋江和梁山泊结合怕是元代的事。元陈泰《所安遗集补遗·江南曲序》云:

> 余童丱时,闻长老言宋江事,未究其详。至治癸亥秋九月十六日,舟过梁山泊,遥见一峰,嵽嵲雄跨。问之篙师,曰,此安山也。昔宋江□事处,绝湖为池,阔九十里,皆藻荷菱茨。相传以为宋妻所植。宋之为人,勇悍狂狭,其党如宋者三十六人。至今山下有分赃台,置石座三十六所。俗所谓来时三十六,归时十八双,意其自誓之辞也。始予过此,荷花弥望,今无复存者,唯残香相送耳。因记王荆公诗云:"三十六陂春水,白首相见江南。"味其词,作《江南曲》以叙游历,且以慰宋妻植荷之意云。

宋江起义本为流动性的武装力量,人民口头传说把他结合到太行山。因为在北宋末年和南宋初年,太行山是抗金武装民兵的根据地。

据《中国通史简编》说:太行山民兵为表示对国家的血诚,面上自刻"赤心报国,誓杀金贼"八字。因此王彦部都号"八字军"(据《三朝北盟会

◆聂绀弩(1903—1986):笔名散宜生,中国作家。

◆陈泰:元朝进士,鲁迅曾称之为记载水浒故事的第一个文人作家。

◆丱,guàn,古时儿童束发成两角的样子。

◆王彦(1090—1139):字子才,南宋初将领。

◆八字军:南宋初年的抗金武装。

编》，王彦，河内人。部下面刺八字，招集忠义民兵。未提太行山）。

《宋史·岳飞传》："六年，太行忠义军梁兴等百余人慕飞义，率众来归。"

《三国志平话》有刘关张在太行山落草、受招安事。皆受北宋末年、南宋初年忠义军以太行山为根据地的影响，《忠义水浒传》的名称也有受此影响的因素。

《宋史》有忠义军、忠义社、忠义巡社等名称，这是人民武装勤王御侮、民族意识的表现。

但是，宋江的故事原是一个阶级斗争的故事，虽然在某一时期与民族抗争意识结合，而它的本来的阶级斗争的内容仍不可湮没。把淮南、齐鲁、楚海州的流动武装力量硬说成在太行山，于地理亦不合。参《宋史》任谅、杨戬、蔡居厚传，梁山人民有英勇抗争、反抗统治者的严刑峻法。一定有人民口头流传的梁山泊英雄，或系三阮、杜迁、宋万等，与宋江故事又相结合。

《宣和遗事》这部书的写作年代，应该是宋末元初。它是抄录若干种野史与小说成书的。其中所保存的有杨志卖刀，晁盖智取生辰纲，宋江杀死阎婆惜、受玄女天书、收呼延绰、三十六人聚义、受招安、平方腊。这一段书，有些地方叙述较详，有些几句话带过。给我们一个《水浒传》的轮廓，是南宋人街谈巷语宋江传的大略。

《醉翁谈录》载："言石头孙立、戴嗣宗，此乃谓之公案。青面兽，此乃为朴刀局段。言花和

◆岳飞（1103—1142）：字鹏举，南宋初抗金英雄。后遭秦桧诬陷，以"莫须有"罪名被杀害。

尚、武行者，此为杆棒之序头。"《醉翁谈录》所记的公案、朴刀、杆棒中的水浒人物的故事是小说家所说，说明后来的《水浒传》数十万言乃至一百余万言，是由小说家话本的朴刀、杆棒、公案一派演化发展而来，非出讲史。除了南宋人讲说外，北方金人统治下，亦必有之。到了元代，演说水浒故事的话本，应该是存在着的。不过没有保存下来。而元人杂剧中，却有近三十种水浒戏，有关于李逵、宋江、鲁智深、武松、燕青、花荣、杨雄、张顺、王矮虎等人的戏剧情节，尤以李逵戏为多，塑造他的性格尤为突出。今保存有十种（可能有明初人撰作在内），加上周宪王两种，共十二种。这是水浒故事的一大发展（有闹元宵、劫法场等大情节）。

南宋国势很弱，人民口头流传着宋江故事。到了元代，阶级矛盾十分尖锐，人民歌颂梁山泊英雄，说梁山泊英雄的保境安民、替天行道。人民遭受迫害，希望跑到梁山去诉说，有梁山英雄替他们报仇，尤其喜欢李逵那样见义勇为的人物，都有其特殊的原因。

这充分说明水浒故事在宋元社会里得到发展生长的缘由。

《水浒传》的作者问题与繁简各本

综前所述，宋江故事在南宋时代即为人民所乐道，见于街谈巷语。说话人的公案小说、朴刀杆棒小说中讲说了孙立、戴嗣宗、青面兽、花和尚、

◆ 周宪王（1379—1439）：即朱有燉（dūn），号诚斋，明戏曲家。系明太祖孙，袭封周王，卒谥宪，世称"周宪王"。

第十七课　《水浒传》（节选）

武行者的零碎片断故事。到宋元之间的《宣和遗事》，有杨志卖刀、晁盖等取生辰纲、宋江杀阎婆惜、三十六人聚义的故事。元剧中有黑旋风、燕青、杨雄、武松、花荣等零碎片断故事。有闹元宵、劫法场、征方腊等大关目。在元代，宋江故事结合了太行山与梁山泊，有"三十六大伙、七十二小伙"的说法。

◆伙：若干人结合的一群。

民间的英雄传说得到文人的加工整理，编成《水浒传》这样一部大书。❶成书的年代在元末明初，时间距离北宋末年有二百五十年之久。

《水浒传》称"传"，而不称"平话"或"演义"，因为集合小说材料所编，非敷衍正史的。古本的《水浒传》，每回书前，各以妖异语引其首，为致语或入话，也夹杂许多诗词，是小说词话体。是话本，不过采取了长篇形式。

◆敷衍：陈述申说。

《水浒传》的作者，相传为两人。一为施耐庵，一为罗贯中。

明代所刊一百十五回本《忠义水浒传》，题东原罗贯中编辑（东原在今山东东平、泰安两县地方，贾仲名《续录鬼簿》称罗为太原人，或为东原之误）。

◆胡应麟（1551—1602）：字元瑞，更字明端，号石羊生、少室山人，明代文学家。

高儒《百川书志》："《忠义水浒传》一百卷，钱塘施耐庵的本。罗贯中编次。"

胡应麟曾见一小说序云耐庵"尝入市肆细阅故书，于敝楮中得宋张叔夜擒贼招语一通，备悉其一百八人所由起，因润饰成此编"（《笔丛》

◆楮，chǔ，树名，其树皮可造纸，故也用作纸的代称。敝楮：故纸，即古旧书。

---

❶ 见课后延展阅读：《横海郡柴进留宾　景阳冈武松打虎》。

四十一）。

胡应麟谓罗贯中为施耐庵门人，施为罗之师。

明·郎瑛《七修类稿》二二："《三国》《宋江》二书，乃杭人罗贯中所编，予意旧必有本，故曰编。《宋江》又曰钱塘施耐庵的本。"

凡此皆明万历年间及万历以后人所说。《水浒传》之有刻本及流传亦在嘉靖、万历年间。

李卓吾（万历年间人）《忠义水浒传序》云："施、罗二公，身在元，心在宋；虽生元日，实愤宋事。是故愤二帝之北狩，则称大破辽以泄其愤；愤南渡之苟安，则称灭方腊以泄其愤。"

周亮工《书影》："故老传闻罗氏为《水浒传》一百回"，"又传为元人施耐庵作"。

一百二十回本新镌李氏藏本《忠义水浒传全书》引首下题"施耐庵集撰，罗贯中纂修"。

是施在罗前。

鲁迅先生相信简本在繁本前，作者应为罗贯中，说施"名及事迹，皆不可考，或者实无其人，乃撰作百回本（繁本）所依托"。

施罗二人同为元时人。郑振铎所藏天都外臣序百回本《水浒传》（不曰"忠义"）序文云："洪武初，越人罗氏，诙诡多智，为此书，共一百回，各以妖异之语，引于其首，以为之艳。嘉靖时，郭武定重刻其书，削去致语，独存本传"云云。则但称罗。

《水浒传》与《三国演义》笔调作风大异，出罗贯中一人手笔未必可信。而施耐庵的为人又隐约

◆ 李卓吾（1527—1602）：即李贽（zhì），原姓林，名载贽，后改姓名，号卓吾，明思想家、文学家。

◆ 周亮工（1612—1672）：字元亮，号栎园，明末清初篆刻鉴藏家。

◆《书影》：全称《因树屋书影》。

◆ 繁本：有多种版本的著作中内容、文字较多的版本。改写成简本或缩写本所根据的底本。

◆ 郑振铎（1898—1958）：笔名西谛、郭源新，中国作家、文学史家。

第十七课 《水浒传》（节选）

难明。

这样伟大的小说，作者是谁，竟不能论定。作家出版社以《三国演义》归罗，而以《水浒传》归施。

明本题施耐庵为钱塘人。民国初年胡瑞亭作《施耐庵世籍考》，说施耐庵是兴化县人。

《文艺报》74期（公元1952年）载有《施耐庵与〈水浒传〉》（刘冬、黄清江作）及《施耐庵生平调查报告》（丁正华、苏从麟作）两文。谓苏北兴化县、大丰县曾有施耐庵的坟墓和祠堂。大丰县白驹镇有施家舍，村上人云是施耐庵的后代。祭祖神主书云："元辛未进士始祖考耐庵府君之位。"《兴化县续志》载：淮安王道生作施耐庵墓志，谓公讳子安，字耐庵，生于元贞丙申岁，为至顺辛未进士，曾官钱塘二载，以不合当道权贵，弃官归里，闭门著述。殁于明洪武庚戌岁，享年七十有五。公之著作，有《志余》《三国演义》《隋唐志传》《三遂平妖传》《江湖豪客传》（即《水浒传》）。每成一稿，必与门人校对，以正**亥鱼**，其得力于罗贯中者尤多。

《兴化县续志·文苑》中尚有传，谓耐庵名耳，白驹人。元至顺辛未进士，与张士诚部下卞元亨友善，卞荐之士诚，屡聘不至。士诚造其家，耐庵正在邻为文，作《江湖豪客传》。士诚促驾，施以母老辞。

调查这些材料，但均不能证实。其中颇多矛盾冲突之点。耐庵为元辛未进士，尤属难信。一般的小说话本是**书会**中人所编，如《水浒传》一百二十

◆ 亥鱼："鲁"和"鱼"、"亥"和"豕"的篆文字形相似，容易写错。后因谓字形相近，在传写或刊印后的文字错误为"鲁鱼亥豕"，此处简写为"亥鱼"。

◆ 书会：宋元时戏曲、曲艺作者的组织。

175

> 备知：周知；尽知。

回本一百十四回云："看官听说，这回话都是散沙一般。先人书会留传，一个个都要说到，只是难做一时说。"又四十六回，记石秀杀奸僧事，有《临江仙》一调，白云："后来书会们备知了这件事，拿起笔来，又做了这支《临江仙》词。"（此段百二十回无之，见李玄伯百回本，孙楷第引）施、罗两人当为书会中人物。

总结上面所说，宋江以三十六人横行于淮南、山东、京东、河北，领导着一支农民起义军，是北宋末年的史实。12世纪初，在南宋时代，南北两方都有宋江等英雄传说，为小说家所乐道，传诵人口。到了元蒙时期，出现了许多水浒英雄的剧本，可能还有小说话本，不止一种，没有统一成一部大著作。到了元末明初，有施耐庵与罗贯中两位通俗文艺作家，对流传的水浒故事，加以整理、安排，创造性地写成《水浒传》这样一部长篇章回小说。这两人都住在杭州，是同时代人，照旧本所题，施前而罗后。作为施创作于前，罗重编于后较为妥当。

施罗原本今虽不得见，内容可以推测。从误走妖魔起至一百零八人聚义于梁山泊、英雄排座次止为一段。受招安后，征辽、征方腊，至水浒英雄或死亡、或归隐，而宋江为宋朝廷所毒死，以魂聚蓼儿洼作结。施罗原本，每回书前往往有致语（即入话）（以妖异语引其首），中间加入诗词亦多。为小说体而演成长篇者。于是人民口头流传的水浒故事，经过天才的文艺作家的加工创作，给予一个完整的结构与突出的人物描写。我们认为征辽一段是施、

第十七课 《水浒传》（节选）

罗所加的，根据是李卓吾所作《忠义水浒传序》，也有《水浒传》中内在的证据。施罗增插征辽一段，是提高水浒英雄的地位的，在元代统治下，表现了一定的反抗意识。他们写宋江等为朝廷出力而被谋害，比之《宣和遗事》写宋江封节度使的结局，更合于现实主义的精神。

14世纪的原本《水浒传》没有传下来。我们所说各本均出于16世纪以后。

现存《水浒传》版本共有四类：（1）简本，有一百十五回、一百十回、一百二十四回等各本；（2）繁本一百回本；（3）繁本一百二十回本；（4）繁本七十回本（即金圣叹删节本）。内中繁本一百回本的内容与施罗原本合，语言上有润饰加工。简本一一五回或一二四回等刊本较后，增插征田虎、王庆二段，恐非施罗所原有（乃是据《宣和遗事》的"因此三路之寇悉得平定"一句而敷演者。《宣和遗事》所谓"三路"指上文淮阳、京西、河北三路，皆在宋江指挥之下者）。论到繁简两类《水浒传》，何者为先，很难论定。论增插征二寇则百回本在前，唯简本亦有接近原本处。如一一五回本云董将士将高俅荐于苏学士；繁本则为小苏学士。苏轼为是，苏辙非。如简本只是节录繁本，俗人所作，恐不易作如此的改订。杨定见一二〇回本最后出，亦增田、王，而与简本又不同（一二〇回本刊行于17世纪，简本亦刊于17世纪中）。乃是施罗以后，增加部分多而定为定本的。金圣叹腰斩水浒，只存七十回。其所割部分，别有《征四寇》一书流传。

◆高俅（？—1126）：初为苏轼书童，后因善于蹴鞠被赵佶留用。

◆善本：时代较远的旧刻本、精抄本、稿本、批校本、碑帖拓本及流传稀见的其他印刷品等。也指精加校勘、错误较少的书籍。

《水浒传》繁本有百回本与一百二十回本两种。另有七十回删本。

百回本出明嘉靖年间郭勋家。郭为明世宗朝武定侯，号好文多艺。今新安所刻《水浒传》善本，即其家所传云。前有汪道昆（字伯玉，号太函、南溟。万历时徽州人）序，托名天都外臣。有梁山聚义及征辽、征方腊。

李卓吾批本，百回本。已有征辽。唯未移置阎婆惜事，书存日本。王古鲁有照片。"天都外臣序"本已移阎婆惜事。

所谓移置阎婆惜事，李卓吾批本百回本和一百十五回本，刘唐下书别宋江回梁山去后，接着宋江遇见王婆和阎婆子，阎婆子因阎公死了，要宋江施一具棺材。宋江便取五两银子与了阎婆。宋江娶阎婆惜事在刘唐下书以后。郭武定本移置此事，刘唐下书后紧接宋江杀阎婆惜事。宋江娶阎婆惜在刘唐下书前，如此更为合理。因为从宋江周济阎婆，娶阎婆惜，到杀阎婆惜，其间至少有几个月，晁盖的书信不应该常留在招文袋内。施罗原本所以如此，因为一个故事情节完了，接写另一个故事，中间联络尚欠周密之故。

◆故老：年老而有声望的人。多指旧臣。

又周亮工《书影》云："故老传闻，罗氏为《水浒传》一百回，各以妖异语引其首。嘉靖时，郭武定重刻其书，削其致语，独存本传。金坛王氏小品中亦云此书每回前各有楔子，今俱不传。"

可见罗氏原本当为说话人作为底本用处，因而

178

第十七课 《水浒传》（节选）

有"入话"。郭氏定本删去此类枝节。其他必当有改动处。

郭勋卒于嘉靖二十八年（公元1549年），而天都外臣序本刊于万历十七年（公元1589年），在郭氏死后四十年。

王古鲁云，他所见日本藏百回本是李卓吾批本之真本，未移阎婆惜事，应为最古之本。此本亦为繁本。而一百十五回本（《英雄谱》本）现未移阎婆惜事，则简本之来源亦古。

巴黎图书馆尚藏有钟伯敬批评《忠义水浒传》一百回本。序文有云："嘻，世无李逵，令哈赤猖獗辽东，每诵秋风思猛士，为之狂呼叫绝。安得张、韩、岳、刘五六辈，扫清辽蜀妖氛，剪灭此而后朝食也。"此类文章触清人忌讳，故钟本少传于后。李玄伯本应同钟本。阎婆惜事已移置，则亦出郭本（按：钟伯敬死于1624年，未及见李自成、张献忠事，不知辽蜀之蜀，抑何所指，疑钟序亦明末时人所伪托也）。

百回繁本，有此三种不同之刊本。

繁本之一百二十回本，为新刊李氏藏本《忠义水浒传全书》。招安后有征辽，征田虎、王庆，征方腊。为《水浒》全本。盖与简本各本内容相同，而文章细腻同百回本，加征田虎、王庆。杨定见所定，托名李贽。杨自称为李氏弟子云。

删本。金圣叹批本（贯华堂本），只楔子加七十回，为七十一回本。有卢俊义噩梦。

《征四寇》本。以金氏所删者单列成书。

◆钟伯敬（1574—1625）：即钟惺，字伯敬，号退谷，竟陵（今湖北天门）人，开创竟陵派。

◆张、韩、岳、刘：指南宋初名将张俊（1086—1154）、韩世忠（1089—1151）、岳飞（1103—1142）、刘光世（1089—1142）。一说"刘"指"刘锜（1098—1162）"。

简本有以下五种：

（1）《新刊京本全像忠义水浒传》，明万历年间书林余氏（余象斗）双峰堂刊本，增插征田虎、王庆。全书约为二十四卷，一百二十回。巴黎图书馆藏残本。

（2）五湖老人评刻三十卷本，繁简斟酌，合郭本与余本。

（3）一百十五回本，《英雄谱》本，不分回，只分卷，明崇祯年间熊飞作序，与《三国》合刊，又名《汉宋奇书》。

（4）一百十回本，《英雄谱》本，同上。日本有传本。

（5）一百二十回本，光绪坊间重刊。

胡应麟《少室山房笔丛》四十一："余二十年前所见《水浒传》本，尚极足寻味。十数载来，为闽中坊贾刊落，止录事实；中间游词余韵，神情寄寓处，一概删之，遂几不堪覆瓿。复数十年，无原本印证，此书将永废。"

据胡氏则繁本在简本前。唯鲁迅先生则认为简本应在繁本前。如一百十五回简本，其成当先于繁本，以其用字造句多有差违，倘是删存，无烦改作也。

又鲁迅先生疑《水浒》旧本招安后即接征方腊，同《宣和遗事》。而加入征辽，亦非郭奉所加。又他疑简本近罗贯中原本。

今作家出版社印行两本：

◆余象斗（约1548—1637后）：字仰止，号三台山人，一说名文台、字象斗。明小说家、出版家。

◆瓿，bù。覆瓿：形容著作没有价值，只能用来盖盛酱的瓦罐。多用以自谦。

◆差违：差异，不同。
◆无烦：不需劳烦；不用。

（1）七十回本。用金木而校回其所改坏者，删噩梦。

（2）百二十回本。用杨定见本，而前百回用天都外臣序本校改。

我们认为施罗二公之原本《水浒传》大致轮廓应为水浒英雄出身经历至梁山泊英雄聚义排座次为顶点，下接受招安，征方腊，遇害为收结。至征辽，征田虎、王庆，有无，则不可知。文章应比今本为简略。唯主题思想、人物性格则均已决定。

（选自《浦江清中国文学史讲义：明清部分》，
浦江清著，浦汉明、彭书麟整理）

延展阅读

横海郡柴进留宾　景阳冈武松打虎

节选自明代施耐庵《水浒传》第二十三回

武松在路上行了几日，来到阳谷县地面。此去离县治还远。当日晌午时分，走得肚中饥渴，望见前面有一个酒店，挑着一面招旗在门前，上头写着五个字道："三碗不过冈"。武松入到里面坐下，把梢棒倚了，叫道："主人家，快把酒来吃。"只见店主人把三只碗、一双箸、一碟热菜，放在武松面前，满满筛一碗酒来。武松拿起碗，一饮而尽，叫道："这酒好生有气力！主人家，有饱肚的买些吃酒。"酒家道："只有熟牛肉。"武松道："好的切二三斤来吃酒。"店家去里面切出二斤熟牛肉，做一大盘子将来，放在武松面前，随即再筛一碗酒。武松吃了道："好酒！"又筛下一碗，恰好吃了三碗酒，再也不来筛。武松敲着桌子叫道："主人家，怎的不来筛酒？"酒家道："客官要肉便添来。"武松道："我也要酒，也再切些肉来。"酒家道："肉便切来，添与客官吃，酒却不添了。"武松道："却又作怪。"便问主人家道："你如何不肯卖酒与我吃？"酒家道："客官，你须见我门前招旗，上面明明写道'三碗不过冈'。"武松道："怎地唤做三碗不过冈？"酒家道："俺家的酒，虽是村酒，却比老酒的滋味。但凡客人来我店中吃了三碗的，便醉了，过不得前面的山冈去。因此唤做'三碗不过冈'。若是过往客人到此，只吃三碗，更不再问。"武松笑道："原来恁地。我却吃了三碗，如何不醉？"酒家道："我这酒叫做'透瓶香'，又唤做'出门倒'。初入口时，醇酽好吃，少刻时便倒。"武松道："休要胡说。没地不还你钱，再筛三碗来我吃。"酒家见武松全然不动，又筛三碗。武松吃道："端的好酒！主人家，我吃一碗，还你一碗钱，只顾筛来。"酒家道："客官休只管要饮，这酒端的要醉倒人，没药医。"武松道："休得胡鸟说！便是你使蒙汗药在里面，我也有鼻子。"店家被他发话不过，一连又筛了三碗。武松道："肉便再把二斤来吃。"酒家又切了二斤熟牛肉，再筛了三碗酒。武松吃得口滑，只顾要吃，去身边取出些碎银子，叫道："主人家，你且来看我银子，还你酒肉钱勾么？"酒家看了道："有余，还有些贴钱与你。"武松道："不要你贴钱，只将酒来筛。"酒家道："客官，你要吃酒时，还有五六碗酒哩，只怕你吃不的了。"武松道："就有

第十七课 《水浒传》（节选）

五六碗多时，你尽数筛将来。"酒家道："你这条长汉，倘或醉倒了时，怎扶的你住？"武松答道："要你扶的不算好汉。"酒家那里肯将酒来筛。武松焦躁道："我又不白吃你的，休要引老爹性发，通教你屋里粉碎，把你这鸟店子倒翻转来！"酒家道："这厮醉了，休惹他。"再筛了六碗酒与武松吃了。前后共吃了十五碗，绰了梢棒，立起身来道："我却又不曾醉。"走出门前来，笑道："却不说'三碗不过冈'！"手提梢棒便走。

酒家赶出来叫道："客官那里去？"武松立住了，问道："叫我做甚么？我又不少你酒钱，唤我怎地？"酒家叫道："我是好意。你且回来我家看官司榜文。"武松道："甚么榜文？"酒家道："如今前面景阳冈上，有只吊睛白额大虫，晚了出来伤人，坏了三二十条大汉性命。官司如今杖限打猎捕户，擒捉发落。冈子路口两边人民，都有榜文。可教往来客人，结伙成队，于巳、午、未三个时辰过冈，其馀寅、卯、申、酉、戌、亥六个时辰，不许过冈。更兼单身客人，不许白日过冈，务要等伴结伙而过。这早晚正是未末申初时分，我见你走都不问人，枉送了自家性命。不如就我此间歇了，等明日慢慢凑的三二十人，一齐好过冈子。"武松听了，笑道："我是清河县人氏，这条景阳冈上少也走过了一二十遭，几时见说有大虫！你休说这般鸟话来吓我！便有大虫，我也不怕。"酒家道："我是好意救你。你不信我时，进来看官司榜文。"武松道："你鸟子声！便真个有虎，老爷也不怕。你留我在家里歇，莫不半夜三更要谋我财，害我性命，却把鸟大虫唬吓我？"酒家道："你看么！我是一片好心，反做恶意，倒落得你恁地说。你不信我时，请尊便自行。"正是：

前车倒了千千辆，后车过了亦如然。

分明指与平川路，却把忠言当恶言。

　　那酒店里主人摇着头，自进店里去了。这武松提了梢棒，大着步自过景阳冈来。约行了四五里路，来到冈子下，见一大树，刮去了皮，一片白，上写两行字。武松也颇识几字，抬头看时，上面写道："近因景阳冈大虫伤人，但有过往客商，可于巳、午、未三个时辰，结伙成队过冈。请勿自误。"武松看了，笑道："这是酒家诡诈，惊吓那等客人，便去那厮家里宿歇。我却怕甚么鸟！"横拖着梢棒，便上冈子来。那时已有申牌时分，这轮红日，厌厌地相傍下山。武松乘着酒兴，只管走上冈子来。走不到半里多路，见一个败落的山神庙。行到庙前，见这庙门上贴着一张印信榜文，武松住了脚读时，上面写道：

　　"阳谷县示：为这景阳冈上新有一只大虫，近来伤害人命，见今杖限各乡里正并猎户人等，打捕未获。如有过往客商人等，可于巳、午、未三个时辰，结伴过冈。其馀时分及单身客人，白日不许过冈，恐被伤害性命不便。各宜知悉。"

　　武松读了印信榜文，方知端的有虎。欲待发步再回酒店里来，寻思道："我回去时，须吃他耻笑，不是好汉，难以转去。"存想了一回，说道："怕甚么鸟！且只顾上去，看怎地！"武松正走，看看酒涌上来，便把毡笠儿背在脊梁上，将梢棒绾在肋下，一步步上那冈子来。回头看这日色时，渐渐地坠下去了。此时正是十月间天气，日短夜长，容易得晚。武松自言自说道："那得甚么大虫！人自怕了，不敢上山。"武松走了一直，酒力发作，焦热起来，一只手提着梢棒，一只手把胸膛前袒开，踉踉跄跄，直奔过乱树林来。见一块光挞挞大青石，把那梢棒倚在一边，放翻身体，却待要睡，只见发起一阵狂风来。看那风时，但见：

　　无形无影透人怀，四季能吹万物开。

第十七课 《水浒传》（节选）

就树撮将黄叶去，入山推出白云来。

原来但凡世上云生从龙，风生从虎。那一阵风过处，只听得乱树背后扑地一声响，跳出一只吊睛白额大虫来。武松见了，叫声："呵呀！"从青石上翻将下来，便拿那条梢棒在手里，闪在青石边。那个大虫又饥又渴，把两只爪在地下略按一按，和身望上一扑，从半空里撺将下来。武松被那一惊，酒都做冷汗出了。说时迟，那时快，武松见大虫扑来，只一闪，闪在大虫背后。那大虫背后看人最难，便把前爪搭在地下，把腰胯一掀，掀将起来。武松只一躲，躲在一边。大虫见掀他不着，吼一声，却似半天里起个霹雳，振得那山冈也动；把这铁棒也似虎尾倒竖起来，只一剪，武松却又闪在一边。原来那大虫拿人，只是一扑，一掀，一剪，三般提不着时，气性先自没了一半。那大虫又剪不着，再吼了一声，一兜兜将回来。武松见那大虫复翻身回来，双手轮起梢棒，尽平生气力，只一棒，从半空劈将下来。只听得一声响，簌簌地将那树连枝带叶劈脸打将下来。定睛看时，一棒劈不着大虫。原来慌了，正打在枯树上，把那条梢棒折做两截，只拿得一半在手里。那大虫咆哮，性发起来，翻身又只一扑，扑将来。武松又只一跳，却退了十步远，那大虫却好把两只前爪搭在武松面前。武松将半截棒丢在一边，两只手就势把大虫顶花皮胳嗒地揪住，一按按将下来。那只大虫急要挣扎，早没了气力，被武松尽气力纳定，那里肯放半点儿松宽。武松把只脚望大虫面门上、眼睛里只顾乱踢。那大虫咆哮起来，把身底下扒起两堆黄泥，做了一个土坑。武松把那大虫嘴直按下黄泥坑里去，那大虫吃武松奈何得没了些气力。武松把左手紧紧地揪住顶花皮，偷出右手来，提起铁锤般大小拳头，尽平生之力，只顾打。打得五七十拳，那大虫眼里、口里、鼻子里、耳朵里都迸出鲜血来。那武松尽平

昔神威,仗胸中武艺,半歇儿把大虫打做一堆,却似躺着一个锦布袋。有一篇古风,单道景阳冈武松打虎。但见:

景阳冈头风正狂,万里阴云霾日光。
焰焰满川枫叶赤,纷纷遍地草芽黄。
触目晚霞挂林薮,侵人冷雾满穹苍。
忽闻一声霹雳响,山腰飞出兽中王。
昂头踊跃逞牙爪,谷口麋鹿皆奔忙。
山中狐兔潜踪迹,涧内獐猿惊且慌。
卞庄见后魂魄丧,存孝遇时心胆强。
清河壮士酒未醒,忽在冈头偶相迎。
上下寻人虎饥渴,撞着狰狞来扑人。
虎来扑人似山倒,人去迎虎如岩倾。
臂腕落时坠飞炮,爪牙爬处成泥坑。
拳头脚尖如雨点,淋漓两手鲜血染。
秽污腥风满松林,散乱毛须坠山奄。
近看千钧势未休,远观八面威风敛。
身横野草锦斑销,紧闭双睛光不闪。

当下景阳冈上那只猛虎,被武松没顿饭之间,一顿拳脚,打得那大虫动掸不得,使得口里兀自气喘。武松放了手,来松树边寻那打折的棒橛,拿在手里,只怕大虫不死,把棒橛又打了一回。那大虫气都没了。武松再寻思道:"我就地拖得这死大虫下冈子去。"就血泊里双手来提时,那里提得动!原来使尽了气力,手脚都疏软了,动掸不得。

武松再来青石坐了半歇,寻思道:"天色看看黑了,倘或又跳出一只大虫来时,我却怎地斗得他过?且挣扎下冈子去,明早却来理会。"就石头边寻了毡笠儿,转过乱树林边,一步步挨下冈子来。

吊睛白额虎

主讲人 浦江清

第十八课
《西游记》
（节选）

唐僧取经故事的流传与吴承恩的《西游记》

唐玄奘取经故事，大概在唐代就在人民中间流传。玄奘自己所著的《大唐西域记》是记述他经历西域到印度去求经的旅途见闻，是游记和地理书，也记载了西域各国的风俗以及佛教圣迹和故事。慧立、彦琮所写《慈恩法师传》记述玄奘生平及求法译经始末，中间写到玄奘经历沙漠，在沙漠中见到许多幻影，以及冒许多险难，到高昌国，高昌王信仰佛法，以玄奘为弟，等等。这两部书是记实的书，属于史地类。唐代寺院俗讲，可能已把唐玄奘故事渲染得更加生动。

《慈恩法师传》说，法师在蜀，曾见一病人，身疮臭秽，衣服破污。玄奘施以饮食衣服，病者授以《般若心经》，因常诵习。及玄奘西游，过莫贺延碛，古曰沙河，上无飞鸟，下无走兽，复无水草。是时顾影唯一心念观音菩萨及《般若心经》。"逢诸恶鬼，奇状异类，绕人前后，虽念观音，不得全去，即诵此经，发声皆散。在危获济，实所凭焉。"至《太平广记》卷九十二，则谓玄奘西游，

◆《慈恩法师传》：全称《大慈恩寺三藏法师传》。

◆《太平广记》：北宋李昉等人奉宋太宗之命编撰的一部小说总集。因成书于宋太宗太平兴国年间得名。

第十八课 《西游记》（节选）

全罽宾国，道险多虎豹，不可过。玄奘见 老僧，头面疮痍，身体脓血，在房独坐，莫知来由。乃礼拜勤求，僧口授《多心经》一卷，令奘诵之，遂得山川平易，道路开辟，虎豹藏形，魔鬼潜迹，遂至佛国，取经六百余部而归云云。已加装点。又《太平广记》同卷，记玄奘在灵岩寺，手摩松枝，"曰：'吾西去求佛教，汝可西长，若吾归，即却东回，使吾弟子知之。'及去，其枝年年西指，约长数丈，一年，忽东回。门人弟子曰：'教主归矣。'乃西迎之，奘果还。至今众谓此松曰摩顶松"。今《西游记》第十九回有浮屠山乌巢禅师授法师《多心经》故事（《摩诃般若波罗蜜多心经》，本为《心经》，小说乃误为《多心经》）。又第一百回长安洪福寺僧见松枝一棵棵头俱向东，知法师东回。罽宾国变成浮屠山，灵岩寺变为洪福寺。这两个故事都是唐代和尚们讲经说佛所流传的。

欧阳修《于役志》记载扬州寿宁寺有南唐壁画。唯经藏院画玄奘取经一壁独在，尤为绝笔。此壁画是画玄奘取经故事的。

小说起于《大唐三藏取经诗话》。《大唐三藏取经诗话》，残卷，南宋临安瓦肆所刊行。今存在日本。分三卷十七段。文中多夹杂诗句，故曰"诗话"。另是一体，颇像变文的嫡派。而唱酬多诗，文白夹杂，文章雅洁，内容新鲜。散文多，韵文少。

《诗话》中有唐僧、猴行者、深沙神等。猴行者是一白衣秀才，遇到唐僧往西天取经，他说：

◆罽宾国：应为罽（jì）宾国，西域古国。

◆变文：也称"敦煌变文"，唐代说唱体文学作品之一。内容大体分两类，一类讲述佛经故事，一类讲述历史传说或民间故事。

"和尚前生两回到西天取经，中路遭难，此回若去，千死万死。"法师云："你如何得知？"秀才曰："我不是别人，是花果山紫云洞八万四千铜头铁额猕猴王。我今来助和尚取经。"当即改称猴行者。和尚借行者神通，偕入大梵王宫去讲经，梵王赐隐形帽一顶、金环锡杖一条、钵盂一只，三件齐全。猴行者说："此去百万程途，经过三十六国，多有祸难之处。"又有深沙神，原是流沙河边的妖怪，吃过几次取经人的。其后经大蛇岭、九龙池危地，都赖行者法力，安稳行进。王母池边蟠桃，食之可寿至数千岁，法师使猴行者取桃，猴行者到王母池偷桃。蟠桃入池化为小孩形，亦即人参果的故事（今《西游记》中把齐天大圣偷桃和在五庄观镇元仙处偷人参果分化为两个故事）。又有经历树人国、鬼子母国、女人国等种种险难怪异。

◆程途：路程。

这是把玄奘取经这一不寻常的事件神话传说化了，是受了佛经中本来有的印度文学成分影响而产生的中印文化交流的民间文艺作品。

这本《大唐三藏取经诗话》是很可宝贵的，是从变文发展到话本的过渡东西。足见南宋时代有说唐三藏西天取经的故事，也许是和尚们讲的。不过这个本子很简洁，同《碾玉观音》等不同，是可以根据来讲话，而不是说话体的成熟的小说。

元代戏曲中有吴昌龄的《唐三藏西天取经》一个剧本，今佚；但存《纳书楹曲谱》中《回回》一出。明初戏剧家杨景贤作《西游记》杂剧六本，今存。第一本是唐僧出身，乃《西游记》第九回江流

◆江流儿：玄奘乳名。

第十八课　《西游记》（节选）

儿故事。第二本是唐僧登程求法，木叉送火龙马的情节。第三本是孙行者出身，在花果山紫云洞做通天大圣，摄着火轮金鼎国王女为妻。他偷了西王母的仙衣、银丝长春帽、仙桃百颗，要给王女。天上派李天王和哪吒来拿他，又派二十八宿天神天将包围防守。天王与哪吒不能降伏，结果是观音出场，把他压在花果山下，要待唐僧西天取经，随往西天。此后是唐僧从花果山下经过，揭字放出，观音传与紧箍咒，收伏了他。孙行者又降伏了沙和尚。扫除黄风山妖怪，又遇鬼子母红孩儿的难，观音救了他们。第四本是猪八戒的事。第五本女王逼配。以及到火焰山与铁扇公主战斗事。第六本参佛取经，归东土，唐僧上灵山会朝佛结束。此杂剧仍以唐僧取经为中心故事，孙行者、猪八戒故事已有特写，与唐僧鼎足而三。

杨景贤的《西游记》杂剧六本二十四出，《西游记》故事已见梗概。这个剧本在《纳书楹曲谱》里存有《撇子》《认子》《胖姑》《伏虎》《女还》《借扇》（《续集》二）。又《饯行》《定心》《揭钵》《女国》（《补遗》）。

西游故事在元代逐渐发展，比之《取经诗话》更显得丰富，多幻想。

《也是园藏书目》又有《二郎神锁齐天大圣》一本（今存《孤本元明杂剧》中）。

元代除了戏曲外，已有粗具规模的《西游记》小说。佚文见于《永乐大典》的一三一三九卷，系魏徵梦斩泾河龙的一段。情节与今本《西游记》

◆《永乐大典》：明永乐年间明成祖朱棣命解缙等辑，历时六年完成，收录各类图书七八千种，辑成二万二千八百七十七卷，凡例、目录六十卷，后渐失散，八国联军侵入北京后大部分遭焚毁，未毁的几乎全部劫走。

◆魏徵（580—643）：字玄成，唐初政治家，辅佐唐太宗创建"贞观之治"的名相。

◆ 三宝太监郑和下西洋：郑和原名马和，小名三宝，云南人。明军攻克云南后马和被俘，成为宦官，后跟随燕王朱棣屡建战功，朱棣称帝后赐姓"郑"，提拔其为宦官首领太监，人称"三宝太监"。后奉命率领船队七下西洋，促进中外经济文化交流、宣扬国威，是世界航海史上的空前壮举。

◆ 腓力宾：即菲律宾。

◆《天方夜谭》：也称《一千零一夜》，阿拉伯古代民间故事集。

同，而文章比较朴素。

嘉靖、隆庆、万历三朝是明代文学发展的高潮时期。推翻元朝统治之后，明初减轻赋税，解放手工业的大量奴隶，生产力提高，同时海外贸易也大大发展。在南洋一带，三宝太监郑和下西洋，即为了国外贸易。而欧洲人环行全球，东西交通发展也在明代（哥伦布到美洲，公元1492年；葡人至印度，公元1498年；麦哲伦至腓力宾，公元1521年）。所以，在16世纪中国的商业资本很发达。在此情况下，刻书业也发达。明版书最多的是嘉靖、隆庆、万历刊本。文化出现高潮，古文家王世贞等后七子就活跃在这一时期，此后万历朝公安派、竟陵派抬头，笔记小说也发展起来。

《西游记》这类小说就产生于海外交通发达的时代，外国的珍闻异说，亦有如《天方夜谭》之类。

《西游记》故事的轮廓在元末明初已经完成。明代中叶同时有三种《西游记》小说出现。其一，为杨志和的《西游记传》，四卷四十一回，题齐云杨志和编（在明万历年间。余象斗合刊之《西游记》中之一。其余，《东游记》，写八仙故事，《南游记》即《华光天王南游志传》，《北游记》即《北方真武祖师玄天上帝出身志传》）。前九回写孙行者出身。孙悟空为石猴，寻得水源为猴王，就师得道，闹天宫，玉帝不得已封为齐天大圣。又扰蟠桃会，帝使二郎神与之战，为老君所暗算，遂被擒，如来压之五行山下。次四回，即魏徵斩龙、太宗入冥、刘全进瓜及玄奘受诏

第十八课 《西游记》(节选)

西行，十四回以后，玄奘道中收徒及遇难故事，灾难只三十余次。文字草率无味。鲁迅谓吴承恩书出于此简本而扩大的，胡适谓吴书在前，此是坊间删节本。

其二，为朱鼎臣之《唐三藏西游释厄传》十卷，隆万间（16世纪七十年代，1570—1580）福建书商刘莲台所刻。有陈光蕊（即唐僧父）故事，其余同杨志和《西游记传》，但凌乱不及杨书。

其三，为今本《西游记》一百回，则为吴承恩（1500?—1582?）作。吴生于明孝宗弘治年间，卒于明神宗万历初年，书刊于其死后十年，金陵世德堂本，二十卷，每卷五回（刊于公元1592年，万历二十年）。吴、杨《西游记》均无陈光蕊、江流儿事，而清乾隆间刊《新说西游记》一百回，补入此段。据近人考据推测，唐僧出身应为吴原本所有，世德堂刊本因其亵渎圣僧故将此故事删去，此论可信。

唯吴承恩作与朱、杨两作，孰为前后，则很难定，可能是三人都据元代话本改编，可能是吴氏取元话本大加创造，而朱、杨取吴本删节以就刊书之简便者。吴本文笔优美、诙谐，为艺术上的杰作，而朱、杨本为朴素故事，文艺价值不高，自然被淘汰了。

《西游记》是最重要的一部神话小说（鲁迅称之为"神魔小说"），是神话故事的大集合，包括：①古代神仙传说的成分；②佛经故事的成分；③海外奇谈，间接吸收印度、阿拉伯故事。在人民大众融合铸造中创造了一部伟大的神话寓言小说，带有童

◆隆万间：明朝隆庆至万历年间。

◆16世纪七十年代：规范表达应是"十六世纪七十年代"或"16世纪70年代"。

话意味的冒险小说❶。

印度史诗 *Ramayana*（《罗摩衍那》）中有哈努曼（Hanuman），是猴子国大将，神通广大，能在空中飞行，一跳可以从印度到锡兰。又善变化，能忽大忽小，有一次魔把他吞入肚中，他把身体变大，那老魔不得已也跟着大，大到顶天立地；他忽然变小，从魔的耳朵里出来了。

在《大唐三藏取经诗话》里，猴行者还没有这些神通。而在《西游记》小说里，孙行者变成齐天大圣，有了不得的神通了。孙行者成为主角。这孙行者的故事，自然有多方的来源：① 神猿，如唐人小说《江总白猿传》；② 唐人传奇无支祁的故事；③ *Ramayana* 的哈努曼；④ 其他来源，如谭正璧说二郎神与美猴王斗法一段，颇似《天方夜谭》里《说妒》故事中皇后与魔的战争。

锡兰有女人区域（见《慈恩法师传》），此成为《西游记》女儿国所本。又《慈恩法师传》云，取经回程，风波翻船，经被打湿，此成为《西游记》白鼋负经过河，因唐僧忘了它的嘱托，经沉入水的根据。

总之，西游记故事的轮廓在元末明初已经完成。明代中叶嘉靖年间由杰出小说家编成《西游记》一百回小说，其中创造性部分很多。西游记故事受佛经中故事、印度故事的影响，但主要还是中国人的创造。

◆无支祁：一种水怪，其形似猿猴。

◆鼋，yuán。白鼋：白色的大鳖。

---

❶ 见课后延展阅读：《灵根育孕源流出　心性修持大道生》。

吴承恩的生平

小说不登大雅之堂，虽流传民间，作者为谁、生平如何，往往乏人研究。百回本《西游记》与《三国》《水浒》同样为大众所喜爱。在某一时期，文人们把它作为元长春真人邱处机（元初道士）所作。此因邱处机有一《西游记》，为记述他到新疆一带游历而作之误。我们知道小说《西游记》实为明中叶文人吴承恩作，是根据天启《淮安府志》之《人物志》的。

吴承恩（1500？—1582？），字汝忠，号射阳山人，淮安山阳人（射阳，湖名，在今江苏淮安县东南七十里）。

天启《淮安府志》十六《人物志二·近代文苑》云：

> 吴承恩，性敏而多慧，博极群书，为诗文下笔立成。清雅流丽，有秦少游之风，复善谐剧，所著杂记数种，名震一时。数奇，竟以明经授县贰，未久，耻折腰，遂拂袖而归。放浪诗酒。卒，有文集存于家。丘少司徒汇而刻之。

又《淮安府志》十九《艺文志一·淮贤文目》载："吴承恩：《射阳集》四册、《春秋列传序》、《西游记》。"

今《射阳存稿》四卷存。万历庚寅陈文烛序，万历己丑吴国荣跋。民国十九年故宫博物院重印排字本。

◆秦少游（1049—1100）：即秦观，字少游，北宋词人。

◆《射阳集》：与下文《射阳存稿》皆指《射阳先生存稿》。

◆ 贡生：科举制度中，生员（秀才）一般隶属于本府、州、县之学，若经考选升入京师国子监读书，则称为贡生，意为以人才贡献给皇帝。

◆ 倅，cuì，副职。

◆ 侔，móu，齐等。

据同治《山阳县志》、光绪《山阳县志》：吴承恩为嘉靖中岁贡生，官长兴县丞。

吴国荣《射阳先生存稿跋》谓："屡困场屋，为母屈就长兴倅。又不谐于长官。归田来，益以诗文自娱，十余年以寿终。"（按：吴氏寿至八十余）

所谓《春秋列传序》，实为《射阳集》第二卷之首篇，乃一篇文章，为周某所作书之序文，非一书名。

集中有《花草新编》，乃吴氏所选词集之名称。

又有《禹鼎志序》。《禹鼎志》为吴氏所作仿唐人传奇志怪短篇十余篇之集。惜今不传。天启《淮安府志》所谓"所著杂记几种，名震一时"者也，《序》云："余幼年即好奇闻，在童子社学时，每偷市野言稗史。惧为父师诃夺，私求隐处读之。……比长，好益甚，闻益奇。"又云："吾书名为志怪，盖不专明鬼，时记人间变异，亦微有鉴戒寓焉。"此书如存，当可侔《聊斋志异》。

吴氏虽只为岁贡生，但为名流所重。

吴氏与明后七子中的徐中行友善，互相唱和。"平生不肯受人怜，喜笑悲歌气傲然。"（《赠沙星士》）其诗如《金陵客窗对雪》《二郎搜山图歌》《后围棋歌》诸篇，才气纵横，有浓厚的浪漫气氛。

除诗外，尚有词百首左右。

吴氏的生活情况，与清代小说家蒲松龄有点相仿。他和施罗不同。施罗可能为书会中人，且有志图工者。吴氏则为岁贡生,赴考未中举。其做长兴县丞时年近六十,或六十以后矣。吴氏作书以自遣,寄其生活经验。《禹鼎志》应该是文言作品,《西游记》是白话小说。这部书并非创作而是改编。不过扩充到一百回,改编得大为改善,等于创作了。此书大概成于晚年,在1560年以后,即嘉靖、隆庆年间。这时是明代小说创作的高潮,《金瓶梅》也成于此时。

◆《金瓶梅》:明代长篇小说,作者兰陵笑笑生。

(选自《浦江清中国文学史讲义:明清部分》,浦江清著,浦汉明、彭书麟整理)

延展阅读

灵根育孕源流出　心性修持大道生
节选自明代吴承恩《西游记》第一回

海外有一国土,名曰傲来国。国近大海,海中有一座名山,唤为花果山。此山乃十洲之祖脉,三岛之来龙,自开清浊而立,鸿濛判后而成。真个好山!有词赋为证。赋曰:

势镇汪洋,威宁瑶海。势镇汪洋,潮涌银山鱼入穴;威宁瑶海,波翻雪浪蜃离渊。木火方隅高积土,东海之处耸崇巅。丹崖怪石,削壁奇峰。丹崖上,彩凤双鸣;削壁前,麒麟独卧。峰头时听锦鸡鸣,石窟每观龙出入。林中有寿鹿仙狐,树上有灵禽玄鹤。瑶草奇花不谢,青松翠柏长春。仙桃常结果,修竹每留云。一条涧壑藤萝密，四面原堤草色新。正是百川会处擎天柱，万劫无移大地根。

那座山正当顶上，有一块仙石。其石有三丈六尺五寸高，有二丈四尺围圆。三丈六尺五寸高，按周天三百六十五度；二丈四尺围圆，按政历二十四气。上有九窍八孔，按九宫八卦。四面更无树木遮阴，左右倒有芝兰相衬。盖自开辟以来，每受天真地秀，日精月华，感之既久，遂有灵通之意。内育仙胞，一日迸裂，产一石卵，似圆球样大。因见风，化作一个石猴。五官俱备，四肢皆全。便就学爬学走，拜了四方。目运两道金光，射冲斗府。惊动高天上圣大慈仁者玉皇大天尊玄穹高上帝，驾座金阙云宫灵霄宝殿，聚集仙卿，见有金光焰焰，即命千里眼、顺风耳开南天门观看。二将果奉旨出门外，看的真，听的明，须臾回报道："臣奉旨观听金光之处，乃东胜神洲海东傲来小国之界，有一座花果山，山上有一仙石，石产一卵，见风化一石猴，在那里拜四方，眼运金光，射冲斗府。如今服饵水食，金光将潜息矣。"玉帝垂赐恩慈曰："下方之物，乃天地精华所生，不足为异。"

那猴在山中，却会行走跳跃，食草木，饮涧泉，采山花，觅树果；与狼虫为伴，虎豹为群，獐鹿为友，猕猿为亲；夜宿石崖之下，朝游峰洞之中。真是"山中无甲子，寒尽不知年"。一朝天气炎热，与群猴避暑，都在松阴之下顽耍。你看他一个个：

跳树攀枝，采花觅果；抛弹子，邷么儿；跑沙窝，砌宝塔；赶蜻蜓，扑蚍蜡；参老天，拜菩萨；扯葛藤，编草袜；捉虱子，咬又掐；理毛衣，剔指甲；挨的挨，擦的擦；推的推，压的压；扯的扯，拉的拉，青松林下任他顽，绿水涧边随洗濯。

第十八课　《西游记》（节选）

一群猴子耍了一会，却去那山涧中洗澡。见那股涧水奔流，真个似滚瓜涌溅。古云："禽有禽言，兽有兽语。"众猴都道："这股水不知是那里的水。我们今日赶闲无事，顺涧边往上溜头寻看源流，耍子去耶！"喊一声，都拖男挈女，呼弟呼兄，一齐跑来，顺涧爬山，直至源流之处，乃是一股瀑布飞泉。但见那：

一派白虹起，千寻雪浪飞。

海风吹不断，江月照还依。

冷气分青嶂，馀流润翠微。

潺湲名瀑布，真似挂帘帷。

众猴拍手称扬道："好水！好水！原来此处远通山脚之下，直接大海之波。"又道："那一个有本事的，钻进去寻个源头出来，不伤身体者，我等即拜他为王。"连呼了三声，忽见丛杂中跳出一个石猴，应声高叫道："我进去！我进去！"好猴！也是他：

今日芳名显，时来大运通。

有缘居此地，天遣入仙宫。

你看他瞑目蹲身，将身一纵，径跳入瀑布泉中，忽睁睛抬头观看，那里边却无水无波，明明朗朗的一架桥梁。他住了身，定了神，仔细再看，原来是座铁板桥。桥下之水，冲贯于石窍之间，倒挂流出去，遮闭了桥门。却又欠身上桥头，再走再看，却似有人家住处一般，真个好所在。但见那：

翠藓堆蓝，白云浮玉，光摇片片烟霞。虚窗静室，滑凳板生花。乳窟龙珠倚挂，萦回满地奇葩。锅灶傍崖存火迹，樽罍靠案见肴渣。石座石床真可爱，石盆石碗更堪夸。又见那一竿两竿修竹，三点五点梅花。几树青松常带雨，浑然像个人家。

看罢多时，跳过桥中间，左右观看，只见正当中有一石碣。碣上有一行楷书大字，镌着"花果山福地，水帘洞洞天。"石猿喜不自胜，急抽身往外便走，复瞑目蹲身，跳出水外，打了两个呵呵道："大造化！大造化！"众猴把他围住，问道："里面怎么样？水有多深？"石猿道："没水！没水！原来是一座铁板桥。桥那边是一座天造地设的家当。"众猴道："怎见得是个家当？"石猿笑道："这股水乃是桥下冲贯石窍，倒挂下来遮闭门户的。桥边有花有树，乃是一座石房。房内有石锅、石灶、石碗、石盆、石床、石凳。中间一块石碣上，镌着'花果山福地，水帘洞洞天'。真个是我们安身之处。里面且是宽阔，容得千百口老小。我们都进去住，也省得受老天之气。这里边：

刮风有处躲，下雨好存身。

霜雪全无惧，雷声永不闻。

烟霞常照耀，祥瑞每蒸薰。

松竹年年秀，奇花日日新。"

众猴听得，个个欢喜，都道："你还先走，带我们进去，进去！"石猴却又瞑目蹲身，往里一跳，叫道："都随我进来！进来！"那些猴有胆大的，都跳进去了；胆小的，一个个伸头缩颈，抓耳挠腮，大声叫喊，缠一会，也都进去了。跳过桥头，一个个抢盆夺碗，占灶争床，搬过来，移过去，正是猴性顽劣，再无一个宁时，只搬得力倦神疲方止。石猿端坐上面道："列位呵，'人而无信，不知其可。'你们才说有本事进得来，出得去，不伤身体者，就拜他为王。我如今进来又出去，出去又进来，寻了这一个洞天与列位安眠稳睡，各享成家之福，何不拜我为王？"众猴听说，即拱伏无违。一个个序齿排班，朝上礼拜，都称"千岁大王"。自此，石猿高登王位，将"石"字儿隐了，遂称美猴王。

水帘洞

主讲人 浦江清

第十九课
曹雪芹与《红楼梦》
（节选）

曹雪芹的家世及其写作《红楼梦》

《红楼梦》有两个作者，前八十回是曹雪芹所作，后四十回是高鹗等所补。

《红楼梦》第一回，把《红楼梦》这部书作为大荒山无稽崖青埂峰下一块石头上的记录，由空空道人抄写下来，问世传奇的。东鲁孔梅溪题曰《风月宝鉴》。后因曹雪芹于悼红轩中披阅十载，增删五次，纂成目录，分出章回，又题曰《金陵十二钗》。即此便是《石头记》的缘起。空空道人当然并无其人，而孔梅溪其人亦不知有无。

甲戌脂砚斋评本有批云：

> 雪芹旧有《风月宝鉴》之书，乃其弟棠村序也。今棠村已逝，余睹新怀旧，故仍因之。

是曹雪芹写《红楼梦》，先有旧稿，其弟棠村为序，名《风月宝鉴》。则孔梅溪者，或棠村之托名欤？其后又加扩大，成《金陵十二钗》，一名《石头记》，亦名《红楼梦》。唯雪芹实未完成此书，完整之部分唯八十回，此后有些残稿，遗失不存。

◆后四十回是高鹗等所补：根据近代诸多研究者考证，《红楼梦》后四十回署名已改为"无名氏续，程伟元、高鹗整理"。

◆脂砚斋：《红楼梦》最早的评论者别号，姓名不详。脂砚斋评本：全称《脂砚斋重评石头记》，简称"脂评本"或"脂本"。一说并非一人所撰。

第十九课　曹雪芹与《红楼梦》（节选）

《红楼梦》前八十回，应定为曹雪芹作。

<u>甲戌本</u>批云：

> 若云雪芹披阅增删，然则开卷至此这一篇楔子又系谁撰，足见作者之笔，狡猾之甚。后文如此者不少。这正是作者用画家烟云模糊处，观者万不可被作者瞒蔽了去，方是巨眼。

<u>袁枚</u>《随园诗话》卷二云：

> 康熙间，曹练亭（应为"楝亭"）为江宁织造……。其子雪芹撰《红楼梦》一书，备记风月繁华之盛。

是乾隆时人以《红楼梦》为曹雪芹作。

唯袁枚以为曹雪芹是曹楝亭之子实误。雪芹为曹楝亭（寅）之孙。杨钟羲《雪桥诗话》续集卷六谓曹雪芹（霑），楝亭通政孙。杨氏所据，为雪芹之友敦诚《四松堂集》，最为可信。

曹雪芹（<u>1723?</u>—<u>1763</u>），名霑，字梦阮，号雪芹。又号芹溪、芹圃、芹溪居士。

雪芹卒于壬午除夕（乾隆二十七年，公元1762年，除夕在公元1763年1月。据甲戌本脂批）；生年不详，唯敦诚的《四松堂集》稿本有挽曹雪芹诗（注甲申年），有"四十年华付杳冥"之句，今定为曹雪芹死时年四十，当生于1723年，即雍正元年。

曹氏始祖原是汉人，原籍东北。始祖曹锡远归依满洲人，随满人入关有军功。为汉军旗人，属正白旗。或云正白旗包衣（包衣，满洲话，意为奴、罪人家人、没入军中者）。入关后住河北丰润，为丰润人（或

◆甲戌本：因有"至脂砚斋甲戌抄阅再评"语，故称"甲戌本"。

◆袁枚（1716—1798）：字子才，号简斋、随园，清文学家，著有《子不语》《随园食单》等。

◆1723?：现在一般认为曹雪芹大约生于康熙五十四年（1715）或康熙六十年（1721）。

◆1763：现在一般认为曹雪芹大约卒于乾隆二十九年（1764）。

203

原为奉润人，清人入关后，始入伍为汉军旗者。或说为奉天人，即东北人，与丰润曹氏同族而已）。

曹锡远在顺治初年即官驻扎江南织造郎中。雪芹高祖曹振彦顺治时官山西吉州知州、大同府知府、浙江盐法道。

曾祖曹玺，驻扎江南织造郎中，赠工部尚书衔。

祖父曹寅（1658—1712），字子清，号楝亭。管理苏州、江宁织造，通政司通政使，巡视两淮盐漕监察御史，兼校理扬州书局。在康熙朝。

曹寅有文才，交际学者名流文士，如尤侗等。有诗文集，名《楝亭集》。有《虎口余生》传奇。刻书有"楝亭十二种"。是清代官僚中风雅者。年五十五卒，终江宁织造之职。曹寅卒时，雪芹尚未出生。

曹寅死后，江宁织造为其子曹颙袭职，有亏空。苏州织造由其妻兄李煦（山东人，亦占旗籍）任职。颙卒于1715年，由其弟曹頫袭职。1727年（雍正五年）李煦得罪下狱（因通于阿其那，即胤禩），而曹頫亦罢任，由满人隋赫德继任。1728年，曹氏家产没入官。

◆頫，fǔ。

雪芹有颙之子、頫之子二说，比较起来，可能是曹頫的儿子。曹頫非曹寅的嫡子，乃是嗣子而袭官的。曹颙无嗣，死时可能有一遗腹子（李玄伯以遗腹子当雪芹。曹颙卒于公元1715年，如有遗腹子生于此年则至乾隆二十七年，公元1762年，为四十八岁，太大，与敦诚诗不合，不可能也。雪芹如非曹頫子则为曹寅之族孙矣）。

◆遗腹子：怀孕妇人于丈夫死后所生的孩子。

第十九课　曹雪芹与《红楼梦》（节选）

江宁织造、苏州织造之职，曹家、李家等任职时间排列如下：

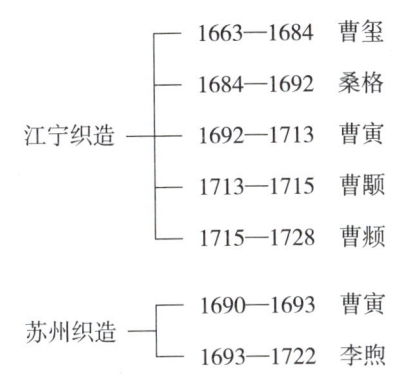

```
              ┌─ 1663—1684  曹玺
              ├─ 1684—1692  桑格
江宁织造 ─────┼─ 1692—1713  曹寅
              ├─ 1713—1715  曹颙
              └─ 1715—1728  曹頫

苏州织造 ─────┬─ 1690—1693  曹寅
              └─ 1693—1722  李煦
```

（公元1722年，康熙六十一年，即康熙末年）

曹家在康熙朝为全盛时期，曹氏三代为江宁织造。康熙六次南巡，其中四次到南京时驻驾江宁织造署，曹寅接驾四次。曹寅有一个女儿，嫁镶红旗王子为福晋。曹寅在东华门外特为置房产以居其婿。

曹寅做江宁织造时，并兼做四次两淮巡盐御史。他又为道政司职衔。

李煦做苏州织造，也兼做过两淮盐运使。

江宁织造署和苏州织造署，乃是在江南丝织业发达的区域所设立的机构，专供应朝廷及内府需要的丝织品、奢侈品，是常驻在江南的皇室采办性质。想来就在江南的赋税里提出银两，按年进献织造品到京。尚兼带其他差事，进款很多。但弄得不好，内府太监需索很多，也要赔累。

江宁织造这官，直接与内府打交道。在地方上可以密奏事件。曹家为顺治、康熙二帝所信任，在江南刺探官僚的密情，可以密奏。在江苏地方，大

◆需索：搜寻求取；敲诈勒索。

205

小事件，多有所闻，也要奏闻（观熊赐履及科场案两事可知）。康熙五十七年批曹𫖯折尾云：

> 朕安，尔虽无知小孩，但所关非细，念尔父出力年久，故特恩至此。虽不管地方之事，亦可以所闻大小事，照尔父密密奏闻，是与非朕自有洞鉴。就是笑话也罢，叫老主子笑笑也好。

似乎是江南一带的密探。因而也必然牵涉到朝廷政治上去。在康熙时，曹家及李煦家均煊赫。到雍正即位便衰败，并革职查办了。

◆煊赫：名声、气势等盛大。

曹寅卒时，公项亏空五十四万九千六百余两。康熙令李煦代任盐差一年，以便还清。曹𫖯继任，同李煦把此款还清了。多下三万两，康熙赏给曹𫖯，以偿私债。

据此可知，江宁织造、苏州织造供应内府的织品，系向江南织造厂家收买来的，两款项用的是两淮的盐税，所以织造官常兼盐运之职。

曹𫖯为雍正所不喜（雍正夺位上台后新用一批耳目），革职查办，由隋赫德继任，他的家产一齐没收，而赏给隋赫德。隋赫德奏折云：

> 特命管理江宁织造，于未到之先，总督范时绎已将曹𫖯家管事数人拿去，夹讯监禁。奴才到后，细查其房屋并家人住房十三处，计四百八十三间。地八处，共十九顷零六十七亩，家人大小男女共一百十四口。……再曹𫖯所有田产房屋人口等项，奴才蒙皇上浩荡天恩，特加赏赉，宠荣已极。

第十九课　曹雪芹与《红楼梦》(节选)

此为雍正六年（公元1728年）事。此时曹雪芹不过是五六岁的小孩。曹家抄家后，"蒙恩谕少留房屋，以资养赡"，而其家属不久回京住。

1735年秋，乾隆帝即位，曹頫又起官内务府员外郎。至乾隆十年，雪芹年二十余而曹家再败。此则周汝昌《红楼梦新证》所考。唯周氏实混《红楼梦》小说中事与真实史料为一。可信否，尚待稽查。

曹雪芹似乎曾经留在南京及扬州过其少年生活。敦敏诗有"燕市狂歌悲遇合，秦淮残梦忆繁华"。敦诚诗有"扬州旧梦久已绝（原稿作'觉'），且著临邛犊鼻裈"。言其夫妇住京郊西山村，南京、扬州的少年生活不过是残梦而已。约二十余岁以后，则久居北京。三十岁以后直到他年过四十卒时，住在北京西郊外西山村中，过着其贫穷而自由的生活。

雪芹虽出身于满洲官僚家庭，而爱好文学艺术，能诗善画。生性旷达，落拓不羁，喜欢喝酒。在北京西郊住着时，与宗室敦敏、敦诚二人为友。敦敏能诗，有《懋斋诗钞》，敦诚能诗文，有《四松堂集》，又有《琵琶行传奇》一折。据敦敏、敦诚的描写，曹雪芹的性格和生活状况是：

1. 诗风似李贺。"爱君诗笔有奇气，直追昌谷披篱樊。"（敦诚《寄怀曹雪芹》）（今雪芹诗均佚，只有"白傅诗灵应喜甚，定教樊素鬼排场"二句，见《题敦诚〈琵琶行传奇〉》。）

2. 高谈雄辩，诙谐洒脱。敦诚《寄怀曹雪芹》

◆邛，qióng。临邛：地名。

◆犊，dú。裈，kūn。犊鼻裈：短裤，一说围裙，形如犊鼻得名。司马相如琴挑卓文君，带其私奔后在临邛穿犊鼻裈做酒生意。

◆落拓：豪放，不受拘束。

◆李贺（790—816）：字长吉，唐代诗人，有"诗鬼"之称。

207

中有"接䍦倒著容君傲，高谈雄辩虱手扪"的诗句。

3. 有傲骨，胸有块垒。喜欢画石头，见其傲骨嶙峋。敦敏《题芹圃画石》诗云："傲骨如君世已奇，嶙峋更见此支离。醉余奋扫如椽笔，写出胸中磈磊时。"敦诚《赠曹芹圃》一诗中有"步兵白眼向人斜"，称其似阮籍。

◆刘伶：生卒年不详，字伯伦。竹林七贤之一。

4. 喜欢喝酒，酒渴如狂，似刘伶。"牛鬼遗文悲李贺，鹿车荷锸葬刘伶。"（敦诚《挽曹雪芹》）"满径蓬蒿老不华，举家食粥酒常赊。"（敦诚《赠曹芹圃》）敦诚又有《佩刀质酒歌》，写其"秋晓遇雪芹于槐园，风雨淋涔，朝寒袭袂，时主人未出，雪芹酒渴如狂，余因解佩刀沽酒而饮之。雪芹欢甚，作长歌以谢余，余亦作此答之"。答诗中有

◆涔，cén。

"曹子大笑称快哉，击石作歌声琅琅。知君诗胆昔如铁，堪与刀颖交寒光"的诗句。

5. 生活贫穷。从下面诗句中可见一斑："至今环堵蓬蒿屯"（敦诚）。"劝君莫弹食客铗，劝君莫叩富儿门。残杯冷炙有德色，不若著书黄叶村"（敦诚）。"卖画钱来付酒家"（敦敏）。

◆铗，jiá。

6. 其西郊山村所居，幽静可爱。敦敏《赠芹圃》诗云："碧水青山曲径遐，薜萝门巷足烟霞。寻诗人去留僧舍，卖画钱来付酒家。燕市哭歌悲遇合，秦淮风月忆繁华。新愁旧恨知多少，一醉毷氉白眼斜。"

7. 卒时当在壬午除夕（一说癸未年底，公元1763年或公元1764年）。敦诚挽诗有"孤儿渺漠魂应逐（自注：前数月，伊子殇，因感伤成疾），新妇飘零目岂

第十九课　曹雪芹与《红楼梦》（节选）

瞑"之句，雪芹卒时有新妇作未亡人。据敦诚挽诗"四十年华付杳冥"，据张宜泉《春柳堂诗稿》："其人素性放达，好饮，又善诗画，年未五旬而卒。"

曹雪芹在西山村居，写作《红楼梦》，"披阅十载，增删五次"，二十余岁动笔，直到死时仅完成八十回，此外，有些残稿已失。八十回本完成在近四十岁时，此后，似不曾写作。

裕瑞《枣窗闲笔》云："'雪芹'二字，想系其字与号耳，其名不得知。曹姓，汉军人，亦不知其隶何旗。闻前辈姻戚有与之交好者，其人身胖，头广而色黑。善谈吐，风雅游戏，触境生春，闻其奇谈，娓娓然令人终日不倦，是以其书绝妙尽致。"

又云："余曾于程、高二人未刻《红楼梦》版之前，见抄本一部，其措词命意，与刻本前八十回多有不同。抄本中增处、减处、直截处、委婉处，较刻本总当，亦不知其为删改至第几次之本。八十回书后，惟有目录，未有书文，目录有大观园抄家诸条。与刻本后四十回四美钓鱼等目录，迥然不同。盖曹雪芹于后四十回虽久蓄志全成，甫立纲领，尚未行文，时不待人矣。又闻其尝作戏语云：若有人欲快睹我书不难，惟日以南酒烧鸭享我，即为之作书云。"

据此，曹雪芹写作《红楼梦》，实未写完，就逝世了。真可谓中国文学史上一个不可偿补的损失！

◆四美：指探春、李纹、李绮、邢岫烟。

其人虽滑稽诙谐，其写作《红楼梦》的精神是认真严肃的。第一回诗云："满纸荒唐言，一把辛酸泪！都云作者痴，谁解其中味？"

《红楼梦》一书的名称：

（1）《石头记》。女娲补天所未用的一块顽石，被一僧一道带往世间经历一番，把经历刻在石头上，故名《石头记》。

（2）《情僧录》。空空道人检阅抄录之后，改为《情僧录》，空空道人自改名为情僧。

（3）《风月宝鉴》。东鲁孔梅溪题。脂砚斋有批云："雪芹旧有《风月宝鉴》一书，乃其弟棠村序也。"书中说，梅溪，乃棠村的影射，雪芹一号芹溪。脂本评语中亦有梅溪评。题此名说明起初计划是一部劝人脱离情欲的书。

（4）《金陵十二钗》。"曹雪芹于悼红轩中，披阅十载，增删五次，纂成目录，分出章回，又题曰《金陵十二钗》。"这是为女性立传的书。

（5）《红楼梦》。脂砚斋本有"至吴玉峰题曰《红楼梦》"一句。此从第五回中宝玉梦中听唱《红楼梦》一套曲子而来。"因此上演出这悲金悼玉的红楼梦。"金玉皆无好收场，笼括全书意旨，富贵荣华，情爱都为一梦。使人从幻境中醒悟，体味真实人生的苦味。

（6）《金玉缘》。坊间俗称。此一种最为俗气。

此书在坊间流行，用了三种名称：（1）《石头记》；（2）《红楼梦》；（3）《金玉缘》。而《石头记》实在是最好的，是自始至终的总名，

◆金陵十二钗：指《红楼梦》中金陵十二冠首女子之册人物，即林黛玉、薛宝钗、贾元春、贾探春、史湘云、妙玉、贾迎春、贾惜春、王熙凤、贾巧姐、李纨、秦可卿。

含蓄。

《红楼梦》今有脂砚斋评本：

（1）甲戌脂砚斋重评本（公元1754年，雪芹年三十二岁）（残存十六回）。胡适所藏。

（2）己卯冬脂砚斋四阅评本（公元1759年，雪芹年三十七岁）（残存三十八回）。

（3）庚辰秋脂砚斋四阅评本（公元1760年，雪芹年三十八岁）（凡七十八回，缺六十四、六十七两回）。北大所藏。

（4）有正书局石印戚蓼生序抄本，年代不明，八十回。

◆戚蓼生：清代官员。戚蓼生序抄本：此本后来也称"戚本"或"戚序本"。

（5）甲辰菊月，梦觉主人序本，八十回（公元1784年）。

最后一本改动较多，已近于一百二十回之前八十回。

《红楼梦》产生的时代和作者对自己创作动机的表述

《红楼梦》产生在清初乾隆年间，是封建社会从繁荣到崩溃的时期。书中所写的一个贵族家庭的没落，也反映整个时代走向没落，是封建社会的末期。在西洋，初期资本主义已经抬头；在中国，尚是清代统治国力强盛的时期，然而外强中干。乾隆的好大喜功和几次南巡，开了淫靡之风，清代统治慢慢走上下坡路。

书中写贾府常用外国东西。贾府是贵族世家，薛家是商业资本的家庭。

在这时，一般满贵族家庭，都已汉化。子弟们靠世袭官爵，不拘于科举出身，故而过着悠闲的生活。公子哥儿们的嗜好，俗一点的是声色、荒淫、赌博、禽鸟、唱戏、弄官做；雅一点的是喜欢构园亭、作诗词、刻书，讲究花木、禽鸟、古董、书画。曹雪芹生长于这种家庭，所以写出这样一部小说来描绘他自己熟悉的家庭生活。

当他终日忙忙在这热闹场中，生活享受很好的时候，是写不出深刻的文艺作品来的；乃是在他家败以后，自己穷愁潦倒，方始能够写这样一部伟大小说。冷静中回忆热闹，有留恋与幻灭的矛盾心理。

《红楼梦》产生在太平盛世，不是流离战乱的年代，书中没有战争，没有忠臣烈士，只写家庭琐碎，儿女私情。集中写一个家庭、几个女性[1]。在《水浒传》《西游记》《三国演义》《金瓶梅》《儒林外史》以外，另树一帜。

《红楼梦》产生于古典文学和艺术成熟的时期，古典文学和艺术发展到一个新的阶段，诗词、小说、戏曲、音乐、绘画、园亭结构等为贵族和名士所欣赏。纳兰性德的词，诗歌中主神韵的王渔洋、主性灵的袁枚，音乐、戏曲包括昆曲，比如《桃花扇》《长生殿》对作者都有影响；书法、

◆ 声色：歌舞与女色。

◆ 纳兰性德（1655—1685）：原名成德，字容若，号楞伽山人，清词人。

◆《桃花扇》：清孔尚任（1648—1718）作。

◆《长生殿》：清洪昇（1645—1704）作。

[1] 见课后延展阅读：《林黛玉重建桃花社　史湘云偶填柳絮词》。

第十九课　曹雪芹与《红楼梦》（节选）

绘画，如倪云林、唐寅、文徵明、祝枝山、清初以山水画著称的四王等，都为作者所熟知。作者对这些雅事，无不精通，加之以灯谜、酒令、花草、禽鸟、烹饪，乃至医道等，也无不知晓。《红楼梦》书中有诗、词、曲、骚、赋，可谓古典文学的教本。书中也有谈庄子哲学、谈禅的话题。总之，包罗万象，内容极其丰富。

《红楼梦》是中国古典文学艺术最成熟的作品，也是最后的殿军。它孕育着反封建的、民主个人自由主义的思想。

《红楼梦》总结了上起《诗经》《楚辞》、汉乐府、六朝的宫体诗、《世说新语》，下至于唐人小说、宋元白话小说、《西厢记》《牡丹亭》乃至于书画、园亭、医道、优伶等艺术和人生的种种方面。《红楼梦》是小说中的巨擘，是整个社会的最高艺术创造，是一幅详尽的图画，包括贵族生活和平民生活。

《红楼梦》也合于中国最早小说的传统。桓谭《新论》中说："小说家合残丛小语，近取譬喻，以作短书，治身理家，有可观之辞。"

小说家需要多方面的知识，不是单写几个人物故事的。

写癞头和尚、跛足道人、甄士隐等，似《列仙传》；

写贾母、探春、李纨等，作为治家典型；

写贾雨村、贾政是官鉴；

写宝黛是言情；

◆倪云林（1306或1301—1374）：即倪瓒，初名珽，字元镇，号云林子，元代画家。

◆唐寅（1470—1524）：字伯虎，号六如居士、桃花庵主，明代画家、文学家。与文徵明、祝允明（号枝山）、徐祯卿并称"吴中四才子"。

◆四王：指王时敏（1592—1680）、王鉴（1598—1677）、王翚（1632—1717）、王原祁（1642—1715）。

◆《世说新语》：南朝宋刘义庆撰，主要记载汉末至东晋士大夫的言谈、逸事。

◆擘，bò。巨擘：大拇指，指杰出的人物。

写柳湘莲、尤三姐是奇仪。

作者是一洒脱人物，怀才不遇，自伤好比女娲补天未用的一块顽石，不合流俗。

一生崇拜女性，情痴，有情爱而未团圆的遗憾。

在全书开头部分，作者透露了其写作《红楼梦》的动机：

（1）本身经历过富贵家庭的生活，伤悼这个家庭由盛而衰、没落无可挽救的情况。

（2）本人流落穷困，"背父母教育之恩，负师友规训之德，以致今日一技无成，半生潦倒"，但深于感情，为性情中人，不慕热利，颇佩"闺阁中历历有人，万不可因我之不肖，自护己短，一并使其泯灭也"，故特为闺阁立传，作《金陵十二钗》一书，所写女子或有才，或有貌，一概红颜薄命，随着这个家庭的没落而没落。

（3）作者深感于向来才子佳人的书，都不真实。"开口文君，满篇子建，千部一腔，千人一面……假捏出男女二人名姓，又必旁添一小人拨乱其间，如戏中小丑一般。……大不近情，自相矛盾。"《红楼梦》作者自云所写系"半世亲见亲闻的这几个女子……其间离合悲欢，兴衰际遇，俱是按迹循踪，不敢稍加穿凿，至失其真。只愿世人当那醉余睡醒之时，或避事消愁之际，把此一玩，不但洗了旧套，换新眼目，却也省了些寿命筋力。"

（第一回）作者又借贾母之口批评才子佳人书，

◆自伤：自我伤感。

◆文君：即卓文君。
◆子建：即曹植，字子建。

第十九课　曹雪芹与《红楼梦》（节选）

"开口都是乡绅门第，父亲不是尚书的，就是宰相。……小姐必是通文知礼，无所不晓，竟是绝代佳人。只见了一个清俊男人，不管是亲是友，想起他的终身大事来，父母也忘了，书也忘了，鬼不成鬼，贼不成贼，那一点像个佳人。……凡有这样的事，就只小姐和紧跟的一个丫头"（第五十四回）。

《红楼梦》为反庸俗的才子佳人书而作。它的作风是现实主义的。虽然不是历史上的真实，乃是情理上的真实，真正的文艺创作，合乎典型环境、典型人物的法则。

《红楼梦》作者不借汉唐名色，无朝代年纪可考，假托作天上一块石头，被女娲氏锻炼后，已经通灵，可大可小，自来自去，被僧道携带到尘世来一番，到昌明隆盛之邦（中国），诗礼簪缨之族（官宦），花柳繁华地（京都），温柔富贵乡（贵族家庭，公子小姐们的情爱生活）经历一番，得到觉悟、忏悔。

"无才补天、幻形入世，被那茫茫大士，渺渺真人，携入红尘，引登彼岸。"这些经历，刻在石头上，空空道人见了抄录下来，就是《石头记》这部书。

作者自言此书内容是家庭琐事，闺阁闲情，无大贤大忠，有痴情故事。大旨不过谈情，绝无伤时淫秽之病。

《红楼梦》同别的小说一样有"因缘"。此书在程本中石头化为神瑛侍者（在警幻仙子处），瑛＝石＝宝玉，与绛珠仙草有一段灌溉之恩及在尘世以眼泪报答的一段公案。在戚本中神瑛侍者是一人，

◆簪缨：簪和缨。古代达官贵人的冠饰，用来把冠固着在头上。借指高官显贵。

而此石变为通灵宝玉，夹带入世，成为宝玉所衔的玉。石是玉，侍者是宝玉前身。大概是修改而未定者。

此书人物所处时代，作者未说明何朝，但书中第二回谈到"近日倪云林、唐伯虎、祝枝山"。假定在明代，书中绝不述及清代。

书中提到金陵省，无此省名。大观园在京都（刘姥姥和妙玉的话里都说到长安），而实在是北京，但南北景物都有，如竹、梅、桂是南方植物。

第十五回"王凤姐弄权铁槛寺"文中有长安县、长安府、长安节度使。

凡此种种，系作者故弄狡狯，迷离其词。

八十六回，薛蝌呈子有"胞兄薛蟠，本籍南京，寄寓西京"语，坐实长安，乃续作所写，实非雪芹原意。

（选自《浦江清中国文学史讲义：明清部分》，浦江清著，浦汉明、彭书麟整理）

◆狡狯：狡诈。

延展阅读

林黛玉重建桃花社　史湘云偶填柳絮词
节选自清代曹雪芹《红楼梦》第七十回

　　一语未了，只听窗外竹子上一声响，恰似窗屉子倒了一般，众人唬了一跳。丫鬟们出去瞧时，帘外丫鬟嚷道："一个大蝴蝶风筝挂在竹梢上了。"众丫鬟笑道："好一个齐整风筝！不知是谁家放断了绳，拿下他来。"宝玉等听了，也都出来看时，宝玉笑道："我认得这风筝。这是大老爷那院里娇红姑娘放的，拿下来给他送过去罢。"紫鹃笑道："难道天下没有一样的风筝，单他有这个不成？我不管，我且拿起来。"探春道："紫鹃也学小气了。你们一般的也有，这会子拾人走了的，也不怕忌讳。"黛玉笑道："可是呢，知道是谁放晦气的，快掉出去罢。把咱们的拿出来，咱们也放晦气。"紫鹃听了，赶忙命小丫头们将这风筝送出与园门上值日的婆子去了，倘有人来找，好与他们去的。

　　这里小丫头们听见放风筝，巴不得一声儿，七手八脚都忙着拿出个美人风筝来。也有搬高凳去的，也有捆剪子股的，也有拨籰的。宝钗等都立在院门前，命丫头们在院外敞地下放去。宝琴笑道："你这个不大好看，不如三姐姐的那一个软翅子大凤凰好。"宝钗笑道："果然。"因回头向翠墨笑道："你把你们的拿来也放放。"翠墨笑嘻嘻的果然也取去了。

　　宝玉又兴头起来，也打发个小丫头子家去，说："把昨儿赖大娘送我的那个大鱼取来。"小丫头子去了半天，空手回来，笑道："晴姑娘昨儿放走了。"宝玉道："我还没放一遭儿呢。"探春笑道："横竖是给你放晦气罢了。"宝玉道："也罢。再把那个大螃蟹拿来罢。"丫头去了，同了几个人扛

217

了一个美人并籰子来，说道："袭姑娘说，昨儿把螃蟹给了三爷了。这一个是林大娘才送来的，放这一个罢。"宝玉细看了一回，只见这美人做的十分精致。心中欢喜，便叫放起来。

此时探春的也取了来，翠墨带着几个小丫头子们在那边山坡上已放了起来。宝琴也命人将自己的一个大红蝙蝠也取来。宝钗也高兴，也取了一个来，却是一连七个大雁的，都放起来。独有宝玉的美人放不起去。宝玉说丫头们不会放，自己放了半天，只起房高便落下来了。急的宝玉头上出汗，众人又笑。宝玉恨的掷在地下，指着风筝道："若不是个美人，我一顿脚跺个稀烂。"黛玉笑道："那是顶线不好，拿出去另使人打了顶线就好了。"宝玉一面使人拿去打顶线，一面又取一个来放。大家都仰面而看，天上这几个风筝都起在半空中去了。

一时丫鬟们又拿了许多各式各样的送饭的来，顽了一回。紫鹃笑道："这一回的劲大，姑娘来放罢。"黛玉听说，用手帕垫着手，顿了一顿，果然风紧力大，接过籰子来，随着风筝的势将籰子一松，只听一阵豁刺刺响，登时籰子线尽。黛玉因让众人来放。众人都笑道："各人都有，你先请罢。"黛玉笑道："这一放虽有趣，只是不忍。"李纨道："放风筝图的是这一乐，所以又说放晦气，你更该多放些，把你这病根儿都带了去就好了。"紫鹃笑道："我们姑娘越发小气了。那一年不放几个子，今儿忽然又心疼了。姑娘不放，等我放。"说着便向雪雁手中接过一把西洋小银剪子来，齐籰子根下寸丝不留，咯登一声铰断，笑道："这一去把病根儿可都带了去了。"那风筝飘飘摇摇，只管往后退了去，一时只有鸡蛋大小，展眼只剩了一点黑星，再展眼便不见了。

众人皆仰面睃眼说："有趣，有趣。"宝玉道："可惜不知落在那里去了。若落在有人烟处，被小孩子得了还好；若落

第十九课　曹雪芹与《红楼梦》（节选）

在荒郊野外无人烟处，我替他寂寞。想起来把我这个放去，教他两个作伴儿罢。"于是也用剪子剪断，照先放去。探春正要剪自己的凤凰，见天上也有一个凤凰，因道："这也不知是谁家的。"众人皆笑说："且别剪你的，看他倒像要来绞的样儿。"说着，只见那凤凰渐逼近来，遂与这凤凰绞在一处。众人方要往下收线，那一家也要收线，正不开交，又见一个门扇大的玲珑喜字带响鞭，在半天如钟鸣一般，也逼近来。众人笑道："这一个也来绞了。且别收，让他三个绞在一处倒有趣呢。"说着，那喜字果然与这两个凤凰绞在一处。三下齐收乱顿，谁知线都断了，那三个风筝飘飘摇摇都去了。

众人拍手哄然一笑，说："倒有趣，可不知那喜字是谁家的，忒促狭了些。"黛玉说："我的风筝也放去了，我也乏了，我也要歇歇去了。"宝钗说："且等我们放了去，大家好散。"说着，看姊妹们都放去了，大家方散。

软翅凤凰风筝

第二十课
蒲松龄与《聊斋志异》
（节选）

主讲人 浦江清

蒲松龄，其生卒年有1630—1715与1640—1715两说。据其自题画像，康熙癸巳年（公元1713年）七十有四：

> 尔貌则寝，尔躯则修，行年七十有四，此两万五千余日，所成何事，而忽已白头？奕世对尔孙子，亦孔之羞。康熙癸巳自题。

则其生卒年应为1640—1715，享年七十六。

卒年康熙五十四年（公元1715年），据张元所作《柳泉蒲先生墓表》（《聊斋文集》前附）。然张元谓享年八十有六，实为七十有六之误。鲁迅《中国小说史略》谓其生卒年为1630—1715，亦误。

蒲氏名松龄，字留仙，号柳泉。其书斋名聊斋。山东淄川县（济南东）人。生于明崇祯十三年，明亡时仅数龄。其家祖上大概是世为举子业者，至其父则始操童子业，苦不售，家贫甚，遂去而学贾，积二十余年，称素封（《元配刘儒人行实》）。是松龄出身于商人兼地主家庭。但其父因久无子嗣，周贫建寺，不再居积，非富裕者。其后嫡生三子，庶生一子，家口多，遂复贫。松龄为其第三子。早婚，夫人姓刘（父为秀才）。兄弟析居，松龄夫妇得

◆"尔貌……之羞"意为：你相貌丑陋，身形挺拔，已经七十四岁了，合计两万五千多天，做成了什么事，却已满头白发？以后面对你的子孙，孔某也为你感觉羞愧。

◆山东淄川县（济南东）：即今山东淄博市淄川区。

◆童子：童生，明、清科举制度，凡应考生员之试者，无论年龄大小都称为童生。操童子业：准备童生考试。

◆不售：没有达到、实现，指考试不中。

◆贾：做买卖。

◆素封：没有官爵封邑而富同显贵的人。

◆析居：分家。

◆文名：善于写文章的名声。

◆举业：科举时代称应试的诗文，也称"举子业"。

◆郢，yǐng。

◆坐馆：在私塾或别人家里教书。

农场老屋三间，旷无四壁，小树丛丛，蓬蒿满之。

松龄初应童子试，即以县、府、道连取三个第一，补博士弟子员（案首秀才）。文名籍籍诸生间，然入棘闱辄见斥（即终未中举）。遂舍去举业而致力于古文辞。"性朴厚，笃交游，重名义"（《柳泉蒲先生墓表》），以旧道德眼光来看，是一正派人。中秀才后，与朋辈结郢中诗社。

蒲松龄年轻时考科举，至五十余岁尚未考上。早年一度出为幕宾，游四方，道路见闻很广，然颇不得志。有诗云："烟波万里一身遥。"又有诗云："十年尘土梦，百事与心违。"可知他游幕之年亦甚久。三十岁后，在同邑缙绅家坐馆。他不交际达官贵人。唯王渔洋赏识其文才，欲致之门下。松龄对渔洋致敬而已（《聊斋文集》中有二札致阮亭）（按：阮亭与松龄年龄伯仲间）。诗集中亦有《红桥和孔季重韵》一首七律，知其与孔尚任亦相识也（与王、孔大概都因山东同乡关系）。

《聊斋志异》一书，初次结集于康熙十八年（公元1679年），五十岁以后，多居家乡，搜集异闻，陆续修订增删。另著有诗文、俗曲。在他六七十岁时，他的儿子、孙子都考上了秀才，而他自己也被选拔为贡生。他因为科举失志，颇厌弃功名，但他与吴敬梓不同，非深恶痛绝科举制度。其子孙考上科举，不免大为高兴。

蒲氏生在崇祯末年，这是农民起义的时代，南明挣扎的时代。入清后又逢康熙大用武力镇压反满武装。对此，蒲松龄虽未亲身体验，但生在此动乱的时代中。唯1703—1704年淄川大闹灾荒，此为他亲身遇到的。蒲氏于1704年有《上布政司救荒策》，述淄川灾情："山右之奇荒，千年仅见，而淄邑尤甚。盖他处尚有麦可以接济，尚有苗可望收成，而淄自去年六月不雨，直至于今，又加虫灾，禾麦全无，赤地千里。民之饿死者十之三，而逃亡又倍之……"并提出五条救灾之策，足见其对于农民的深切同情。

当时清政府用闭关自守政策，缩小对外贸易面。照顾农村，并多给地主以利益，轻视商业及手工业者。此比之明代中叶以来至明末更不同，扼杀了资本主义的萌芽（明代的对外贸易，舶来品都是奢侈品，增加了地主阶级的消费）。因为清统治者对于汉族地主阶级的照顾，官吏与地方上乡绅势力勾结，冤狱多。故《聊斋志异》中对于贪官污吏多加鞭挞。

由于他自己失意于功名，而且考过多次，有生活体验，因此蒲松龄反对科举，比较细致深入。因为他是寒士，所以特别同情寒士，对于念书人更了解得深刻。因其生长在农村，所以同情农民。他对于商人也注意。当时资本主义的萌芽被压抑，好比一块大石头底下的草，曲曲折折地生长着。因之《聊斋志异》中有抑郁悲凉的气氛，但并不是完全消极的。

小说中有对于人情世故的深入讽刺，鞭辟入里，此蒲松龄与吴敬梓所同有。

松龄的《聊斋志异》是<u>遣兴</u>之作，也是寄托孤

◆遣兴：抒发情怀，解闷散心。

愤之作。其《聊斋自志》云："才非干宝，雅爱搜神；情类黄州，喜人谈鬼：闻则命笔，遂以成编。久之，四方同人，又以邮筒相寄，因而物以好聚，所积益夥。……集腋为裘，妄续幽冥之录；浮白载笔，仅成孤愤之书：寄托如此，亦足悲矣！"则此书借鬼狐故事而讽世，与六朝纯为志怪小说，性质不同，同吴承恩写《禹鼎志》之动机，寓劝世意。吴书不传，可能以鬼怪为可憎可恶之人的形象，而蒲留仙则不同，鬼狐均有人情味，多正面的，可爱可亲的（鲁迅谓"使花妖狐魅多具人情，和易可亲，忘为异类"）。

《聊斋志异》既是短篇小说，不能说成于何时，必随时有所添增。必作于中晚年。

作品的产生与故事的来源，据其《自志》说，或据之于野史，或据之于朋友所示，或农村中听人叙说，当然也有大部分是他自己所创作。《柳泉蒲先生墓表》云："……而蕴结未尽，则又搜抉奇怪者为《志异》一书。虽事涉荒幻，而断引谨严。要归于警发薄俗，扶持道教。"（道教指儒道与教化）。蒲氏有正统思想，但因为他并非迂儒，所以没有头巾气。他胸中郁结，悲愤感慨，所以作品中又有悲凉的气氛："惊霜寒雀，抱树无温；吊月秋虫，偎阑自热。"

《聊斋文集》中有《原天》一文，云："欲知天地之始终，不于天地求之，得之方寸中耳。""苟凝神默会，则盈虚消息，了无遗瞩。昭昭方寸，彼行列次舍，常变吉凶，不过取以证合吾

◆ "才非……悲矣！"意为：我才气不如干宝，却痴迷奇异的故事；就像苏轼一样，喜欢谈论鬼怪：听到的故事会用笔记录下来，汇编成书。时间久了，四面八方的人便将他们的听闻寄信给我，因为爱好搜集，故事越聚越多。……许多狐腋之皮缝在一起就可做成一件皮袄，我也想聚少成多，妄想写成《幽冥录》的续编，喝酒下笔，却写成了一本愤世嫉俗之书：将理想、希望都寄托于此，真是太可悲了！

◆ 头巾气：明清时规定给读书人头上戴儒巾，用以代指迂腐的读书人或儒生。

◆ "惊霜……自热"意为：经历过寒霜冷怕了的雀鸟，即便抱着树也不会感到温暖；秋日里对着月亮感慨的昆虫，偎依在栏杆处为自己取暖。

天耳。"可见其世界观也是唯心论的。写狐鬼故事变幻随心，是浪漫主义笔墨。但作为幻想之素材，实是现实生活。是对于现实生活的不满加以讽刺，或为对理想生活的追求。此皆现实主义精神之所在。又有《与诸弟侄》，论作文方法，以避实击虚为法："盖意乘间则巧，笔翻空则奇，局逆振则险，词旁搜曲引则畅。"《志异》之笔法超绝，亦贵在虚实处用笔。

◆ "盖意……则畅"意为：文章立意出人意料则巧，写作风格一反平实则奇，文章布局打破常规则险，用词广泛搜集引用则畅。蒲松龄在这封给弟侄的家书中，把作文比作作战，用兵家术语阐述写文之道。

《志异》故事虽说是听人所说，实际上是自己创造居多。结构奇幻，变化莫测。于短篇幅中，有生活细节之描写，有生动表现人物性格的对话，是文言小说而能吸收白话小说的优点者❶。出于古文，而变化古文，亦一语文宗匠。

蒲氏的著述，除《聊斋志异》，还有诗、词、文、笔记等。他还写有许多民间文艺作品，有七种鼓词、十一种俗曲，陆续出现，真伪莫辨。今发现《聊斋志异》稿本，残存半部，共二百三十七篇。此外尚有其他遗著发现。

（选自《浦江清中国文学史讲义：明清部分》，浦江清著，浦汉明、彭书麟整理）

---

❶ 见课后延展阅读：《狼》。

延展阅读

狼
[清]蒲松龄

【原文】

一屠晚归，担中肉尽，止有剩骨。途中两狼，缀行甚远。

屠惧，投以骨。一狼得骨止，一狼仍从。复投之，后狼止而前狼又至。骨已尽矣，而两狼之并驱如故。

屠大窘，恐前后受其敌。顾野有麦场，场主积薪其中，苫蔽成丘。屠乃奔倚其下，弛担持刀。狼不敢前，眈眈相向。

少时，一狼径去，其一犬坐于前。久之，目似瞑，意暇甚。屠暴起，以刀劈狼首，又数刀毙之。方欲行，转视积薪后，一狼洞其中，意将隧入以攻其后也。身已半入，止露尻尾。屠自后断其股，亦毙之。乃悟前狼假寐，盖以诱敌。

狼亦黠矣，而顷刻两毙，禽兽之变诈几何哉？止增笑耳。

【译文】

有一个屠户天黑归家，担里的肉卖光了，只留有骨头。回家途中，屠户被两匹狼盯上，它们尾随屠夫走了很远的路。

屠户很是恐惧，便拿出担子里的骨头扔向狼。一匹狼抢到了骨头就停住了，另一匹狼依然紧跟不放。屠户又扔了一次骨头，后得骨头的狼停止了，前面抢到骨头的狼却再次跟了过来。此时担子里已经没有骨头了，可是两匹狼还像原来一样都紧跟着屠户。

屠户心知处境危急，担心两匹狼前后夹击。他四下环视，在田野里发现了一个麦场，场主把柴草放在麦场里，堆成了一座小山。于是屠户跑到柴草堆下面倚着，随即卸下挑担拿出屠

第二十课　蒲松龄与《聊斋志异》（节选）

刀。两匹狼不敢上前去，只好凶狠地瞪着屠户。

不一会儿，一匹狼径直离去，另一匹狼如犬一样面向屠户蹲坐着。过了一段时间，蹲坐的那匹狼似乎闭上了眼睛，神态悠闲自在。屠户突然跳起，用力挥刀直砍狼的头，又连续砍了好几刀才把狼杀死。他刚要离开继续赶路，转身却看到另一匹狼正在柴草堆后面挖洞，企图从背面袭击屠户。这匹狼的大半个身体已经钻进柴堆，屁股和尾巴还暴露在外面。屠户绕到后面砍断了它的大腿，这匹狼也被杀死了。此时屠户恍然大悟，原来他面前的狼闭眼假寐，是想迷惑敌人啊。

狼也是狡猾的啊，但是片刻间这两匹狼就被杀死了，禽兽又能有多少欺骗手段呢？只是徒增笑料罢了。

狼

第二十一课
吴敬梓与《儒林外史》
（节选）

主讲人 浦江清

吴敬梓的家世和出处问题

吴敬梓（1701—1754），字敏轩，号文木，安徽全椒人。

吴敬梓出身于一个名门望族，所谓世代书香的科举家庭。高祖吴沛，有子五人，四成进士，在明末清初。曾祖吴国对是顺治戊戌年进士第三名（探花）。祖父吴旦，监生，以孝授州同知，是个孝子。父亲吴霖起，1686年（康熙二十五年）为拔贡，做江苏赣榆县教谕。霖起为通儒，其仕亦贤，不奉承上司，而济困厄，曾捐资破产兴学宫。他有名士风，且为孝子。吴敬梓的家庭在曾祖时是极盛时代，祖父起，即在康熙时代，渐渐中落。

吴敬梓十四岁起，随父在赣榆。二十二岁，父去官。返居家乡。二十三岁，考取秀才，而父病死。他是一个不管家务、不善经营家产的人，喜欢读书，讲经学，作古文诗词赋，热心助人，没有几年，把家产花尽。他曾赴乡试，未中试，从此后便绝意进取，三十岁后，思想渐成熟，对功名亦复淡薄。在家乡待不下去了，1733年（雍正十一年），移

◆监生：在国子监就读之学生。

◆同知：官名，副长官。

◆教谕：元、明、清时县学学官，掌文庙祭祀，教育所属生员。

◆通儒：通晓古今、博学多闻的儒者。

◆学宫：旧指各府县的孔庙，为儒学教官的衙署所在。

> ◆ 籍甚：盛大；卓著。
>
> ◆ 博学宏词科：科举考试中临时设置的考试科目，为制科的一种。始于宋高宗。也称"博学鸿词科"。
>
> ◆ 愬，shuò，恐惧的样子。

家南京，寄居秦淮水亭。文名籍甚。雍正十三年，清政府下令举行博学宏词科考试。原本科举制度是不勉强人去赴考的，至博学宏词科则有推荐，带点强迫性，此为朝廷牢笼汉人学者之政策。1736年（乾隆元年），吴敬梓在府、省均被取录了。因他此时已有名望，为一名士。安徽巡抚赵国麟要正式荐举他进京赴考，临时，吴敬梓托病不入京。从此以后，他也不应乡举考试了。即以秀才终身。

据胡适的考据，吴敬梓那时还有功名念头，是真病，失去机会，后来有点懊丧。这个结论是不实在的。胡适的根据是，唐时琳（吴的老师）的《文木山房集序》："两月后敏轩病愈，至余斋。余度其容憔悴，非托为病辞者。"胡适认为据此则吴敬梓乃真病。其实，从此条中即可证明颇有人疑他是托病不去的。此外，胡适又据吴敬梓三十六岁《丙辰除夕述怀》诗："相如封禅书，仲舒天人策，夫何采薪忧，遽为连茹厄。人生不得意，万事皆愬愬，有如在网罗，不得振羽翮。""连茹"，出《易经》，妨碍出行；"愬愬"，亦出《易经》，惊惧貌。胡适以此为敬梓真病之证。

然而，吴敬梓三十七岁那年，有许多人进京去考，有考中者，有不得意者，有死在京中者。《文木山房集》有不少诗嘲笑他们的。唯此类诗与丙辰除夕诗距离不过半年者，何以思想转变如此之快？可知他三十六岁时对博学宏词试曾有思想斗争，而主导思想是他不想去。

吴敬梓的友人程晋芳作《文木先生传》，明

第二十一课　吴敬梓与《儒林外史》（节选）

明说安徽巡抚赵国麟闻其名，招之试，才之，以博学宏词荐。竟不赴廷试，亦自此不应举。所谓病，因为是在清政府的压迫下，不能不装病。《儒林外史》中的杜少卿，是敬梓本人的影子。第三十四回，杜少卿辞征辟，对夫人道："你好呆！放着南京这样好玩的所在，留着我在家，春天秋天，同你出去看花吃酒，好不快活！为什么要送我到京里去？""好了！我做秀才，有了这一场结局，将来乡试也不应，科、岁也不考，逍遥自在，做些自己的事吧！"《儒林外史》充分表现了吴敬梓反对功名富贵的思想，小说大力抨击热衷科举、势利熏心的人。他不愿入京应辟，和《儒林外史》的思想是一致的。因为他出身于一个科举家庭，从小就接触官僚士大夫阶级，眼见清统治者的箝制思想、奴役汉人，并无真意振兴礼乐、延揽名儒，荐博学宏词不过是牢笼手段。应举做清官，不得好结果；征辟也不能有所作为，所以早就迟疑。思想斗争的结果，就是辞退不出山了。

吴敬梓早年喜欢诗赋古文，本来反对八股文。他的诗赋见《文木山房集》。中年以后，阅历更广，思想愈成熟，写作《儒林外史》，抨击一般士人的庸俗、无耻、贪鄙。以王冕那样一个人物为理想典范；以市井名士作结。《儒林外史》应作于其四十到五十岁、在南京的时期，即不应博学宏词考之后，所谓"做些自己的事"也。他写作小说的精神是严肃的，不是作来遣兴，是耐贫之作。

吴敬梓四十岁时，友人捐资刊出了他的《文

◆征辟：征召；举荐。旧指朝廷或三公以下召举布衣之士授以官职。

◆八股文：也称"时文""制义"，每篇由破题、承题、起讲、入手、起股、中股、后股、束股八部分组成。是明清时期科举制度所规定的文体，题目和内容都取自"四书"，不允许自由阐发。

◆王冕（1287—1359）：字元章，号煮石山农、饭牛翁等，元代画家、诗人，爱好画墨梅。

◆吴泰伯：即太伯，周代吴国始祖，姬姓。周太王有三子，长子太伯、次子仲雍、三子季历。季历贤能，其子姬昌（后周文王）更有圣德，太王想传位姬昌振兴周族，必先立季历为王，为成全父亲心愿，太伯与仲雍同避江南，刺文身、剪头发，以示放弃继承权。后建立吴国。

◆鬻，yù，卖。

木山房集》。同时，他捐资兴复江宁雨花台的先贤祠，集合许多名士祭祀吴泰伯以下二百三十余人（《儒林外史》中的修太伯祠为此影子），为此鬻去了所居房屋，复居城东之大中桥。他的生活愈来愈贫穷，常以书易米。"冬日苦寒，无酒食，则邀同好汪京门、樊圣谟辈五六人，乘月出城南门，绕城堞行数十里，歌吟啸呼，相互应和。逮明，入水西门，各大笑散去。夜夜如是，谓之'暖足'。"
（程晋芳.《文木先生传》）

程晋芳本一盐商，其后亦穷困，思想与敬梓有契合处。他有《怀人诗》云："外史记儒林，刻画何工妍。吾为斯人悲，竟以稗说传。"诗作于1748—1750年之间，故《儒林外史》必是1750年以前所作，有成书。程晋芳家境衰落后，敬梓曾对他叹息道："子亦到我地位，此境不易处也，奈何！"

《盋山志》述敬梓售去家产后，迁家南京，"日惟闭门种菜，偕佣保杂作。人皆不知其为贵公子也"。《盋山志》的作者为顾云（本人为南京人，比金和略前），所记颇为可信。敬梓墓即在盋山底下。种菜园的人，在《儒林外史》中也有描写。

后来敬梓愈益穷困。1754年，年五十四岁，卒于扬州，归葬南京。

《儒林外史》的主题及思想内容

《儒林外史》原书有五十回及五十五回两说，

不知孰是。今定为五十五回。最早刊本在乾隆四十年左右，是吴敬梓卒后约二十年其友人金兆燕在扬州所刊，今不可得。今所得之最早刊本是1803年（嘉庆八年）卧闲草堂本，作家出版社据以排印。此本共五十六回。唯最后一回，讨论者认为是伪作，故而删去。通行本尚有六十回本，则更是他人所增。

小说从话本发展到拟话本的个人创作，明万历年间有《金瓶梅》，系无名文人所作。明末<u>冯梦龙</u>辈文人始作小说，也是拟话本体裁。内容涉及社会现实各方面，男女情爱还是主要的。《儒林外史》是一高级知识分子所作，取其生活经验最熟悉的部分，专门描写知识分子一群，以讽刺<u>士林</u>为主，别开生面，非常深刻。这部书不见得普遍于人民大众，但对于士林阶层是起进步作用的。

文学、政治都是上层建筑，为统治阶级服务。在中国的封建社会，把文学、政治、哲学思想密切配合起来，巩固这个封建统治的是科举制度。科举制度从隋唐开始，有明经进士等科，思想还比较自由，考经学、<u>策论</u>、古文、诗赋等。到了明朝，开始用制艺（即八股），《儒林外史》内称为"文章"。这是无论形式、内容方面都完全束缚思想的东西。其内容方面，是代圣人立言，出经书上一句或一节为题，专以发挥儒家程朱一派的理学思想。其形式方面，是用八股，对偶的古文，格律极严，等于女子之缠足跳舞，同律诗同样情形。为的是使阅卷者容易看出高下，所以限制了长短、形式、题

◆冯梦龙（1574—1646）：字犹龙，明代文学家、戏曲家。著有《喻世明言》《警世通言》《醒世恒言》，与明代凌濛初（1580—1644）所著《初刻拍案惊奇》《二刻拍案惊奇》合称"三言二拍"。

◆士林：旧指学术界、知识界。

◆策论：就当前政治问题加以论说，提出对策的文章。

材、作法。无论谁要爬上统治阶级，必须先学八股，攻举业。不从科举里出来的人，没法做文官，只有做了官以后，或者科举上失败的，方始作些诗、古文。因此中国文学的优良传统，大受打击，斫丧元气。民主的文学，反统治的文学，就无法抬头。此所以明代的诗、古文非常平庸之故，明朝亡国以后，有遗老们隐居著书，如顾炎武、黄宗羲、王夫之等潜心哲学、考据、经史，开学术研究风气，是为朴学，风气渐渐转移，可是一般的知识分子，仍专门作八股，以八股为天地间唯一的正文，酸腐风气，从明末传下来，没有改革掉。有清一代，完全用八股取士，同于明代。《儒林外史》在知识分子群中起着极大的进步作用，是秀才举人们自己照自己的一面镜子。其主题思想是：作者以深沉严肃的态度，予当时士林以锐利辛辣的讽刺，从而暴露了以科举制度为中心的封建主义统治的罪恶本质。在一般士林热衷科举的时代，这部小说是了不起的，指示了反封建革命的道路，必须要废去这个科举制度。

　　作者并没有脱离封建时代，士的阶层是封建统治的支柱。如果士的阶层道德品行好，对于人民有利；如果士的阶层道德品行坏，便会加深对人民的压迫。第一回楔子中写道，王冕见到礼部议定取士之法，三年一科，用五经、四书、八股文。他说："这个法却定的不好！将来读书人既有此一条荣身之路，把那文行出处都看得轻了。"文是文章、文学，有思想内容的东西。行是品行、行为、行动。

◆斫，zhuó。斫丧：伤害；摧残。

第二十一课 吴敬梓与《儒林外史》(节选)

出是出仕、做官。处是退隐。《儒林外史》尽量揭露用八股文考试的科举制度怎样影响士的阶层，影响整个社会。吴敬梓有力地讽刺了热衷科举的人物、秀才举人们，批判这些人物的（1）虚伪；（2）酸腐；（3）残酷；（4）热衷；（5）鄙陋；（6）庸俗。

科举考试文章用八股文，题目出在四书五经上，体例是代圣人立言。好像是要每个人都做圣人，都是孔子一派的嫡传弟子，但是哪里能够每个人都做圣人，结果是言行不符，一概地虚伪，例如范进中举以后居丧尽礼，不用银镶杯箸，换了磁杯、象牙筷，也不肯用，直到换了白竹筷，方才罢了。落后却在燕窝碗里拣了一个大虾元子送在嘴里。尽礼之伪，即小见大。其次，八股文中所谓圣人，是古代的圣人。四书五经里的道理早已不合乎近代，是陈旧发霉的过时的东西；科举使一般士林，专门子曰文章，脱离实际，不针对现实。秀才们的头脑闭塞聪明。酸腐到极点，变成残酷。例如王玉辉的迂拙，鼓励女儿殉节，留名青史。女儿绝食死后他还仰天大笑道："死得好！死得好！"后来入祠建坊，转觉心伤，辞了不肯来。看见老妻悲恸，心下不忍。深刻地写出了礼教吃人，礼教与人性的矛盾。当时的思想家戴震（东原）反对朱熹，说："人死于理，其谁怜之？"礼教杀人，戴东原已说到。所以《儒林外史》的思想和那时候的思想界是相通连的。科举制度使得每个读书人都要往上爬，社会地位完全靠功名，所以这班秀才举子就普

◆元子：肉丸。

235

遍地热衷功名。例如周进到贡院后撞号板、满地打滚，范进中举后发疯❶，这些深刻描写都表现了他们的热衷科举。这种心理甚至影响闺阁，如鲁编修的女儿，闺阁小姐从小学制艺，见丈夫不习八股文，气得要命。鲁编修见女婿不能上进，负着气要娶姨太太生儿子。鲁小姐只好把希望寄托在儿子身上，日夜拘着四岁的小孩读八股文，书背不熟，就要责督他念到天亮。他们只读四书五经，其他一切文化遗产都不知晓，知识鄙陋。例如范进竟不知道苏轼，以为他是一个明代的考生；张静斋硬说刘基是洪武三年开科第五名的进士。读书人既将科考作为唯一的上进途径，他们的读书，就再也不是为求真知，而只是谋取功名利禄的手段，所以一概庸俗。例如年轻的秀才梅玖和举人王惠在六十多岁的周进面前得意忘形、趾高气扬，只因周进是个童生。后周进考中进士，梅玖却又谎称是他的门生。科举制度的毒害更大的在于要使千百万知识分子都变成无用的废物、不劳动的寄生虫，而这般秀才、监生们便成为社会的统治者，胡作非为。例如严贡生关别人家的猪，将云片糕说成是名贵药来讹船家的钱等，又如举人张静斋打秋风，怂恿知县为示清廉枷了送礼的回教徒，把送的牛肉都堆在枷上，以致酿出人命。《儒林外史》揭示了他们冠冕堂皇的外衣下卑鄙恶劣的实质。

◆打秋风：假借名义利用关系向人索取财物赠与。

◆回教：1956年6月，国务院发布《国务院关于"伊斯兰教"名称问题的通知》，规定"今后对于伊斯兰教一律不要使用'回教'这个名称，应该称为'伊斯兰教'"。因作者写这部分内容的时间在此之前，故文中保留作者对与回族有关的宗教、民族的名称使用。

---

❶ 见课后延展阅读：《周学道校士拔真才　胡屠户行凶闹捷报》。

第二十一课　吴敬梓与《儒林外史》（节选）

　　《儒林外史》以描写士流为中心，笔触涉及社会各个阶层。在官吏之中，着重写了萧云仙的义侠。第三十九回，郭孝子道："而今是四海一家的时候，任你荆轲、聂政，也只好叫作乱民。"暗示清政府禁止侠义行为，不允许人民之间有义气肝胆的人。郭孝子劝萧云仙："像长兄有这样品貌才艺，又有这般义气肝胆，正该出来替朝廷效力。"后来萧云仙果然去投军，在平少保那边效力杀敌。他辛苦经营建筑了青枫城，叫百姓开垦田地，兴修水利。结果如何呢？竣工后上报兵部，工部核算建筑开销，要使萧云仙赔出七千多两银子。萧云仙卖去他父亲的产业，全数缴纳还不够。向鼎是一位名士，固然并非贤吏，但并不贪污，断案尚为明白，而几乎受到革职的处分。可见朝廷的赏罚不明。反之，王惠分发到南昌府，就问地方人情，可还有什么出产，关心于"三年清知府，十万雪花银"！高要县汤知县为求清官之名好升官，把无辜的回民枷死。盐商宋为富骗娶沈大年之女沈琼枝为妾，江都县知县接受宋为富的贿赂，反诬沈大年为刁健讼棍！蘧太守辞官回家，他的儿子死了，他说，这是做官的报应。凡此揭露官吏的贪污、统治阶级的腐朽，这表明了吴敬梓对一般官吏的看法。

　　《儒林外史》写严贡生、张静斋等，以见所谓乡绅在地方上的横行，欺压人民。写扬州盐商万雪斋、宋为富等，表现盐商们的豪富、恶俗、享乐，他们纳妾，勾结官府，欺压人民，而又附庸风雅，结交翰林清流。

◆刁健：狡悍、凶悍。

◆讼棍：旧时以替人打官司为业的人，含贬义。

◆蘧，qú。

官吏、乡绅、豪商、地主为当时社会中的支配者，而一般人都利欲熏心，社会风气势利。《儒林外史》是写实文学，不夸大，不用浪漫主义手法，如实地揭露这社会的形形色色，而加以无情的抨击、深刻的讽刺。

（选自《浦江清中国文学史讲义：明清部分》，浦江清著，浦汉明、彭书麟整理）

延展阅读

周学道校士拔真才　胡屠户行凶闹捷报
节选自清代吴敬梓《儒林外史》第三回

范进进学回家，母亲、妻子，俱各欢喜。正待烧锅做饭，只见他丈人胡屠户，手里拿着一副大肠和一瓶酒，走了进来。范进向他作揖，坐下。胡屠户道："我自倒运，把个女儿嫁与你这现世宝，穷鬼，历年以来，不知累了我多少。如今不知因我积了甚么德，带挈你中了个相公，我所以带个酒来贺你。"范进唯唯连声，叫浑家把肠子煮了，烫起酒来，在茅草棚下坐着。母亲自和媳妇在厨下造饭。胡屠户又吩咐女婿道："你如今即中了相公，凡事要立起个体统来。比如我这行事里都是些正经有脸面的人，又是你的长亲，你怎敢在我们跟前装大？若是家门口这些做田的，扒粪的，不过是平头百姓，你若同他拱

第二十一课 吴敬梓与《儒林外史》（节选）

手作揖，平起平坐，这就是坏了学校规矩，连我脸上都无光了。你是个烂忠厚没用的人，所以这些话我不得不教导你，免得惹人笑话。"范进道："岳父见教的是。"胡屠户又道："亲家母也来这里坐着吃饭。老人家每日小菜饭，想也难过。我女孩儿也吃些，自从进了你家门，这十几年，不知猪油可曾吃过两三回哩！可怜！可怜！"说罢，婆媳两个都来坐着吃了饭。吃到日西时分，胡屠户吃的醺醺的。这里母子两个，千恩万谢。屠户横披了衣服，腆着肚子去了。

次日，范进少不得拜拜乡邻。魏好古又约了一班同案的朋友，彼此来往。因是乡试年，做了几个文会。不觉到了六月尽间，这些同案的人约范进去乡试。范进因没有盘费，走去同丈人商议，被胡屠户一口啐在脸上，骂了一个狗血喷头道："不要失了你的时了！你自己只觉得中了一个相公，就'癞虾蟆想吃起天鹅肉'来！我听见人说，就是中相公时，也不是你的文章，还是宗师看见你老，不过意，舍与你的。如今痴心就想中起老爷来！这些中老爷的都是天上的'文曲星'！你不看见城里张府上那些老爷，都有万贯家私，一个个方面大耳。像你这尖嘴猴腮，也该撒抛尿自己照照！不三不四，就想天鹅屁吃！趁早收了这心，明年在我们行事里替你寻一个馆，每年寻几两银子，养活你那老不死的老娘和你老婆是正经！你问我借盘缠，我一天杀一个猪还赚不得钱把银子，都把与你去丢在水里，叫我一家老小嗑西北风！"一顿夹七夹八，骂的范进摸门不着。辞了丈人回来，自心里想："宗师说我火候已到，自古无场外的举人，如不进去考他一考，如何甘心？"因向几个同案商议，瞒着丈人，到城里乡试。出了场，即便回家。家里已是饿了两三天。被胡屠户知道，又骂了一顿。

到出榜那日，家里没有早饭米，母亲吩咐范进道："我有一只生蛋的母鸡，你快拿集上去卖了，买几升米来煮餐粥吃，我已是饿的两眼都看不见了。"范进慌忙抱了鸡，走出门去。才去不到两个时候，只听得一片声的锣响，三匹马闯将来。那三个人下了马，把马拴在茅草棚上，一片声叫道："快请范老爷出来，恭喜高中了！"母亲不知是甚事，吓得躲在屋里；听见中了，方敢伸出头来说道："诸位请坐，小儿方才出去了。"那些报录人道："原来是老太太。"本家簇拥着要喜钱。正在吵闹，又是几匹马，二报、三报到了，挤了一屋的人，茅草棚地下都坐满了。邻居都来了，挤着看。老太太没奈何，只得央及一个邻居去寻她儿子。

那邻居飞奔到集上，一地里寻不见；直寻到集东头，见范进抱着鸡，手里插个草标，一步一踱的，东张西望，在那里寻人买。邻居道："范相公，快些回去。你恭喜中了举人，报喜人挤了一屋里。"范进道是哄他，只装不听见，低着头，往前走。邻居见他不理，走上来，就要夺他手里的鸡。范进道："你夺我的鸡怎的？你又不买。"邻居道："你中了举了，叫你家去打发报子哩。"范进道："高邻，你晓得我今日没有米，要卖这鸡去救命，为甚么拿这话来混我？我又不同你顽，你自回去罢，莫误了我卖鸡。"邻居见他不信，劈手把鸡夺了，掼在地下，一把拉了回来。报录人见了道："好了，新贵人回来了。"正要拥着他说话。范进三两步走进屋里来，见中间报帖已经升挂起来，上写道："捷报贵府老爷范讳进高中广东乡试第七名亚元。京报连登黄甲。"

范进不看便罢，看了一遍，又念一遍，自己把两手拍了一下，笑了一声道："噫！好了！我中了！"说着，往后一交跌倒，牙关咬紧，不省人事。老太太慌了，慌将几口开水灌了过来，他爬将起来，又拍着手大笑道："噫！好！我中了！"笑

第二十一课　吴敬梓与《儒林外史》（节选）

着，不由分说，就往门外飞跑，把报录人和邻居都吓了一跳。走出大门不多路，一脚踹在塘里，挣起来，头发都跌散了，两手黄泥，淋淋漓漓一身的水，众人拉他不住，拍着笑着，一直走到集上去了。众人大眼望小眼，一齐道："原来新贵人欢喜疯了。"老太太哭道："怎生这样苦命的事！中了一个甚么举人，就得了这个拙病！这一疯了，几时才得好？"娘子胡氏道："早上好好出去，怎的就得了这样的病！却是如何是好？"众邻居劝道："老太太不要心慌。我们而今且派两个人跟定了范老爷。这里众人家里拿些鸡蛋酒米，且管待了报子上的老爹们，再为商酌。"

当下众邻居有拿鸡蛋来的，有拿白酒来的，也有背了斗米来的，也有捉两只鸡来的。娘子哭哭啼啼，在厨下收拾齐了，拿在草棚下。邻居又搬些桌凳，请报录的坐着吃酒，商议："他这疯了，如何是好？"报录的内中有一个人道："在下倒有一个主意，不知可以行得行不得？"众人问："如何主意？"那人道："范老爷平日可有最怕的人？他只因欢喜狠了，痰涌上来，迷了心窍。如今只消他怕的这个人来打他一个嘴巴，说：'这报录的话都是哄你，你并不曾中。'他吃这一吓，把痰吐了出来，就明白了。"众邻都拍手道："这个主意好得紧，妙得紧！范老爷怕的，莫过于肉案子上胡老爹。好了！快寻胡老爹来。他想是还不知道，在集上卖肉哩。"又一个人道："在集上卖肉，他倒好知道了；他从五更鼓就往东头集上迎猪，还不曾回来。快些迎着去寻他。"

一个人飞奔去迎，走到半路，遇着胡屠户来，后面跟着一个烧汤的二汉，提着七八斤肉，四五千钱，正来贺喜。进门见了老太太，老太太大哭着告诉了一番。胡屠户诧异道："难道这等没福！"外边人一片声请胡老爹说话。胡屠户把肉和钱交与女儿，走了出来。众人如此这般，同他商议。胡屠户作难道："虽然是我女婿，如今却做了老爷，就是天上的星宿。天上的星宿是打不得的！我听得斋公们说：打了天上的星宿，阎王就要拿去打一百铁棍，发在十八层地狱，永不得翻身。我却是不敢做这样的事！"邻居内一个尖酸人说道："罢么！胡老爹！你每日杀猪的营生，白刀子进去，红刀子出来，阎王也不知叫判官的簿子上记了你几千条铁棍；就是添上这一百棍，也打甚么要紧？只恐把铁棍子打完了，也算不到这笔帐上来。或者你救好了女婿的病，阎王叙功，从地狱里把你提上第十七层来，也不可知。"报录的人道："不要只管讲笑话。胡老爹，这个事须是这般，你没奈何，权变一权变。"屠户被众人局不过，只得连斟两碗酒喝了，壮一壮胆，把方才这些小心收起，将平日的凶恶样子拿出来，卷一卷那油晃晃的衣袖，走上集去。众邻居五六个都跟着走。老太太赶出来叫道："亲家，你只可吓他一吓，却不要把他打伤了！"众邻居道："这自然，何消吩咐！"说着，一直去了。

来到集上，见范进正在一个庙门口站着，散着头发，满脸污泥，鞋都跑掉了一只，兀自拍着掌，口里叫道："中了！中了！"胡屠户凶神似的走到跟前，说道："该死的畜生！你中了甚么？"一个嘴巴打将去。众人和邻居见这模样，忍不住的笑。不想胡屠户虽然大着胆子打了一下，心里到底还是怕的，那手早颤起来，不敢打到第二下。范进因这一个嘴巴，却也打晕了，昏倒于地。众邻居一齐上前，替他抹胸口，捶背心，舞了半日，渐渐喘息过来，眼睛明亮，不疯了。众人扶起，借庙门口一个外科郎中"跳驼子"板凳上坐着。胡屠户站在一边，不觉那只手隐隐的疼将起来；自己看时，把个巴掌仰着，再也弯不过来。自己心里懊恼道："果然天上'文曲星'是打不得

第二十一课　吴敬梓与《儒林外史》（节选）

的，而今菩萨计较起来了。"想一想，更疼的狠了，连忙问郎中讨了个膏药贴着。

范进看了众人，说道："我怎么坐在这里？"又道："我这半日，昏昏沉沉，如在梦里一般。"众邻居道："老爷，恭喜高中了。适才欢喜的有些引动了痰，方才吐出几口痰来，好了。快请回家去打发报录人。"范进说道："是了。我也记得是中的第七名。"范进一面自绾了头发，一面问郎中借了一盆水洗洗脸。一个邻居早把那一只鞋寻了来，替他穿上。见丈人在跟前，恐怕又要来骂。胡屠户上前道："贤婿老爷，方才不是我敢大胆，是你老太太的主意，央我来劝你的。"邻居内一个人道："胡老爹方才这个嘴巴打的亲切，少顷范老爷洗脸，还要洗下半盆猪油来！"又一个道："老爹，你这手明日杀不得猪了。"胡屠户道："我那里还杀猪，有我这贤婿，还怕后半世靠不着也怎的？我每常说，我的这个贤婿，才学又高，品貌又好，就是城里头那张府、周府这些老爷，也没有我女婿这样一个体面的相貌！你们不知道，得罪你们说，我小老这一双眼睛，却是认得人的，想着先年，我小女在家里长到三十多岁，多少有钱的富户要和我结亲，我自己觉得女儿像有些福气的，毕竟要嫁与个老爷，今日果然不错！"说罢，哈哈大笑，众人都笑起来，看着范进洗了脸。郎中又拿茶来吃了，一同回家。范举人先走，屠户和邻居跟在后面。屠户见女婿衣裳后襟滚皱了许多，一路低着头替他扯了几十回。到了家门，屠户高声叫道："老爷回府了！"老太太迎着出来，见儿子不疯，喜从天降。众人问报录的，已是家里把屠户送来的几千钱打发他们去了。范进拜了母亲，也拜谢丈人。胡屠户再三不安道："些须几个钱，不够你赏人！"范进又谢了邻居。正待坐下，早看见一个体面的管家，手里拿着一个大红

243

全帖，飞跑了进来："张老爷来拜新中的范老爷。"说毕，轿子已是到了门口。胡屠户忙躲进女儿房里，不敢出来。邻居各自散了。

范进迎了出去，只见那张乡绅下了轿进来，头戴纱帽，身穿葵花色员领，金带、皂靴。他是举人出身，做过一任知县的，别号静斋，同范进让了进来，到堂屋内平磕了头，分宾主坐下。张乡绅先攀谈道："世先生同在桑梓，一向有失亲近。"范进道："晚生久仰老先生，只是无缘，不曾拜会。"张乡绅道："适才看见题名录，贵房师高要县汤公，就是先祖的门生，我和你是亲切的世弟兄。"范进道："晚生侥幸，实是有愧。却幸得出老先生门下，可为欣喜。"张乡绅四面将眼睛望了一望，说道："世先生果是清贫。"随在跟的家人手里拿过一封银子来，说道："弟却也无以为敬，谨具贺仪五十两，世先生权且收着。这华居，其实住不得，将来当事拜往，俱不甚便。弟有空房一所，就在东门大街上，三进三间，虽不轩敞，也还干净，就送与世先生；搬到那里去住，早晚也好请教些。"范进再三推辞，张乡绅急了，道："你我年谊世好，就如至亲骨肉一般，若要如此，就是见外了。"范进方才把银子收下，作揖谢了。又说了一会，打躬作别。胡屠户直等他上了轿，才敢走出堂屋来。

范进即将这银子交与浑家打开看，一封一封雪白的细丝锭子，即便包了两锭，叫胡屠户进来，递与他道："方才费老爹的心，拿了五千钱来。这六两多银子，老爹拿了去。"屠户把银子攥在手里紧紧的，把拳头舒过来，道："这个，你且收着。我原是贺你的，怎好又拿了回去？"范进道："眼见得我这里还有这几两银子，若用完了，再来问老爹讨来用。"屠户连忙把拳头缩了回去，往腰里揣，口里说道："也罢，你而今

第二十一课　吴敬梓与《儒林外史》（节选）

相与了这个张老爷，何愁没有银子用？他家里的银子，说起来比皇帝家还多些哩！他家就是我卖肉的主顾，一年就是无事，肉也要用四五千斤，银子何足为奇！"又转回头来望着女儿说道："我早上拿了钱来，你那该死行瘟的兄弟还不肯，我说：'姑老爷今非昔比，少不得有人把银子送上门来给他用，只怕姑老爷还不希罕。'今日果不其然！如今拿了银子家去骂这死砍头短命的奴才！"说了一会，千恩万谢，低着头，笑迷迷的去了。